AF387952

Wo waren Alexa und ihre nerdigen Freunde da bloß reingeraten? Noch vor kurzem bestand ihre größte Sorge darin, sich nicht von ihrer überfürsorglichen Mutter in den Wahnsinn treiben zu lassen und den Lehrstoff ihres Studiums rechtzeitig zu den Klausuren in den Kopf reinzubekommen. Doch dann fanden sie diesen USB-Stick und alles veränderte sich. Veränderte sich extrem…

Matthias Zellmer

iuuq - Die gedachte Welt

Roman

TUBUK digital

Über dieses Buch

Der Löwenanteil dieses Romans ist in den Jahren 2008 bis 2011 entstanden und seine Handlung ist auch in dieser Zeit zu verorten. In der Zwischenzeit bis zur ersten Veröffentlichung habe ich die Geschichte mehrfach überarbeitet, von lieben und versierten Menschen lesen und kritisieren lassen. Trotz der Aufmunterung aller dieser Menschen, habe ich nie den Mut gefunden, es zu veröffentlichen. Das Leben hat mir dann im Jahr 2013 auch ziemlich nachdrücklich gezeigt warum: Ich wurde auf Grund einer akuten depressiven Episode in eine psychiatrische Klinik eingewiesen. Dort stellte es sich dann schnell heraus, dass die Ursache meiner Depression eine seit Jahrzehnten unerkannte Angststörung ist; in meinem Fall eine Sozialphobie. Zentrales Merkmal dieser Phobie ist ein gestörtes Selbstwertsystem. Das nun jemand dieses Buch in seinen Händen hält, es gekauft hat, ist für mich ein ganz außerordentlicher persönlicher Erfolg, denn seine Veröffentlichung ist ein wichtiger Meilenstein meiner therapeutischen Bemühungen.

Ich widme es allen Menschen, die mir im Großen wie Kleinen in dieser schweren Zeit geholfen haben … und ganz besonders Natali.

Impressum

Matthias Zellmer: iuuq - Die gedachte Welt

Copyright © 2015 Matthias Zellmer

Erschienen bei TUBUK digital

TUBUK digital ist ein Imprint der Open Publishing
Rights GmbH

Alle Rechte vorbehalten. Das Werk darf – auch teilweise – nur
mit Erlaubnis des Verlags wiedergegeben werden.

Covergestaltung: Matthias Zellmer

ISBN: 978-3-95595-060-6

Besuchen Sie uns auch im Internet: www.tubuk-digital.de

Prolog

»0 0 … 0 100 … 86.6 50 … color … full … FF … 0 … 0«, sprach der Mann in sein Headset. Ein knallrotes Dreieck erschien. Laut dachte er: »Witzig! Dieser antiquierte Kram funktioniert also auch. Probieren wir es mal mit: *Löschen*.« Die geometrische Figur verschwand. Er veränderte seine Position im Raum. »Dreieck … gelb.« Kaum wahrnehmbar blitzte kurz etwas Gelbes vor ihm auf; war aber sofort wieder verschwunden. Er blinzelte ein paarmal, schloss seine schwer gewordenen Augenlieder erneut und versuchte sich noch einmal zu konzentrieren: »Dreieck … gelb … gleichschenklig … Seitenlänge 100.« Ein gelber Kreis erschien. Erst wunderte er sich. Doch dann lächelte er wissend. »Stopp.« Der Kreis wurde zu einem Dreieck. »Aha!« Der Mann bewegte sich um das Gebilde herum. Die von ihm entfernteste Spitze der gelben Figur, verlängerte sich im Raum. Bis sie scheinbar, unendlich verlängert, mit dem gesamten Dreieck verschwand. Augenblicklich stoppte er seine Bewegung; um kurz darauf ganz langsam weiterzugleiten. Die Figur wurde wieder sichtbar. Nur näherte sich diesmal ihre entfernte Spitze seiner eigenen Position seitenverkehrt. Er stoppte. »Löschen.« Das Dreieck verschwand. »Kugel … blau … Durchmesser 100.« Ein blauer Ball erschien. »Kopieren … 0 … 100 … 0.« Ein weiterer blauer Ball setzte sich direkt oben auf den ersten. Er nickte zufrieden; aber auch erschöpft. »Löschen. Browser-Fenster.« Die blaue Figur verschwand und ein weißes Rechteck erschien im Raum. »Suche … Umkreis 5 Kilometer … Pizza Rucola.« Aus dem weißen Rechteck wurde ein Stadtplan mit drei rot leuchtend blickenden Punkten. »Zeiger.« Eine pixelige Hand mit ausgestrecktem Zeigefinger erschien. Er ließ sie auf einen der blickenden Punkte tippen. Ein zweites Fenster öffnete sich, in ihm stand: Pizza Rucola, 30 cm, 7 Euro. »Bestellen … Quit.« Er öffnete seine Augen. Sein Magen knurrte.

Kapitel 1

Das Anwesen

Diese Halle war außerordentlich beeindruckend. Ein Foyer, so riesig, dass ein kleines Einfamilienhaus darin Platz haben könnte. Zum Empfang der Besucher standen ein gutes Dutzend nackte, übermenschlich große Skulpturen an den Seiten Spalier. Sie wirkten wie antiken Götterstatuen nachempfunden. An den Wänden dahinter, hingen riesige Ölgemälde in verzierten, goldenen Rahmen. Sie zeigten allesamt Szenen von berühmten Schlachten; mit viel Ehre, Blut und Tod. Die von den Künstlern verwendeten Farben waren eher gedeckt und dunkel. Nur das Blut leuchtete wahrhaft *blutrot*. Alles roch alt. Ein goldbesetzter Kronleuchter beherrschte die Decke. Er hatte die Ausmaßen eines kopfüber hängenden Apfelbaums und seine Kristallbehänge glitzerte und glänzte im Sonnenlicht, welches durch die bis fast unter die Decke reichenden Fenster fiel. Diese Fenster rahmten die mindestens fünf bis sechs Meter hohe, doppelflügelige Eingangstür zu beiden Seiten ein. Sie war aus dunklem Eichenholz gefertigt und reichhaltig mit Ornamenten besetzt. Gewaltige Amphoren standen vor den Wänden zwischen den Fenstern. Gegenüber der Eingangstür führte links und rechts je eine geschwungene Treppe hinauf in die erste Etage. Die Treppenflügel endeten in einem balkonartigen Vorbau, unter dem zwei gläserne Flügeltüren Einblick in einen prunkvollen Saal gewährten. Der Marmorboden der Vorhalle spiegelte wie frisch gebohnert, lud zum *In-Socken-Herumrutschen* ein. Doch dem schweren, in der Luft liegenden Geruch nach zu urteilen, war dieser Glanz nicht das Werk von kürzlich am Werk gewesenen, fleißigen Reinigungskräften, sondern auf mindestens Jahrzehnte lange Benutzung zurückzuführen.

Dieses Anwesen war das genaue Gegenteil von Max' Zuhause. Die Wohnung in der seine Familie lebte, war eher klein, ihre Einrichtung alles andere als beeindruckend. Es waren zum Großteil schlichtweg die abgelegten Sachen von Freunden und Verwandten. Statt goldenen Verzierungen schmückten Klebebandstreifen die Möbel. Zur Begrüßung gab es einen überquellenden Schuhschrank, der mit einer vertrockneten Rose dekoriert war, welche schon seit mindestens drei Jahren in der kitschigen Vase stand. Die Vase hatten sie von einer entfernt verwandten, alten Dame bekommen; nachdem einer der Henkel abgebrochen war. Seine Mutter hatte den Henkel kurzerhand mit dem Bastelkleber repariert, den er aus der Schule hatte mitgehen lassen. Dass er sich diese Freiheiten nahm, schien in seiner Schule niemanden zu stören. Max hatte dort ziemliche Narrenfreiheit. Zumindest so lange, wie er regelmäßig irgendwelche nervigen Wettbewerbe gewann, die der Schule *Ruhm und Anerkennung* einbrachten … und Fördermittel. Doch wenigstens roch es zuhause besser als in diesem Anwesen. Seine Mutter war eine gute und leidenschaftliche Köchin. Es roch immer irgendwie nach frisch zubereitetem, reichhaltigem Essen. So wenig seine Mutter auf neue Möbel und moderne Kinkerlitzchen achtete, so sehr achtete sie auf eine gesunde Ernährung. Irgendwelche

Fertigprodukte kamen ihr nicht ins Haus. Sie ging zwei Mal pro Woche auf den Markt, hatte seit kurzem sogar den Bio-Supermarkt ins Herz geschlossen.

Neben der Küche hatte ihre Wohnung noch ein kleines Bad, das Elternschlafzimmer und die beiden Zimmer in denen Max und seine Schwester Alexa wohnten. Auch hatten sie ein kleines Wohnzimmer, in dem sich jedoch meist nur sein Vater aufhielt.

»Du musst Maximilian Rose sein. Herzlich willkommen an der Gablin-Akademie.« Max fuhr ein leichter Schreck in die Glieder, und er herum. Vor ihm stand eine Frau, die ihn lächelnd ansah. »Oh. Entschuldige bitte, ich wollte dich nicht erschrecken. Du warst … ähm … bist wohl noch beeindruckt von dem Ambiente hier. Ja, ich finde es auch nach gut … sechs … sieben Jahren immer noch … ach, ist ja auch egal. Darf ich dich Max nennen?« Max nickte und wirkte ein weiteres Mal beeindruckt. Er war nun in einem Alter, in dem Brüste eine Rolle zu spielen begannen. Und was diese gut 30 Jahre ältere, fast einen Kopf größere Frau direkt vor seiner Nase platziert hatte, war mehr als ein pubertierender Geist gelassen verkraften konnte. Zudem roch diese Frau sehr gut. Sie hatte ein leichtes, blumig-süßes Parfüm aufgelegt. Max hatte sicher schon häufiger den Geruch eines Parfüms an einer Frau wahrgenommen, doch dieses Duftwasser hatte das Potenzial, einem Knaben tief ins Bewusstsein einzudringen und ihm die ganze Bedeutung eines zweiten Geschlechts klar zu machen. Max wurde rot. »Auch wenn du nicht mit mir reden willst«, und sie fügte lachend hinzu: »oder kannst. Merkt dir mal meinen Namen: Ich bin Esther und für die kommende Woche deine Ansprechpartnerin. Falls du wirklich sprechen kannst. Aber davon geh ich mal aus. Sonst wärst du kaum hier.« Schon im Umdrehen begriffen, fügte sie noch hinzu: »Du kannst mich ruhig auch duzen. Hier duzen wir uns alle.« Sie ging auf eine unscheinbare Seitentür in der Ecke der Vorhalle zu und winkte ihn hinter sich her, ohne sich noch mal nach ihm umzudrehen.

»Du kannst dich hier vorne hinsetzen.« Esther ging um den Schreibtisch im ihrem Büro herum, zeigte dabei auf einen der beiden davor stehenden Stühle. Das Büro war im Bezug auf das, was Max bisher in diesem Anwesen zu sehen bekommen hatte, unglaublich schlicht. Kein Stuck, keine Goldverzierungen, ein 3-fach Strahler aus dem Baumarkt an der Decke und die Bilder an den Wänden befanden sich rahmenlos hinter einfachem Glas. Dies hätte auch die Einrichtung einer Amtsstube in irgendeiner Behörde sein können. Neben Esther war der einzige Hingucker in diesem Raum, ein rotes Sofa mit urgemütlicher Ausstrahlung. Jetzt so vor dieser Frau und ihrem Schreibtisch zu sitzen, musste Max sicher an jene ungeliebten Augenblicke in seiner Schule erinnern, wenn ihn sein Direktor zu sich beordert hatte. Ganz gleich, ob ihn mit stolzer Miene zu loben oder mit herunterhängenden Schultern zu tadeln. Genau das war der Begriff, welchen er dann immer verwendete: *Max ... ich muss dich tadeln.*

»So, mein Lieber. Wollen wir mal schnell das Organisatorische klären. Dein Name ist Maximilian Rose...« Esther schaute über den oberen Rahmen ihrer zum Lesen seiner Akten aufgesetzten Brille, und ihm direkt in die Augen: »Kein zweiter Vorname?« Max schüttelte den Kopf, doch Esther fuhr schon fort: »Du bist in … ach, das wird schon alles seine Richtigkeit haben.« Sie klappte die Mappe mit Max' Unterlagen zu, warf sie auf einen Stapel aus Akten, Zeitschriften und sonstigem Papierkram. Dann lehnte sie sich nach vorne und schaute Max wieder sehr direkt an. Woraufhin dieser sogleich verlegen unter sich schaute. Esther schmunzelte, setzte die Befragung jedoch unmittelbar fort: »Ich habe gelesen, dass du natürlich in *allen* Schulfächern sehr gute Noten hast. Werdet ihr denn nicht im Mündlichen bewertet?«

Max war normalerweise alles andere als ein großer Schweiger. Aber dies hier hätte wahrscheinlich auch die meisten anderen Jungen in seinem Alter ziemlich eingeschüchtert. Alles war irgendwie mindestens eine Nummer zu groß. Mindestens eine. »Was soll ich sagen?« Max sprach zum ersten Mal seit er in der Akademie angekommen war. »Gute Frage!«, entgegnete Esther. »Was erwartest du dir von der Woche hier?« »Will'n Stipendium«, nuschelte Max. »Du weißt, dass das nicht einfach ist. Wir haben hier ein ziemlich ausgefeiltes Test-Programm. Da hat schon so mancher Hochbegabte die Segel streichen müssen.« Esther schaute Max abermals tief in die Augen, er versuchte diesmal stand zu halten. Ein kläglicher Versuch. Sie fuhr fort: »Unsere Tests sind mehr als die üblichen IQ-Tests, die du sicher zu genüge kennst. Wie lief eigentlich dein letzter?« »152.« »Nach deutschen Kriterien?« »Ja.« »Nicht schlecht. Aber wie gesagt, wir testen etwas anders. Sicher, du wirst auch hier wieder die üblichen

Fragen und Aufgaben gestellt bekommen. Die zeitlichen und … nennen wir sie mal räumlichen Bedingungen werden aber etwas anders sein.« Max zog neugierig eine Augenbraue hoch. Zuerst hatte er nicht unbedingt hierher gewollt. Stipendien hatte er genug angeboten bekommen. Doch als er gehört hatte, dass es als wirklich ganz besonders schwierig galt, an der Gablin-Akademie ein Stipendium zu erhalten, war sein Ehrgeiz geweckt. Wann hatte er schon mal die Möglichkeit etwas zu tun, dass er nicht mit Leichtigkeit absolvieren konnte. Er war ja sogar ein sehr guter Sportler.

Esther kramte nun doch noch einmal in seinen Unterlagen. »Ich sehe, deine Eltern und du, ihr habt in den Test mit unserer Neuroenzephalographen eingewilligt. Das ist der ganz besondere Teil in unserer Testserie. Schließlich hat das gute Teil einen ordentlichen Batzen Geld gekostet; Spitzentechnologie aus der Region. Dieser Test ist aber nicht weiter problematisch. Du solltest nur keine Angst vor Saugknöpfen, Spritzen und Röhren haben.« Esther schmunzelte mal wieder, lehnte sich dabei zufrieden zurück. »Kein Problem«, antwortet Max. »Gut, dann sind wir fürs Erste auch schon durch. Vor der Tür wartet Raik. Er wird dir dein Zimmer zeigen. Es ist jetzt«, sie blickte zur Uhr an der Wand, »gleich zwei. Das Mittagessen hast du verpasst. Aber Raik weiß sicher einen Weg, dir jetzt noch was zu besorgen.« Wieder schmunzelte Esther. Sie stand auf und hielt Max einen Ausweis hin, sowie eine kleine Mappe. Max schnappte sich beides und ging in Richtung Tür. »Ähm, Max?« Er hatte den Türgriff schon in der Hand, drehte sich aber noch einmal zu ihr um. »Bist du religiös?« Max legte die Stirn in Falten, schüttelte den Kopf und fragte: »Warum?« Esther schaute für einen kurzen Augenblick etwas enttäuscht, schüttelte dann aber ihrerseits mit dem Kopf: »Nur so. Für meine persönliche Statistik.«

15

Kapitel 2

Hochschule

Alexa wurde flau im Magen. Wie sollte sie die Fülle an Informationen, die der Dozent da vorne gerade vortrug, jemals in ihren Kopf hineinbringen? Das alles müsste sie schließlich später auch in einer Prüfung wiedergeben können. Und wenn es nur die schlichte Stoffmenge wäre. Dieses Fach war einfach nicht ihres, doch durch diesen Wirtschaftskram mussten alle Studierenden an dieser Hochschule durch. Egal ob sie, wie sie selbst, Angewandte Netz-Wissenschaften oder etwa Geographie, Elektrotechnik oder Soziologie studierten. Bei diesem für sie nur all zu oft unergründlichen Stoff aus dem Bereich Rechnungswesen, würde sie mal wieder ihren kleinen Bruder fragen müssen. Sicher, Max würde wie immer die Augen verdrehen, und wenn er es nicht auf Anhieb wüsste, würde er so etwas sagen wie: »Ich google das mal schnell. Komm in einer halben Stunde wieder.« Sie würde dann eine halbe Stunde später wieder über den Flur in sein Zimmer schleichen, wo er sich natürlich schon lange wieder einer anderen Sache zugewendet hätte. Max würde dann leicht irritiert aufschauen und in etwa sagen: »Was? … ach ja … dein Problemchen. Also, hock dich hin. Das ist ganz einfach.« Dann würde er anfangen zu erklären, sie ein paar Mal nachfragen müssen, doch nach einer Weile, wüsste sie bestens Bescheid. So dumm war sie nun auch wieder nicht. Aber manchmal dachte sie bei sich, dass es vielleicht weniger aufwendig wäre, sich nur die

Vorlesungs- und Seminarthemen von ihren Professoren geben zu lassen und dann gleich bei ihrem Bruder zu studieren. Natürlich würde dieser das niemals mitmachen. Außerdem war sie der Meinung, dass es grundsätzlich immer besser war, die Lehrveranstaltungen zu besuchen. Beobachtete sie die Dozenten genau, dann war es für sie oftmals möglich, die Schwerpunkte ihrer Prüfungen zu erahnen. Alexa war froh, dass wenn sie schon nicht so eine Intelligenzbestie wie ihr kleiner Bruder war, sie statt dessen eine etwas größere Portion Empathie abbekommen hatte.

»Geh'n wir gleich zusammen in die Mensa?«, flüsterte der neben Alexa sitzende Tüte unvermittelt zu ihr herüber. »Pssst! Ich muss hier aufpassen«, antwortete sie ihm mit gedämpfter Stimme; um dann kurz darauf noch hinzuzufügen: »Aber gut: Mensa!«.

Alexa mochte ihren Kommilitonen Tüte, dessen bürgerlicher Vorname Jens war; so nannte ihn aber niemand. Er war ein guter Kerl, manchmal ein wenig anstrengend, weil er so viel plapperte, aber oftmals auch eine gute Alternative zu ihrem kleinen Nachhilfelehrer zuhause. Der schlaksige Tüte, mit den immer verwuschelten blonden Haaren und seinen großen blau-grauen Augen, war wirklich begabt; und seine Diskussionen mit den Seminarleitern legendär. Alexa hatte noch nicht ergründet, warum ihr Kommilitone von allen Tüte genannt wurde. Vom Kiffen könnte es nicht kommen. Sie hatte schon so manche Nacht mit ihm durchzecht und nie hatte er geraucht; weder mit, noch ohne Cannabis. Stattdessen hatte er ihr auf einer Wohnheim-Fete einmal lang und breit erklärt, dass *Gras* auf arabisch *Haschisch* heiße und das gut zwei Drittel der Weltproduktion von dem Zeug aus Marokko stamme. Und da sie ihn damals nicht frühzeitig gebremst hatte, erläuterte er ihr auch noch wortreich, dass Marokko wiederum ursprünglich von Berbern gegründet und offiziell *Al-Maghrib* genannt wurde. Was sich wiederum vom arabischen Wort für Sonnenuntergang *Maghreb* ableitete. So etwas konnte stundenlang gehen, da Tüte immer wieder eine neue Assoziation in den Sinn kam und sein Allgemeinwissen gigantisch war. Was auf Partys und in der Mensa kurzweilig war, hatte bisher aber irgendwie auch verhindert, dass Alexa den rechten Augenblick für gekommen sah, um Tüte mal zu fragen, wo er diesen seltsamen Spitznamen eigentlich her hatte. Denn sie hatte zugegebenermaßen auch irgendwie das Gefühl, dass er über die Herkunft seines Spitznamens lieber nicht wirklich gern sprechen wollte.

»Nachher geht es mit der Klampfe wieder in die Stadt. Brauche ein paar Euro für'n Sprit. Mein Tank ist schon wieder leer«, verkündetet Tüte kauend.

Alexa wusste nicht, ob sie Tüte für seinen Lebensstil bewundern oder bedauern sollte. Er lebte in ständig wechselnden WGs, besaß neben seiner alten rostigen Ente gerade mal soviel, wie er in zwei Koffer und eine Notebook-Tasche bekam. Den Unterhalt für sein Leben verdiente er sich vornehmlich mit Straßenmusik. Manchmal, wenn es eng wurde, half er bei einem befreundeten Biobauern auf dem Gießener Wochenmarkt oder bei der Ernte aus. »Kommst du kurz mit? Du weißt, es ist immer gut, wenn am

Anfang eine hübsche, junge Frau darumsteht und meine Musik gut findet.« »Ich finde deine Musik aber nicht gut«, erwiderte Alexa hämisch grinsend. »Ich werde nie verstehen, was du gegen die großen alten Männer der Rockmusik hast? Sei's drum. Haste Zeit?« Alexa schüttelte den Kopf, während sie zugleich die Gabel mit der Pasta in den Mund steckte. »Nö, üff…« Sie brach den Satz ab und kaute. »Haste noch Vorlesung?«, stürzte sich Tüte fragend in die Gesprächspause. Alexa schluckte einen viel zu großen Happen runter und spülte schnell mit einem Schluck Wasser nach. In den wenigen Augenblicken bis zu Alexas Antwort, durchlebte Tütes Gesicht zahlreiche auf tiefe Ungeduld hinweisende Gesichtsausdrücke; die mit ein paar Fragelauten untermalt wurden. Alexa lächelte spitzbübisch und antworte: »Eigentlich hab ich noch was beim Meierling, aber da gehe ich heute nicht hin. Ich bin mit dem Auto meiner Eltern hier, da ich nachher *Mäxchen* vom Bahnhof abholen darf.« »Stimmt ja! Der kommt von seiner großen Woche in der Schlaumeier-Schule wieder. Schon was gehört, wie es war?« »Nee, der hat sich die komplette Woche nur einmal gemeldet und das war gestern Abend per SMS.« Alexa holte ihr Handy aus ihrer Tasche, die neben den Tabletts auf dem Tisch lag, tippte behände darauf herum, las dann vor: »*Bin 14:34 am Bahnhof. Jemand muss mich abholen. Max.* Und da meine Mutter jeden Freitagnachmittag meiner Tante Ilse beim Putzen ihrer Wohnung hilft, hab ich diese ehrenvolle Aufgabe übertragen bekommen. Na, wenigstens durfte ich so das Auto mit an die Uni nehmen. Sonst hätte ich den Kleinen ja mit dem Bus abholen müssen. Und sowas geht ja wirklich nicht!« Ohne auf die kleine Spitze gegen Alexas Mutter einzugehen, war dieses Thema für Tüte plötzlich auch schon wieder beendet. Ein anderes allerdings nicht: »Was hast du zum Beispiel gegen Clapton? Der alte Mann ist mit seinen über 60 immer noch richtig klasse.« Alexa wusste was jetzt kam und schnappte sich ihren Pudding. Sie würde diesen nun in Seelenruhe, und Tütes Monolog lauschend, genießen können. Dabei war sie sich nicht mal sicher, ob Tüte es überhaupt wahrgenommen haben würde, wenn sie wie üblich, anschließend noch auf einen Kaffee in die Cafeteria hinübergegangen sein werden?

Kapitel 3

Langeland

»Ihr wollt ihn doch nicht wirklich…?« Alexa konnte es nicht fassen. Das amateurhafte Bühnenstück, welches anscheinend gerade nur für sie persönlich aufgeführt wurde, nahm immer absonderlichere Formen an. Dass sich ihr Bruder im Auto kaum zu einer als vollständigen Satz interpretierbaren Aussage hatte hinreissen lassen, hatte Alexa noch ihrer Verspätung zugeschrieben; sie war fast eine halbe Stunde zu spät am ihrem üblichen Treffpunkt vor dem Kurzzeit-Parkplatz angekommen. Zunächst hatte sie sich mit Tüte beim Kaffee verquatscht und dann war der Wagen ihrer Eltern auch noch von so einem Dussel auf dem Uni-Parkplatz zugeparkt worden. Dieser hatte zwar seine Handy-Nummer hinter die Windschutzscheibe seines Wagens gelegt, aber bis er in seinem albernen weißen Kittel aus seinem Labor heraus zum Parkplatz gekommen war, war sie schon hoffnungslos verspätet. Zumindest schien es ihm leid zu tun. Er entschuldigte sich mehrfach und betonte sehr glaubhaft, dass dies eigentlich nicht seine Art sei. Obendrein meinte er, ihr noch vorschlagen zu müssen, dass sie sich doch noch mal bei ihm melden solle, dann würde er ihr zur Entschädigung einen Kaffee ausgeben. Seine Nummer hätte sie ja jetzt und solle sie unter dem Namen Mirko … *Mirko mit K* abspeichern. Sie lehnte das alles ab, bat ihn indes mit etwas mehr Nachdruck, sie jetzt rausfahren zu lassen. Was er dann auch tat. Nicht aber ohne sich noch ein paarmal bei heruntergelassener Fensterscheibe bei ihr zu entschuldigen. Wenn die Gesellschaft von diesem Mirko auch nur annähernd so langweilig wäre, wie seine Frisur, wollte Alexa unbedingt auf diesen Entschuldigungskaffee verzichten. Zudem war dieser Typ unglaublich blass und hatte die zu dieser Hautfarbe passenden kupferroten Haare. Was Alexa überhaupt nicht ansprach. Er war so gar nicht Alexas Typ … so gar nicht.

Mit Max zu Hause angekommen, wurden sie beide sofort in die Küche zitiert. Alexa setzte sich an ihren angestammten Platz. Der Tisch war bereits opulent gedeckt, ihr Vater und sie wurden jedoch erst einmal zu Statisten degradiert. *Der Bub* wurde nun gründlich von Muttern inspiziert und geknuddelt. Sein missfallender Gesichtsausdruck sprach dabei Bände: Er handelte von der aufkeimenden Pubertät, von einer intensiven Abneigung familieninterner zur Schaustellung und von alledem, was ein 12-Jähriger eben nicht mag, an überschwänglicher und seit Jahren unveränderter mütterlicher Zuneigung.

Als Alexa zu ihrem Vater blickte, meinte sie Mitleid in seinen Augen zu sehen. Es hätte aber auch genauso gut Hunger sein können. Gefühlstechnisch war ihr Vater für sie immer ein Buch mit mindestens sieben Siegeln geblieben. Alexa war der Ansicht, dass er und seine Wesensart wahrscheinlich der Hauptgrund für ihre ausgesprochen ausgeprägte Einfühlsamkeit war. Seit frühesten Kindertagen hatte sie stets den tiefen Wunsch ihn verstehen zu können. War er jemals traurig? Freute er sich über den Sieg seines Lieblingsfußballvereins? Hatte er überhaupt einen

Lieblingsfußballverein? Hatte er überhaupt irgendein Lieblings*irgendwas*? Er schaute jeden Samstag die Sportschau. Ohne aber dabei eine Vorliebe für einen der Vereine zu offenbaren. Alexa hatte ihn beobachtet. Kein Schmunzeln oder Stirnrunzeln bei irgendeiner der Aktionen auf dem grünen Rasen. Nie. Manchmal fragte sich Alexa, ob seine jahrelange Tätigkeit als Fernfahrer, ihn zu diesem Gefühlsbunker gemacht oder gerade diese Eigenschaft, ihn für diesen Job prädestiniert hatte? Alexa war sich auch nicht darüber im Klaren, ob sie ihn in irgendeiner Form bewundern oder zu ihm aufsehen dürfte? Manchmal blieb sie kurz im Rahmen der Wohnzimmertür stehen und beobachtete ihn dabei, wie er wiederum am Fenster stand und den Verkehr auf der viel befahrenen Ausfallstraße beobachtete, die direkt an ihrem Mietshaus vorbeiführte. Ob er das nun als Frührentner ... *der Rücken* ... quasi als Entzugsmaßnahme vom Straßenverkehr brauchte? Oder hatte er einfach keine andere Idee, was er mit sich und der nun mal zwangsläufig vorhandenen Zeit anfangen sollte? Alexa erwischte sich ab und an bei dem Gedanken, wie es wohl wäre, mal mit ihrem Vater zu kiffen?

Der Bub hatte nach einer kräftigen Hühnersuppe und einem großen Teller Lasagne, nun auch beim Nachtisch seine Extra-Portion verputzt. Die Mengen an Nahrung, die Max inzwischen in sich hinein stopfen konnte, waren ein weiteres Indiz für seine anbrechende Pubertät und ließen Alexa einen bevorstehenden Wachstumsschub erwarten. Noch war ihr Bruder, der wie sie selbst, brünette Haare und braune, leicht ins grünliche gehende

Augen hatte, ein paar Zentimeter kleiner als sie. Sie zählte mit ihren gut 165 Zentimetern aber auch nicht gerade zu den Riesen in ihrem Freundeskreis. Sie selbst trug ihre Haare glatt und schulterlang. Max jedoch hatte eine Lausbuben-Frisur, da er modemäßig noch ganz unter dem Einfluss ihrer Mutter stand, und diese ihrem Jüngsten nur allzu gerne stolz durch die Haare wuschelte.

Nachdem der letzten Löffel Pistazien-Pudding verputzt war, hatte Max die Bombe platzen lassen: »Ich geh im nächst'n Schuljahr auf eines dieser Akademie-Internate. Sie haben mir eins in Dänemark zugeteilt, auf 'ner Insel … Langland oder so. Kost auch nix, die bezahl'n alles.« Alexas Kinnlade klappte herunter und während sie unterbewusst auf ein brummiges, vom schluchzenden Aufschrei ihrer Mutter untermaltes *Nein* ihres Vaters wartete, hörte sie erst einmal nichts. Sie schaute zu ihren Eltern, die beide nickend da saßen und lächelten. Alexas Vater lächelte! Schon alleine dieser Anblick hätte in ihr eine Welt zusammenbrechen lassen können, aber auch ihre Mutter lächelte. Und nickte. Kein Redeschwall. Keine Tränen aus tiefer menschlicher Enttäuschung, nur debiles Nicken und dümmliches Lächeln. Alexa hörte sich plötzlich sagen: »Ihr wollt ihn doch nicht wirklich…?« Auch hörte sie den fassungslosen Ton in ihrer eigenen Stimme. Alexas Mutter tätschelte ihr daraufhin die Hand und sagte mit einem filmreif beruhigendem Unterton in der Stimme: »Wir hatten mit Amerika gerechnet. Langeland«, sie drehte ihrem Sohn kurz den Kopf zu: »Die Insel heißt Langeland, Schatz, nicht Langland«, um dann die Ansprache an ihre Tochter tätschelnd fortzusetzen: »Langeland ist eine tolle Insel. Dein Vater und ich waren doch vor drei Jahren mit Onkel Josch und einigen Leuten von seiner Freiwilligen Feuerwehr dort. Die hatten doch überraschend einige Plätze frei; wegen dieser Magen-Darm-Geschichte damals. Die hatten sich beim Abschlusstreffen zwei Tage vor dem Abreisetermin gegenseitig angesteckt und konnten…« »Mama!«, brach es aus Alexa heraus. »Ihr wollt Max einfach so nach Dänemark gehen lassen? Mit Zwölf? Als ich vor drei Jahren … mit Neunzehn! … als ich da in eine andere Stadt zum Studieren gehen wollte, da habt ihr … da hast *du* solch einen Aufstand geprobt, dass ich um des lieben Friedens willen, hier in Gießen geblieben bin.« »Aber du wolltest doch nur wegen deinem Mark…« wandte Alexas Mutter postwendend und mit mütterlichem Timbre in der Stimme ein. Aber Alexa unterbrach sie sogleich wieder: »Nur? *Nur* wegen Mark? Mark studiert in Hamburg. Ich wollte nach Berlin!« »Das wussten wir ja damals noch nicht. Wir dachten … aber das ist doch jetzt auch egal. Bei unserm Mäxchen, da wissen wir ja wo er hingeht. Und er tut dies bestimmt nicht wegen einem Mädchen, sondern weil er etwas ganz Besonderes ist.« Alexas hatte den Eindruck, dass ihr Hals um gut und gerne zwei Kragenweiten angeschwollen sein musste. Eine Kragenweite, für diese ganze antiquierte Scheiße und eine, für den Blick ihrer Mutter. Der war nämlich eine Mischung aus engelsgleicher Unschuld und *Du weißt doch das ich recht habe!* Wieder einmal der Resignation nahe, schaute Alexa Hilfe suchend über den Tisch. Das Lächeln im Gesicht ihres Vaters war wieder diesem gewohnt undurchschaubaren Ausdruck gewichen und Max … der war weg. »Wo ist er hin?«, frage Alexa mit immer noch vor lauter aufgestauter Wut leicht zitternder Stimme und während sie mit ihrem Kinn auf den nun verwaisten Stuhl deutete. »Raus«, antwortete ihr Vater gelassen.

Kapitel 4

Wohngemeinschaft

»Schwarztee?«

Alexa schaute zu Tüte auf und überlegte, ob sie seine Frage mit der für sie eigentlich mehr als berechtigten Nachfrage nach der Teesorte erwidern sollte? Doch da machte sie sich bewusst, dass er als passionierte Kaffeetrinker, Schwarztee schon für die Sorte halten würde, und antwortete schlicht: »Mit etwas Milch, ohne Zucker. Danke.« Tüte schnappte sich den Wasserkocher, klappte den Deckel auf, hielt ihn unter den Wasserhahn. Der Wasserkocher sah schon etwas mitgenommen aus, wie das meiste in dieser Küche. Für Alexa gehörte das aber einfach auch zu einer richtigen WG-Küche dazu. So wie ein zweiter Kühlschrank und ein kontinuierlich vorhandener Spülberg; ob die WG nun über eine Spülmaschine verfügte oder nicht. So eine Spülmaschine muss schließlich ein-, und noch viel schlimmer, auch wieder ausgeräumt werden.

Mit den Worten »Ich frag mal bei Sille, ob wir was von ihrem Tee haben können?«, ging Tüte aus der Küche und ließ Alexa mit der aus dem Radio trällernden Kate Bush allein.

Sille war eine von Tütes Mitbewohnerinnen und hieß mit richtigem Namen wahrscheinlich Sybille oder so ähnlich. Alexa wusste das nicht so genau. Vor allem da Tüte erst seit ein paar Monaten in dieser WG wohnte und üblicherweise auch kaum länger als ein halbes Jahr dort wohnen bleiben würde. Da machte sich Alexa inzwischen kaum noch die Mühe, die jeweiligen Mitbewohner von Tüte genauer kennenzulernen. Er hauste schon seit Jahren in WG-Zimmern von irgendwelchen Studierenden, die für ein Semester aus Studiengründen entweder im Ausland oder zumindest in einer anderen Stadt weilten. Solche Gründe gab es genug. Zum Beispiel das in den meisten Studiengängen vorgeschriebene Praxissemester in einem Betrieb oder das für ambitionierte Studenten obligatorische Semester beziehungsweise Jahr an einer ausländischen Universität. Tüte suchte sich immer möblierte WG-Zimmer und nach Möglichkeit solche, von Leuten, die bei ihren Vorbereitungen für die Zeit in der Ferne knapp dran und sowieso schon organisatorisch überlastet waren. So ließ sich oftmals ein netter Nachlass auf die Miete rausschlagen. Irgendwie hatte er ein Händchen dafür, immer noch rechtzeitig bevor er auf der Straße sitzen würde, genau solche Zimmer aufzutun. Aber seine Ansprüche an seine Behausung waren auch nicht gerade üppig. Um von Tüte akzeptiert zu werden, musste ein Zimmer in einer WG sein, ein Bett haben, und vor allem ein flottes WLAN. Weiter war es Tüte auch wichtig, dass in der WG nicht zu wenige Leute lebten und es nach Möglichkeit eine gemischte WG war. Er war der Auffassung, dass wenn nur Kerle in einer Wohnung lebten, sie zum Verlottern neigten. Und wenn nicht im Bezug auf die allgemeine Ordnung, dann zumindest geistig. Das hat er auch mal als einen wichtigen Grund bezeichnet, warum er nicht zur Bundeswehr gegangen war; neben seinem latenten Pazifismus und dem Interesse mal in einen Pflegeberuf reinzuschnuppern.

»Geht klar, wir können was von ihrem Tee haben. Sie kommt gleich und trinkt auch einen mit. Ist doch okay, oder?« Mit diesen Worten kehrte Tüte in die Küche zurück. Alexa nickte, auch wenn sie eigentlich gar nicht so glücklich darüber war. Sie war noch ziemlich aufgewühlt von dem Streit mit ihrer Mutter von vorhin. Sie hatte gehofft, mal mit Tüte über die Sache quatschen zu können; beziehungsweise Tüte ein bisschen darüber philosophieren zu lassen. Aber Sille wollte sie eigentlich lieber nicht dabei haben. Sie war lieb und nett, aber auch eine totale Gefühlstante; wie Tüte es ausdrückte. Sie praktizierte jeden Morgen Yoga und es roch immer nach Räucherstäbchen, wenn man an ihrer Zimmertür vorbeiging. Alexa waren diese spirituellen Leute immer etwas suspekt. Dabei fragte sie sich, ob es für ihren Vater nicht auch eine Art meditative Übung war, wenn er am Fenster stand und den Verkehr beobachtete? Ob religiöse Praktiken, spirituelle Übungen, Autos beobachten, die Menschen sind doch irgendwie alle ähnlich gestrickt, dachte sich Alexa. Hauptsache sie können sich effektiv von sich und ihren Ängsten ablenken. Eines schätzte Alexa allerdings sehr an Sille: Sie war die Besitzerin eines kleinen, grau-getigerten Katers namens *Valentino*.

»Hallo Alexa. Wie geht's?« Sille schlürfte in Plüsch-Hausschuhen und mit einem rosa Bademantel bekleidet in die Küche. Die Schlappen hatten eine Schweineschnauze, Augen und Ohren, und waren ebenfalls rosa. Alexa fragte sich, ob Sille schon im Bett gelegen hatte oder eigentlich auf dem Weg ins Bad gewesen war. Sie war eine hübsche junge Frau und passte augenscheinlich recht gut in das, was Tüte sein Beuteschema nannte: Große braune, immer etwas staunend dreinblickende Augen, dunkelblonde, meist wie jetzt auch, zu einem Pferdeschwanz zusammengebundene Haare und ein recht schmallippiger Mund. Sie hatte mit etwas über eins sechzig ungefähr Alexas Körpergröße, war aber schlanker und auch ein wenig durchtrainierter. Nicht das Alexa mit ihrer Figur unzufrieden gewesen wäre. Aber ein bisschen mehr Sport treiben, das hatte sie sich schon länger vorgenommen. Zur Zeit schaffte sie es ein bis zwei Mal im Monat Joggen zu gehen … maximal. Was schon mal besser war, als gar nichts.

Tüte stellte zwei Tassen Tee auf den Tisch und holte sich dann seine Tasse Kaffee von der Arbeitsfläche der Küchenzeile. »Okay, Kleines, was is' los?« Er setzte sich auf den Stuhl neben Alexa, schaute sie erwartungsvoll an … und schwieg. Alexa staunte nicht schlecht. Wenn Tüte mal die Klappe hielt, dann zumeist nur aus tief empfundenem Mitgefühl. Sah sie so bemitleidenswert aus? Alexa bemerkte nun auch die großen Augen von Sille auf sich ruhen. Sie schaute die beiden nacheinander an, und dann musste es einfach raus: Sie berichtete von ihrem Bruder, seinen Plänen bezüglich des Gablin-Internats und der Reaktion ihrer Eltern.

»Gablin? Der Name kommt mir bekannt vor.« Der grübelnde Blick von Sille ließ ihren Gesichtsausdruck deutlich weniger naiv aussehen als sonst üblich. Diese Steilvorlage, sein fundiertes Wissen präsentieren zu können, ließ sich Tüte nicht entgehen und entgegnete: »Gablin … genauer gesagt: Professor Edgar-Paul Gablin … stammt aus einer reichen, schottischen Familie, die ihre Milliarden hauptsächlich mit Bodenschätzen gemacht hat, und natürlich auch mit dem geschickten Umgang mit diesen Milliarden. Er selbst lehrte lange Zeit am Massachusetts Institute of Technology, dem MIT, und steht hinter einer bekannten Stiftung für Hochbegabte. Die Fachwelt hat aber schon länger nichts mehr von ihm gehört. Wahrscheinlich ist er emeritiert.«

»Mit sowas kenne ich mich nicht aus«, gab Sille schulterzuckend zu und wandte ihren Blick zu Alexa: »Und dieses Internat ist auf einer Insel in Dänemark? Und da will dein Bruder dann ab Sommer zur Schule gehen?« Alexa holte Luft, um Sille bejahend zu antworten. Da hörte sie schon Tüte sagen: »Nicht nur dort in Dänemark hat Gablin ein Internat. In der ganzen Welt! Dutzende! Er ist ein großer Förderer von jungen, besonders begabten, intelligenten Menschen; wie eben auch Alexas Bruder definitiv einer ist. Um es in der Sportsprache zu sagen: Er betreibt in seinen Internaten sozusagen Jugendarbeit.« »Und warum kann der Junge dann nicht zumindest hier in der Nähe in ein Internat von diesem Gablin gehen?«, wollte Sille wissen. »In den internationalen Maßstäben in denen sie dort denken, ist Dänemark schon *in der Nähe*. Die Kinder müssen wohl generell in ein Internat im Ausland«, antwortete Alexa, um dann noch hinzuzufügen: »Ich versteh das nicht. Warum lassen meine Eltern ihn nicht noch hier das Abitur machen? Dieses Internat ist doch nicht nur einfach eine Schule. Die Schüler gestalten ihre Lehrpläne sehr eigenverantwortlich mit, und nicht nur die Lehrpläne. Es ist eher eine Gemeinschaft für Intelligenzbestien.«

»Ich dachte, dein Bruder sei erst zwölf, dann dauert das ja noch eine Weile bis er Abi hat?« »Von wegen! Alexas Bruder ist schon in der elften Klasse. Er hat in gut zwei Jahren sein Abi in der Tasche. Hochbegabt!« Tüte unterstrich seine letzte Aussage mit einem wissenden Nicken und Alexa meinte in seinem Blick auch ein bisschen Stolz zu erkennen. Dabei kannte er Max eigentlich kaum.

Die beiden hatten sich nur einmal in der Stadt auf dem Weihnachtsmarkt getroffen. Alexa stand gerade mit ihm und einigen Kommilitonen an einem Glühweinstand, als Alexas Mutter und Bruder zufällig vorbeikamen. Alexas Mutter wirkte damals sichtlich erleichtert über das zufällige Zusammentreffen und vertraute Max mit einem Augenzwinkern seiner großen Schwester an. Dann verschwand sie im Gewühl der kaufsüchtigen Menge. Alle Anwesenden, auch Max, wussten, dass er nun seine Weihnachtsgeschenke gekauft bekommen würde. Alexa blieb noch gut eine Stunde mit ihrem Kinderpunsch trinkenden und gebrannte Mandeln in sich reinstopfenden Bruder auf dem Weihnachtsmarkt. In ihrem Schlepptau: Tüte, der dort eigentlich musizieren wollte. Aber zum einen hatte er zu viel Glühwein intus, und zum anderen diskutierte er fasziniert mit Max über Gott und die Welt. Und das im wahrsten Sinne des Wortes. Da wurde Mandeln kauend erörtert, ob der Ignostizismus den Agnostizismus erweitert oder impliziert, oder ob der Buddhismus als theistische oder atheistische Bewegung angesehen werden muss. Diesem wissenschaftlichen Gespräch über Religion, fehlte es jedoch an jeglicher spirituellen Note.

»Stell ich mir hart vor, mitten in der Pubertät sein Abi bauen zu müssen. Hochbegabt oder nicht.« Sille sprach es und blickte etwas verklärt aus dem Fenster. In diesem Moment stand Tüte auf, ging an den Küchenschrank, kramte in seinem Lebensmittelfach herum, kam mit einer kleinen Flasche an den Tisch zurück und schüttete in die dampfenden Tassen jeweils einen Schluck Cognac. Dann nahm er seine Tasse in die Hand, prostete den beiden Frauen in der Luft zu und sagte: »Auf die Pubertät! Diese schrecklich süsse Zeit.«

Gut zwei Stunden später, sie waren längst beim Bier angekommen, hing eine fast schon greifbare Rührseligkeit im Raum. Sille hatte noch immer ihren Bademantel an, welcher schon deutlich lockerer saß als zum Beginn des Abends. Tütes Blicken zu folge, schien ihn das jedoch nicht im geringsten zu stören; im Gegenteil. Aber selbst dieser Anblick hielt ihn nicht vom Philosophieren ab: »Wenn ich mal groß bin, dann gründe ich 'ne Kommune für Hochbegabte. Aber alles gemeinnützig! Nich' für so einen megareichen Fuzzi. Der hat doch sowieso schon zu viel. Un' will immer noch mehr! Gibs sowas nich' schon? Ne' alternative Förderungsanstalt für Schlauköppe? So mit Biosiegel für'n Kopp? Alexa? Wie kommst'n heim? Kannst auch bei mir pennen.« »Nix da, du … du Knall… Tüte!«, fuhr Sille ihren Mitbewohner an und verschloss dabei ihren Bademantel tugendhaft. »Aber bei mir kannste pennen. Wenn'ste willst. Hab' noch 'ne Gästematratze unter'm Bett.«

Kapitel 5

Abnabelung

»Max? Was machst du da?« Alexa war gerade filmreif in Max' Zimmer gestürmt. Sie wollte ihn nun endlich unter vier Augen zur Rede stellen. Bisher hatte sie dazu noch keine richtige Gelegenheit gefunden. Nachdem er die Küche während Alexas Streits mit ihrer Mutter klammheimlich verlassen hatte, war er zunächst einmal spurlos verschwunden, und Alexa dann noch vor seiner Rückkehr zu Tüte gegangen. Dort hatte sie die Nacht in dem seit kurzem leer stehenden Zimmer seiner WG verbracht, und war gegen Mittag mit einem gehörigen Kater sowie hartnäckigen Schulter- und Rückenschmerzen nach Hause gekommen. Trotzdem hätte sie am liebsten den direkten Weg in Max' Zimmer genommen, hatte sich dann aber doch für eine Dusche und etwas Kosmetik entschieden. Durch die angespannte Stimmungslage zwischen ihr und ihrer Mutter, war ihr wenigstens die Moralpredigt erspart geblieben, die ihr nach einer außerhalb der elterlichen Wohnung verbrachten Nacht üblicherweise blühte. Obendrein war ihr inzwischen auch noch etwas klar geworden: Sie musste ausziehen. Unbedingt! Es ging einfach nicht mehr so weiter. Sie war fast 23 und musste sich noch wie eine 15-Jährige belehren und ausfragen lassen. Und das nicht nur, wenn sie mal eine Nacht nicht nach Hause kam. Alleine die Frage ihrer Mutter: »Wie läuft es in der Schule?«, brachte Alexa jedes Mal fast um den Verstand. Erklärte sie ihrer Mutter anfangs noch, dass es keine

Schule, sondern eine Universität sei; hatte sie dies inzwischen längst aufgegeben. »Gibt es da einen Unterschied? Wird ja schon nicht so wild sein.« So oder so ähnlich, lautete dann nämlich immer die Entgegnung ihrer Mutter.

Nun, da ihre Eltern noch ein paar Besorgungen machen gegangen waren, sah sie den perfekte Zeitpunkt gekommen, sich das kleine Genie mal vorzuknöpfen. Sie fand ihn auf dem Bett sitzend vor. Aber zu ihrer Überraschung nicht wie üblich mit einem Buch oder seinem Notebook auf dem Schoß, sondern mit seinen Händen. Auch saß er nicht wie sonst immer, mit einem dicken Kissen im Rücken an das Rückteil seines Bettes gelehnt, sondern in seiner Mitte, aufrecht in einer Art Schneidersitz. Er sah aus wie ein junger, viel zu dünner Buddha … mit Haaren. Sein Oberkörper war entblößt, die Augen geschlossen. Bloß der fehlenden Geruch von Räucherstäbchen und die Abwesenheit von Sitar-Musik und indischem Tand, ließ Alexa noch darauf schließen, dass dies das Zimmer von ihrem Bruder war, und nicht das von Sille.

Nachdem sie ihre Verwunderung lautstark kundgetan hatte, öffnete Max langsam seine Augen, sah Alexa in aller Seelenruhe an und klopfte neben sich auf die Bettdecke. Alexa nahm das Angebot jedoch nicht an und blieb im Türrahmen stehen. »Ich bereite mich auf das Internat vor. Sie haben mir schon mal ein paar Übungen beigebracht. Diese hier soll mir helfen, mich hundertprozentig auf etwas zu konzentrieren. Dass du mich so leicht aus meiner Konzentration reißen konntest, zeigt, dass ich noch viel üben muss.« Max schaute Alexa lächelnd an und schien auf ihre Erwiderung zu warten. »Warum sprichst du plötzlich so?« Von den tausend Fragen in ihrem Kopf, war dies die erste, die Alexa formulieren konnte. »Wie spreche ich denn?«, wollte Max nun seinerseits wissen. »In ganzen Sätzen!«, antwortete Alexa. Max lachte leicht auf und erläuterte ihr dann: »Das gehört auch zu meinen Übungen. Ich soll mich klar und deutlich ausdrücken. Und nicht nur das, auch soll ich klar und deutlich denken; sowohl in Deutsch als auch in Englisch. Im Englischen fällt mir das fast leichter, das ist noch nicht so ver...« Max unterbrach sich selbst und setzte dann noch mal an: »Ich wollte sagen: Mein Englisch ist schulmäßiger.« »Und das lässt du dir einfach so von denen sagen? Wenn das vor einer Woche noch jemand von dir verlangt hätte, hättest du ihn milde belächelt und dich einen Dreck darum geschert. Was ist mit dir los? Ist alles in Ordnung?« »Jetzt mach mal keinen Wind. Alles ist in Ordnung. Ich will nur da hin. Die Woche war so ... so cool! Wirklich! Endlich wurde ich mal herausgefordert! Endlich waren da mal ein paar Leute, die besser waren als ich und von denen ich was lernen konnte. Das will ich nicht vermasseln! Ich werde an meinen Defiziten arbeiten und die liegen vor allem in der Aussprache und bei der Konzentration. Wann hab ich mich denn mal so volle Kanne konzentrieren müssen? Lief doch auch so immer ganz gut.« Alexa nahm nun die Einladung, sich neben ihrem Bruder zu setzen, doch stillschweigend an; der daraufhin seine Sitzhaltung auch etwas lockerte. »Wenn du hier weg gehst, dann werde ich auch ausziehen.« Alexa schaute ihrem Bruder in die Augen, worauf er nickte und sprach: »Mach das. Du bist sowieso schon zu lange hier.« Alexa nickte ebenfalls und schaute wehmütig aus der Tür. An der gegenüberliegenden Wand hingen Kinderfotos in gebrauchten Bilderrahmen. Nach einem Moment der Stille, der auf sie länger wirkte als er war, drehte sich Alexa ihrem Bruder zu und zwang sich zu einem Lächeln: »So! Und nun erzähl mal von deinem kleinen Ausflug. Ich will alles wissen!« Max lachte, setzte sich in der Alexa so vertrauten Art an das Rückteil seines Bettes und fing an zu berichten.

Wieder in ihr Zimmer zurückgekehrt, schnappte sich Alexa ihr Handy und ließ es Tütes Nummer wählen. »Na? Wieder nüchtern?« Keine andere Begrüßung hatte sie erwartet und antwortete mit gespielt gereiztem Unterton: »Nee, hab mir noch was mit nach Hause genommen. Vermisst du dein Rasierwasser noch nicht?« »Dazu hätte ich mich rasieren müssen. Aber brennt dir das After-Shave-Balsam nicht einen mächtigen Pelz auf die Zunge? Wundert mich, dass du überhaupt sprechen und mich anrufen kannst.« Nun lachten beide und fuhren dann mit einer Kurzanalyse des vergangenen Abends fort. Dann fragte Tüte sie, warum sie schon wieder anrufe? »Sag mal, das kleine Zimmer, in dem ich heute Nacht gepennt hab. Ist das schon wieder vermietet?« »Nee, du kannst es sicher haben.« Alexa war leicht perplex und fühlte sich wie ein nackter Cowboy bei einem Duell. »Ähm … ja. Also…« »Komm am besten gleich mal vorbei. Sille will gerade mit dem Kochen anfangen und Lars und Steffi sind auch da. Dann können wir das gleich mal besprechen. Du magst doch indisch?«

»Und das alles zusammen für 250 Euro. Warm.« Lars hatte Alexa gerade die Eckdaten des freien Zimmers heruntergebetet und schaute dann zu Tüte herüber: »Und wenn der die Kammer nicht will, dann … von mir aus gern.« Tüte schüttelte mit dem Kopf und fügte dann mit einem gönnerhaften Unterton hinzu: »Ich bin fahrendes Volk!« »Du bist ein Spinner!«, korrigierte ihn Steffi; woraufhin alle lachten … auch Tüte. Sie war die Jüngste der Anwesenden und nur wenige Tage vor Tüte in der WG eingezogen. Alexa ging davon aus, dass sie Philosophie studierte, denn sie hatte mal mitbekommen, dass Steffi in ihrem Zimmer zwei Ratten hielt; die männliche hieß Phil und das Weibchen Sophie. Mit ihrem schmalen Gesicht, ihren kurzen schwarzen Haaren und den ausdrucksstarken braunen Augen, hatte sie etwas von Winona Ryder im letzten Alien-Film mit Sigourney Weaver. Lars hingegen war der Einzige in der WG, der nicht studierte. Ihm gehörte nicht nur ein Tee-Geschäft in der Innenstadt, sondern auch dieses Haus. Er war etwas mollig, hatte nur noch schütteres Haar und ging stark auf die vierzig zu. Dass er der Besitzer des Hauses war, ließ sich Lars aber selten anmerken. Außer indem er hin und wieder zu gemeinsamen Arbeitseinsätzen zur Instandhaltung des Hauses einlud. Seine Mieter folgten diesen Einladungen durchaus gerne, endeten sie doch immer in einem kleineren oder größeren Fest.

Insgesamt gab es in dem noch recht zentral, aber doch ruhig gelegenem Gründerzeithaus, fünf Wohnungen und im Erdgeschoss einen Weltladen. Die Wohnung im ersten Stock war die, in der Lars selbst lebte, und in die nun auch Alexa einziehen wollte. Wie sie gerade bei einer kurzen Führung gezeigt bekommen hatte, verfügte die Wohnung über sechs Zimmer, eine Küche, ein Bad mit Wanne und Dusche, eine weitere, separate Toilette und einen riesigen Balkon; der das Dach, der neben dem Haus gelegenen Garage bildete. Die Garage nutzte Lars als Haus-Werkstatt. In der Küche gab es eine Klöntür, die nach Außen zum Balkon und zu einer schmalen Wendeltreppe führte. Die obere Hälfte der Tür war zugleich auch ein Fenster. Über die Wendeltreppe hatte man einen direkten Zugang zu dem kleinen, hinter dem Haus gelegenen Garten. Auf der kleinen Plattform zwischen Balkon, Hauswand und der Treppe, stand gemütlich ein Kunststoffsessel in Rattan-Optik. Lars selbst bewohnte zwei Zimmer; das größte der Wohnung und ein kleineres. Die beiden Räume waren durch eine Durchgangstür miteinander verbunden. Silles und Tütes Zimmer waren mit gut zwanzig Quadratmeter etwa gleich groß und Steffis Zimmer war kaum kleiner. Das Zimmer, dass sie in der WG *die Kammer* nannten, hatte eine Grundfläche von wohlwollenden vierzehn Quadratmetern und ein Fenster mit Blick auf das Flüsschen Wieseck und den zu ihm gehörenden Grünstreifen. Im zweiten und dritten Stockwerk gab es auf der Grundfläche der großen Wohnung jeweils zwei Dreier-WGs und darüber den Dachboden. Diesen wollte Lars schon länger zu einer weiteren Wohnung ausbauen. Das er dies noch nicht getan hatte, hatte Sille am Vorabend die Vermutung äußern lassen, dass er diese dann zu einem schnuckeligen Penthouse für seine Nach-WG-Zeit ausbauen lassen wolle. Sicher spielte es aber auch eine Rolle, dass Lars das Haus erst kürzlich hatte sanieren lassen. Die Wärmedämmung und die Fenster wurden erneuert und eine Solar- und Photovoltaik-Anlage auf dem Dach installiert. Zudem wurde die alte Ölheizung durch eine Pelletheizung ersetzt. Da war eine weitere große Investition vorerst sicher nicht mehr drin.

Kapitel 6

Unter BWLern

Alexa saß nun schon seit einer guten Stunde an ihrem Lieblingstisch und wartete auf ihren neuen Mitbewohner. Es ging schon auf Mittag zu. Sie hatte bereits ihren dritten Kaffee getrunken und den vierten Smalltalk mit irgendwelchen flüchtigen Bekannten überstanden, als Tüte mit wenig schuldbewusstem Gesichtsausdruck in die Cafeteria einbog. Bereits im Eingangsbereich erblickte er Alexa und machte nach einem kurzen Grußzeichen einen Schlenker Richtung Kaffeeautomat.

Tüte stellte Alexa einen Pott mit dampfendem Kaffee vor die Nase, legte seine Notebook-Tasche auf einen freien Stuhl und seine Jacke darüber. Noch beim Hinsetzen, und während er seinen Pott Kaffee vor sich stellte, fragte er Alexa: »Erinnerst du dich noch an den schicken USB-Stick, den wir vor ein paar Tagen oben im Rechnerraum im 4. Stock gefunden haben?« »Ja … du treulose Tomate … an den erinnere ich mich. Aber wo bleibst du? Ich warte schon ewig auf dich!« Alexa wusste ganz genau, dass solche Ermahnungen an Tüte abprallten, wie Sand an Marmor. Doch ging es ihr ums Prinzip. Wer könnte schon wissen, wie lange sie inzwischen auf ihn würde warten müssen, wenn sie ihm nicht regelmäßig ein schlechtes Gewissen machen würde? Oder es zumindest versuchte.

»Das will ich dir ja eben erklären. Also: …« Tüte schaute sich um, wie in einem schlechten Agentenfilm und fixierte dann Alexa, um halb flüsternd fortzufahren: »Du erinnerst dich auch, dass das Teil kaputt zu sein schien.« »Japp! Sonst hätte ich dich ihn ja auch nicht mitnehmen lassen. Wir dachten, dass er dort so unachtsam im Rechnerraum liegen gelassen worden wäre, eben weil er kaputt war. Was ist mit dem Teil? Kaputt ist er ja scheinbar nicht?!« Tüte schüttelte triumphierend den Kopf und rückte noch etwas näher an Alexa heran. »Nein! Das ist er nicht!« Er schaute Alexa mit einem Blick an, als ob er sie gerade davon in Kenntnis gesetzt hätte, dass er völlig zu recht alle Nobelpreise auf einmal verliehen bekommen hätte. »Dann wirst du ihn wohl doch beim Hausmeister abgeben müssen.« Alexa wusste, dass sie mit diesem Vorschlag auf wenig Gegenliebe stoßen würde. Aber sie konnte es einfach nicht unterlassen, in die Rolle seines persönlichen Moralapostels zu schlüpfen. Tüte war manchmal wie ein kleines Kind, dass hin und wieder einen dezenten Fingerzeig in Richtung *Tugend, Sitte und Moral* gebrauchen konnte. Und warum auch immer, er schien ihr diese Rolle gerne abzunehmen.

»Nein, das kommt nicht in Frage! Auf keinen Fall!« »Wieso? Hast du darauf Pornomaterial von Keira Knightley gefunden oder die geheimen, frivolen Tagebücher von unserm Professor Schmitt?« Alexa musste über ihren eigenen Witz lachen. »Pscht! Nein, unser kleines Fundstück ist nämlich gar kein normaler Speicherstick. Drum sind da auch keine normalen Daten drauf.« Tüte machte eine kurz Verschnaufpause und nahm ausdrucksstark einen tiefen Schluck aus seiner Tasse. »Wir … also

Pat, sein Mitbewohner Steffen und ich … wir haben uns das gute Stück mal genauer angesehen. Dass das Teil dort im Computerraum scheinbar gerade erst benutzt worden war, doch für uns überhaupt keine Funktionalität zu haben schien, machte uns stutzig. Pat hat den Stick nach allen Regeln der Kunst durchgemessen und dabei festgestellt, dass er eigentlich voll funktionsfähig sein müsste. Nur dass er für uns ohne erkennbaren Nutzen zu sein scheint. Und das ist ungefähr so, wie wenn man auf dem Mars ein Radio findet. Da wundert man sich doch auch!« Tüte schaute Alexa nun erwartungsvoll an und nippte dabei an seinem Kaffee. Alexa tat ihm den Gefallen und brachte den Ball zurück ins Spiel: »Und?« Tüte nahm ihn auf Anhieb wieder auf und dozierte sogleich weiter: »Wir machten unzählige Tests mit dem Teil, aber irgendwie passierte nichts. *Nada, nothing, njet!* Wir haben aber auch irgendwie keinen richtigen Ansatzpunkt gefunden und hatten somit auch keine Ahnung, wie wir mit dem Teil kommunizieren sollten.« Gedanken versunken, fasste sich Tüte ans Kinn und schaute dabei in seinen Kaffeepot. Nach dieser kleinen Kunstpause setzte er wieder an: »Und nachdem wir fast die ganze Nacht dran saßen, wollten wir eigentlich schon aufgeben. Doch dann hatte es Pat plötzlich geschafft ein paar Daten zu isolieren. Nur ein paar Bytes. Daraufhin schöpften wir nochmals Hoffnung und ließen alle möglichen und unmöglichen Algorithmen zur Entschlüsselung drüber laufen. Doch das Ding ließ sich nicht hacken. Doch nach…« Tüte schaute auf die Uhr an der Wand. »Vor gut einer halben Stunde, wir wollten nun wirklich endgültig aufgeben, und Steffen pennte auch schon lange auf Pats Sofa, da schnappte die

Tiger-Tree-Rainbow-Table zu. Pat hat das gute Stück von seinem schwedischen Internet-Buddy Mikkel.« Wieder sah sich Alexa mit Tütes erwartungsvollen Blick konfrontiert: »Und?« »Dreimal darfst du raten, was der Byte-String im Klartext bedeutete?« Alexa spürte, wie ein leicht unterschwelliges Gefühl von Interesse in ihr aufstieg. Sie kramte schon in ihrem Gedächtnis herum, denn sie wusste, dass Tüte sie niemals mit einer solchen Information versorgen würde, ohne dass sie wirklich dreimal geraten hätte. Doch dann stand plötzlich Jule neben ihr. Freudig fing diese an zu plappern: »Alexi! Mensch Mädchen! Was hast du denn da an? Und die Haare … nennst du das eine Frisur?« Jule war eine ehemals beste Freundin aus der Oberstufe. Sie studierte nun BWL und hatte solche Freunde wie *Dolce & Gabbana* und *Nino Cerruti.* »Hosen, Socken, Schuhe, Unterwäsche, …« Jule lachte schrill und leicht künstlich anmutend. »Ach, Alexi! Immer noch *sooo witzig*!« Sie wollte sich schon Tütes Jacke annehmen, um sich den Stuhl darunter schnappen zu können. Doch nach einem kurzen Blick auf den in die Jahre gekommen und augenscheinlich auch länger nicht mehr gereinigten Bundeswehr-Parka, ließ sie leicht angewidert von dem Plan ab. Jetzt würdigte sie Tüte eines ersten, aber dafür sehr herablassenden Blickes und zeigte mit weit von sich gestrecktem Zeigefinger auf das Kleidungsstück. Es wurde mehr als klar, dass diese Jacke weit unter ihrem Niveau zu sein schien. »Deine?« Tüte nickte, machte aber keine Anstalten, die Jacke von dem Stuhl zu nehmen. Mit einem freundlichen, aber all zu deutlich künstlich aufgesetztem Gesichtsausdruck, bat sie nun: »Würde dir es was ausmachen, dieses modische Verbrechen mal da weg zu nehmen? Ich würde mich gerne setzen.« Mit einem

Blick, der starkes Missfallen ausdrückte, ergriff Tüte seinen Parka samt darunter liegender Notebook-Tasche und legte sie auf Alexas Sachen, die auf dem vierten am Tisch stehenden Stuhl lagen. Alexa fragte sich, ob Tüte nun Peter Altenberg zitieren würde? Was er üblicherweise tat, wenn jemand etwas über Mode sagte. Und er tat ihr den Gefallen: »Mode ist ein ästhetisches Verbrechen an und für sich. Sie will weder das endgültig Gute, noch das Schöne oder Zweckmäßige. Sie will immer nur etwas anderes.« Und auch Jules Reaktion hatte Alexa irgendwie schon vorausgeahnt. Sie schaute Tüte für einen kurzen Augenblick durchdringend an, um ihn von da an geflissentlich zu ignorieren.

»Also, meine Liebe! Ich höre du bist zu Hause raus?! Wurde auch mal Zeit. Also ich … ich wohne ja schon seit Beginn des Studiums in einem schicken Appartement hier in der Nähe. Mein Vater meinte, dass ihm das gar nicht passen würde, wenn ich in so eine Wohngemeinschaft ziehen würde. Womit er natürlich recht hat.« Jules Vater hatte für sie ein kleines Appartement in Uni-Nähe gekauft; und damit in einer extrem begehrten Wohnlage. Was seinerseits natürlich auch eine Zukunftsinvestition war. Wenn Jule nach ihrem Studium in eine der Metropolen der Welt ziehen würde, würde sich die Wohnung … oder um in Jules Sprachgebrauch zu bleiben: das Appartement … erst so richtig rechnen. Jules Vater, ein erfolgreicher Geschäftsmann aus altem Gießener Geldadel, hatte sicher mehr als diese eine Wohnung, die er an Studierende vermietete. Mit Studierenden lässt sich in jeder Hochschulstadt gutes Geld verdienen.

»Und du wirst es nicht glauben, die ist immer noch mit diesem Halbaffen zusammen. Wie kann man nur mit so einem … Alexi? Hörst du mir überhaupt zu?« »Ja, ja, natürlich. Du, Jule? Mein Freund hier und ich, wir wollten gerade noch was für die Uni…« »Klar doch, mein Alexchen. Bin ja gleich weg. Ich wollte dir nur noch schnell…« In diesem Moment stand Tüte abrupt auf. Die beiden Frauen schauten gleichzeitig zu ihm hoch, und beobachteten ihn dabei, wie er seinen Parka überstreifte und seine Tasche schnappte. »Tüte?! Du kannst doch jetzt nicht … wir sind doch noch gar nicht durch!« »Muss weg.« Er hielt Alexa einen kleinen mehrfach gefalteten Zettel hin. »Hierauf steht alles, was wir … ähm … ich noch zu … ähm … unserem Studienprojekt weiß. Wir sehen uns heute Abend. Ciao.«

»Ja, klar … Studienprojekt.« Jule schaute hinter Tüte her, der beim Verlassen der Cafeteria einen flüchtenden Eindruck machte. »So sind sie, diese Ökos. Fast schon irgendwie romantisch. Unsereins bekommt ja keine Liebesbriefchen mehr. Das geht jetzt alles per SMS. Oder per Facebook. Es ist 2009; StudiVZ macht keiner mehr.« Sie zwinkerte Alexa zu und wirkte dabei in Alexas Augen auf eine billige Art obszön, die sicher deutlich unter ihrer anerzogenen Berufstöchterchenwürde gewesen wäre, hätte sie sie bei jemand anderem beobachtet. Alexa überlegte kurz, ob sie Tütes Zettel jetzt gleich lesen sollte, entschied sich aber dann dagegen. Wer konnte schon wissen, was Jule dazu noch alles einfallen würde. Doch diese Zettel-Aktion, machte die Sache mit dem Stick für Alexa nun wirklich interessant. Sie überlegte angestrengt, wie sie Jule schnellstens wieder los werden konnte.

Diese hatte jedoch schon wieder das Thema gewechselt und berichtete voller Entzücken von ihrem letzten Snowboard-Ausflug mit ihren *Ach so crazy!* Freunden. Alexa beschloss, es nun einfach alles über sich ergehen zu lassen. In ihrer ganzen Skurrilität hatten diese Geschichten ja auch ihren Reiz. Bis noch vor gut vier, fünf Jahren, jeweils in den Pausen und nach der Schule, hatte sie förmlich an Jules Lippen geklebt, wenn diese von den vielen Urlauben und Kurztrips mit ihrer Familie oder ihren Freunden berichtete. Von solchen Reisen und Erlebnissen konnte sie damals nur träumen; und tat es auch. Ihre Eltern waren mit Max und ihr lediglich an die Ostsee zum Camping gefahren. Ihr Großonkel hatte dort zwischen Lübeck und Fehmarn als Dauercamper einen Wohnwagen stehen. Was für Alexa soweit auch in Ordnung war. Die wirklich durchgeknallten Sachen ließ sie notgedrungen die anderen erleben; was zugegebenermaßen auch teilweise ihren Neigungen entsprach. Das war es zu einem großen Teil auch, was sie an ihrem Studium so reizte: Im Netz konnte man vieles mit einer ihr angenehmen Distanz erleben und erfahren; ohne sich selbst durch die Weltgeschichte bemühen zu müssen.

Jule war inzwischen bei den pikanteren Details über ihre gemeinsamen Schulfreunde angelangt, als plötzlich zwei junge Männer neben ihnen standen. Jule sprang sofort mit einem freudig-quietschenden Gejohle auf, um die beiden würdig mit Küsschen link, Küsschen rechts und abgewinkeltem Bein zu begrüßen. »Jungs! Das ist Alexi. Meine alte Schulfreundin.« Jule, die sich an den einen der beiden kuschelte, blickte mit den *Jungs* zu Alexa rüber, die daraufhin ihren Pott mit inzwischen kaltem Kaffee ergriff und zum Gruß erhob. Eine Geste, die ihr sofort unglaublich peinlich und provinziell vorkam. Mit roten Wangen und in den Ohren pulsierendem Blut, nahm sie die Namen der beiden kaum wahr, als sie ihr von Jule vorgestellt wurden.

»Mädels, was macht ihr hier? Ihr trinkt doch nicht diesen unglaublich schlechten Kaffee?!«, sagte der nicht mit Jule kuschelnde, durchaus attraktive Mann. Alexa verspürte kurz den Drang, ihm erklären zu wollen, dass der Kaffee sehr wohl gut und sogar aus fairem Handel sei. Doch dann entschied sie sich, dies lieber bleiben zu lassen. Sie wollte nicht schon all zu frühzeitig als Öko abgestempelt werden. Wahrscheinlich wäre sie auch gar nicht dazu gekommen, denn aus Jule sprudeltet es schon wieder freudig heraus: »Sollte das etwa eine Einladung zu einem schönen Glas Latte Macchiato in einem stylishen Etablissement sein?«

Kapitel 7

Verschwunden

Es brannte noch Licht in der Küche, als Alexa in die WG polterte. Das passte ihr gut, sie hatte mächtigen Hunger. Dieser Sushi-Kram hatte sie nicht wirklich satt gemacht. Als sie in den hellerleuchteten Raum eintrat, saß dort Tüte. Sie versuchte angestrengt einen halbwegs nüchternen Eindruck zu machen. Vor ihm stand sein laufendes Notebook, jedoch von ihm scheinbar unbeachtet. Er starrte durch den Bildschirm in die Ferne. Alexa konzentrierte sich darauf nicht zu nuscheln, brachte jedoch lediglich ein wenig verständliches »Hiho!« heraus und riss damit Tüte aus seiner Lethargie. Er fixierte sie mit einem dumpfen Gesichtsausdruck. Alexa konnte diesem Blick nur wenige Sekunden widerstehen, dann sprudelte es aus ihr heraus: »Okay, okay … isch bin ein bisschen voll. Unn? Kann doch ma' passie'n.« Dem hatte sie es aber gegeben! Einfach so die Wahrheit auszusprechen, konnte eine erstaunlich befreiende Wirkung haben. Hätte sie die Wahrheit doch früher schon einfach mal geradeheraus ausgesprochen: bei ihrer Mutter. Nur allzu oft hatte sie diese angeflunkert. Einfach um dadurch den Weg des scheinbar geringsten Widerstands zu gehen und sich so ihrer Bevormundung zu entziehen. Erst jetzt wurde Alexa mühsam bewusst, dass ihre Mutter auch nicht dumm war. Sicher kannte sie ihre Tochter gut genug, um sie zu durchschauen. Diese Gewissheit, dass sie das Vertrauen ihrer Tochter verloren hatte, gepaart mit ihrer mütterlichen Liebe, machte daraus jenes dauerhaft angespanntes Verhältnis, welches beide Seiten über viele Jahre hegten und pflegten.

Während Alexa noch ihren erkenntnisreichen Gedanken nachhing und dabei leicht belämmert an der schon etwas in die Jahre gekommenen IKEA-Küchenzeile lehnte, stand Tüte langsam auf, ging zum Küchenschrank, holte dort eine Tasse heraus und ging zur Kaffeemaschine. Dort in der Kanne befand sich noch etwas Kaffee, der kurze Zeit später unter Alexas Nase gehalten wurde. Er roch äußerst aromatisch, und er dampfte, was darauf schließen ließ, dass er noch ziemlich frisch war. Alexa überlegte kurz, ob ihr nach dem Saufgelage mit Jule und den *Jungs* angeschlagener Magen, diesen Koffeinschub heil überstehen würde? Da schaute ihr Tüte ernst in die Augen und sagte: »Trink! Du wirst es brauchen.« Etwas überrascht griff Alexa zur Tasse und trank. Der Kaffee war wirklich noch sehr frisch, und leider auch noch ziemlich heiß. Alexa zischte und verzog schmerzverzerrt das Gesicht. »Mistkacke! Jetz' hab ich mir den Schnabel verbrannt.« Doch Tüte hatte sich schon umgedreht und dem Wasserkocher zugewandt. Alexa fluchte noch ein wenig. Dabei beobachtet sie Tüte, wie er eine Gemüsebrühe zubereitete. »Willste mich noch mehr foltern?«, fragte sie und ihr wurde leicht übel bei dem Gedanken, jetzt eine Brühe löffeln zu müssen.

»Ich hab dir noch ein bisschen kaltes Wasser rein gemacht. Daran solltest du dir nicht mehr den *Schnabel* verbrennen«, wies sie Tüte an, als er ihr eine kleine Schüssel mit Brühe auf den

Küchentisch stellte und ihr einladend den Stuhl etwas zurückrückte. Alexa grummelte ein wenig und hätte wirklich lieber ein Stück Pizza oder ein Sandwich verdrückt, aber sie fügte sich in ihr Schicksal. Sie machte sich schon ausreichend Gedanken über Tütes seltsames Verhalten, so dass sie sich nicht auch noch mit Auflehnen beschäftigen konnte.

Die Suppe hatte geholfen. Alexa fühlte sich nun schon deutlich nüchterner. Sie hatte sich sogar noch mal an den Kaffee herangetraut. So gestärkt, spürte sie nun Müdigkeit in sich aufsteigen. Sie musste gähnen. Doch mit Tüte war irgendetwas nicht in Ordnung. In der Viertelstunde seit Alexa in die WG gepoltert war, hatte er nicht mehr als absolut nötig gesprochen und zudem einen sehr abwesenden Eindruck auf sie gemacht. Sie versuchte noch einmal alle Kräfte in sich zu bündeln, um ihn zu fragen, ob etwas geschehen sei, als er sie mit seinen plötzlich geröteten Augen fixierte: »Pat ist weg!« Alexa hatte die Worte wohl vernommen. Aber sie kamen ihr vor, wie in einer ihr nicht sehr geläufigen Sprache gesprochen. Obendrein schien sich der Satz, um ihr Bewusstsein zu erreichen, in ihrem Gehirn durch ganz besonders schwerfällige Windungen kämpfen zu müssen. »Und nicht nur er...« Tüte machte eine Pause, scheinbar um sich zu sammeln. »Auch seine Sachen. Alles. Möbel, Klamotten, seine Bücher und seine CDs. Alles.« »Wie? Ähm ... woher ...?« »Als ich heute Abend aus meinem Seminar raus bin, da hab ich versucht ihn zu erreichen. Doch er ging nicht an sein Handy und da bin ich zu ihm in die WG gefahren. Er machte aber nicht auf und sein Mitbewohner Steffen schien auch nicht da zu sein. Ich wollte schon wieder Richtung Bus aufbrechen, als Steffen um die Ecke kam. Er nahm mich mit rein und bot mir ein Bier an. Wir hockten uns in die Küche und beschlossen auf Pat zu warten und eine Runde Go zu spielen. Er spielt echt gut … also für einen Europäer. Nach einer Weile meinte Steffen, dass er mal in Pats Zimmer nachschaut, ob er nicht vielleicht noch ein paar Chips oder Salzstangen darumfliegen hat. Nur Sekunden später rief er mich aufgeregt in Pats Zimmer. Alles leer! Komplett. Sogar die Rollos an den beiden Fenstern waren weg. Alles weg … alles! Auch Pat.«

Kapitel 8

Keine Erinnerung

»Was sollen wir jetzt noch hier? So mitten in der Nacht? Wenn Steffen überhaupt da ist, dann versucht er sicher ein wenig zu pennen. Es ist schon nach vier. Mensch! Lass uns wieder gehen!« Tütes Versuche, Alexa von ihrem Plan abzubringen in Pats und Steffens WG *nach dem Rechten* zu sehen, blieben nachhaltig erfolglos. Und als sie gerade ihre Hand mit dem ausgestreckten Zeigefinger in Richtung Klingelknopf an deren Haustür bewegte, griff ihr Tüte in den Arm und schaute ihr sehr ernst in die Augen: »Lass es!« Diese Aufforderung bekam durch den zischenden Unterton fast schon etwas bedrohliches. Aber Alexa war noch nicht nüchtern genug, um solche winzigen Feinheiten wie einen zischenden Unterton als etwas Bedrohliches wahrzunehmen. Im Gegenteil, sie fühlte sich sogar ein bisschen angestachelt und setzte ihrerseits einen bitterbösen Blick auf. Sie riss ihren Arm energisch los. Demonstrativ stellte sich Tüte nun vor das Klingelbrett und versperrte damit Alexa den direkten Weg zum Klingelknopf. Alexa schaute ihn mit kaltherzig funkelnden Augen an. Doch dann sah sie über seine Schulter hinweg, dass die Haustür nicht ganz geschlossen war. Kurzerhand versuchte sie Tüte einen resignierenden Gesamteindruck zu vermitteln und murmelte mit leicht hängenden Schultern: »Okay … du hast gewonnen.« Tütes gesamte Erscheinung entspannte sich erleichtert. Die damit einhergehende Unaufmerksamkeit nutzte Alexa sofort aus: Sie stürmte auf die Haustür los und da diese tatsächlich offen war, schaffte sie es mit einigen Treppenstufen Vorsprung im ersten Stock an Pats und Steffens Wohnungstür anzukommen. Sie fing sofort an *Sturm zu klingeln*. Tüte kam ein paar wenige, aber entscheidende Augenblicke später an und zerrte Alexa sofort von der Klingel weg. Gerade setze er zu einer Moralpredigt an, da schaute Alexa wie entgeistert an ihm vorbei. Und als er seinen Kopf zur Tür hindrehte, sagte Pat: »Noch alles *knusper* bei euch? Es ist mitten in der Nacht!«

»Und du willst mir allen Ernstes weiß machen, dass ich verschwunden und mein Zimmer komplett leer war? Vor ein paar Stunden noch?« Pat schaute Tüte fassungslos an. »Was hast du genommen?« Die Drei standen mitten in Pats nach Schlaf riechendem, vollständig und unverändert eingeräumten Zimmer und Tüte hatte sichtlich Probleme, die Fassung nicht zu verlieren. »Nur zwei, drei Bier, sonst nix. Glaub mir! Das war alles leer hier. Frag Steffen!« »Das werd ich jetzt auch tun. Ihr beiden geht am besten schon mal in die Küche. Bin gleich wieder da. Fangt schon mal an, Kaffee zu kochen.«

»Du? Hier? Gestern? Nee, Tüte, nicht das ich wüsste.« »Doch, doch. Doch! Ich bin doch nicht verrückt! Bin ich doch nicht...« Tüte ließ sich auf einen der Küchenstühle plumpsen und schaut Steffen leicht entrückt an. Steffen, Pat und Alexa standen wie ein Anklagetribunal vor ihm und schauten ihren verzweifelten Freund teils mitleidig, teils verständnislos an. »Vielleicht...«, setzte Alexa mit einem möglichst tröstlichem Unterton in der

Stimme an. Doch Tüte fuhr ihr sofort über den Mund: »Nix vielleicht! Sicher! Ich bin ganz sicher. Steffen, du hast doch die Polizei angerufen. Die wollen heute Morgen hier vorbeischauen. Lasst uns doch da noch mal…« »Und uns zum Affen machen? Ich ruf da nicht an«, unterbrach ihn nun Steffen seinerseits. »Doch mach das«, forderte Pat diesen indes auf. Alexa hielt es auch für eine, wenn schon nicht gute, zumindest sinnvolle Idee; die sie vielleicht etwas weiter bringen könnte. »Okay, okay, mach ich mich halt zum Affen. Bin gleich wieder da.« Mehr als widerwillig ging Steffen aus der Küche hinaus, um von seinem Zimmer aus, die Polizei anzurufen. Währenddessen schenkte Alexa dem ständig den Kopf schüttelnden Tüte und dem nachdenklich am Kühlschrank stehenden Pat Kaffee ein und reichte jedem seine Tasse. Sie selbst zapfte sich ein Glas Wasser am Hahn. Sie spürte, wie sich bei ihr etwas Nachdurst einstellte, untermalt von einem leichten Kopfweh. Nach kurzer Zeit kam Steffen zurück: »Voll zum Affen gemacht! Voll! Die wissen auch nix. Ist für mich auch noch ein Kaffee da?« Alexa hatte schon eine Tasse für Steffen bereitgestellt, die sie auch gleich mit Kaffee befüllte und ihm reichte. »Hoffentlich verbuchen sie diesen Anruf unter *nächtlicher Deppenanruf.* Ich will nicht, dass die Bullen irgendwie auf mich aufmerksam werden. Stellt euch doch nur mal vor: Es passiert wirklich mal was und die glauben einem nicht, weil man dort schon als Spinner eingestuft wurde.« »Du bist ja auch ein Spinner!«, schnauzte Tüte ihn an. »Ich war hier! Pat war weg. Du hast die Bullen angerufen und … und du warst mit so Schicki-Micki-Affen saufen. Alle bekloppt. Alle!« Nachdem Tütes kurze, aber heftige Brandrede verklungen war und alle betroffen unter sich blickend in der Küche herumstanden, schob Tüte noch ein sehr resignierendes und sehr traurig klingendes »Alle. Oder?« nach. Nun wurde es Alexa zu bunt: »Okay, Leute. Wie kommen wir da wieder raus? Ich würde sagen, lasst uns doch mal einfach so tun, als wenn Tüte recht hätte.« »Ich habe recht!«, brauste Tüte direkt wieder auf. »Ja … also … ja! Mag ja sein, aber das ist jetzt im Moment nur deine Meinung. Und jetzt halt einfach mal die Klappe und lass uns darüber nachdenken, was hier passiert ist. Du bist dir sicher, dass du nicht irgendwas eingeworfen hast?« »Ich soll doch die Klappe halten«, konterte Tüte Alexas Frage in nörgeligem Tonfall. »Ach, Mensch Tüte! Jetzt komm doch mal runter. Du sollst…« Alexa spürt eine leichte Verzweiflung in sich aufkommen, und ihr Kopfscherz nahm auch immer mehr zu. »Habt ihr mal eine Aspirin?« Pat nickte und ging hinaus. Alexa holte sich noch ein Glas Wasser und Tüte schnäuzte sich. Als Pat wiederkam, warf er Alexa die kleine grün-weiße Packung zu. Sie holte eine Tablette heraus. Gerade als sie diese schlucken wollte, bemerkte sie, wie die Blicke der anderen auf ihr ruhten. Nur dass diese sie nicht wirklich beobachteten, sondern einfach nur gedankenverloren dort hinschauten, wo sich gerade etwas abspielte. Sie spülte die Tablette mit einem kräftigen Schluck Wasser herunter und räusperte sich dann möglichst auffällig. Als wenn das ein lange erwartetes Kommando gewesen wäre, legte Steffen plötzlich los: »Okay, was ist das Letzte, worauf wir uns einigen können?« Alle schienen nun angestrengt über die Ereignisse der letzten Stunden nachzudenken. Nach einer Weile meinte Pat dann: »Wir haben letzte Nacht diesen USB-Stick abgecheckt. Leider ohne jegliches Ergebnis.« Tüte schreckte wie vom Donner gerührt auf: »Ohne jegliches Ergebnis? Ohne Ergebnis? Du hast doch einen Byte-String auf dem Teil gefunden und auch entschlüsselt!« Er fixierte Pat mit einem vollkommen irren Blick. »Nee, da war nix. Das Teil ist kaputt gewesen. Wir haben ihn doch noch gleich in der Nacht in den Müll geworfen«, entgegnete ihm Pat. Tüte war nun endgültig fassungslos. Er stammelte ein paar Laute, aber brachte keinen verständlichen Ton mehr heraus. »Hmmm … seltsam«, hakte nun Alexa ein. »Tüte hat mir gestern morgen in der Cafeteria was ganz anderes erzählt. Er meinte, ihr hättet darauf was gefunden. Das muss schon früh am Tag gewesen sein. Er kam deswegen sogar zu spät zu unserer Verabredung.« »Als wenn das ein Indiz wäre, Tüte kommt immer zu spät«, konterte Pat, der gerade dabei war, Tüte ein Glas Wasser zu geben. Es entstand eine kurze Stille, die lediglich von Tütes Schluckgeräusch untermalt wurde.

»Okay, egal wer jetzt wie oder was denkt. Lasst uns doch einfach mal davon ausgehen, Tüte hätte recht. Er ist zwar ein Spinner, aber doch kein Idiot. Und so viel säuft er nun auch wieder nicht, dass er einen kompletten Tag völlig falsch aufzeichnet.« Alexa war sich nicht sicher, was sie eigentlich mit diesem Vorschlag bezwecken wollte. Gewiss wollte sie, dass sich Tüte nicht mehr wie der letzte Volldepp vorkam. Oder räumte sie seiner Version der Geschichte wirklich eine Chance auf Wahrheit ein? Die anderen jedenfalls nickten zustimmend, auch Tüte. Jedoch wurde es nun erst einmal wieder sehr ruhig in der Küche. Alle schienen ihren eigenen Gedanken nachzuhängen und zu versuchen, sich irgendwie einen Reim auf die ganze Sache zu machen. Pat begann zudem noch mal frischen Kaffee zu kochen, und Alexa erwischte sich, wie sie gedankenversunken die Küche inspizierte. Die Einrichtung war relativ neu, da sich Pat und Steffen in einem erst wenige Jahre alten, privat verwalteten Wohnheimpark eingemietet hatten. Die Fronten der Schränke hatten eine helle, cremefarbige Oberfläche und die Arbeitsplatten waren in einer dunklen Granitoptik gehalten. Die Küchengeräte waren modern, aber sahen nicht besonders hochwertig aus. Insgesamt war die Küche hauptsächlich auf Funktionalität getrimmt. Und dafür, dass dort zwei Männer alleine lebten, sah es sogar recht ordentlich und aufgeräumt aus. Davon hatte Tüte bereits früher schon einmal berichtet, und die beiden, als die seine Theorie von den selbstverlotternden reinen Männer-WGs bestätigende Ausnahme bezeichnet. Auch wenn man hier so etwas wie Obst oder Müsli wohl trotzdem vergebens suchen würde. Alexa überlegte, ob Steffens ältere Schwester etwas mit der Ordnung zu tun hatte? Wie Steffen selbst, studierte sie ebenfalls an der ortsansässigen Uni Zahnmedizin, und laut Tüte, schaute sie wohl öfters mal bei ihrem Bruder nach dem Rechten. Während Alexa ihren Blick weiter schweifen ließ, fiel dieser auf den Wandkalender irgendeines Landmaschinenherstellers. Welch ein skurriler Anblick. Wer hängt sich einen Kalender mit einem riesigen Traktor in die Küche? Aber auf den zweiten Blick, hatte das irgendwie schon wieder was. Draußen bellte ein Hund. Alle schauten abrupt zum Fenster in die schwarze Nacht. Das Bellen wurde langsam leiser und verstummte dann ganz. »Wer führt seinen Hund denn um diese Zeit Gassi?«, fragte Alexa eher rhetorisch. »Keine Ahnung, aber hier um die Ecke ist ein

Wohngebiet mit vielen älteren Leuten, die gehen auch morgens um Fünf mit ihrem kleinen Liebling raus«, antwortete Pat etwas gedankenverloren. Wieder trat Stille ein. Tüte saß unverändert grüblerisch auf seinem Stuhl, Pat schlürfte an seinem Kaffee und Steffen wischte mit einem Spüllappen nun schon zum dritten Mal durch die Spüle und über die kleine Arbeitsfläche. Alexa dachte, dass wenn diese Aktion im Bezug auf Tütes Problem schon nichts brachte, und an Skurrilität kaum zu übertreffen war, so wäre zumindest danach die Küche sauber. Ganz langsam spürte Alexa, wie ihre bisher leichte Müdigkeit, in eine deutlich schwerere überging. Nach und nach schien sich Zelle für Zelle in ihrem Körper schlafen zu legen. Eine bleierne Schwere ergriff Alexa. Sie musste gegen den inneren Wunsch ankämpfen, ihren Kopf einfach auf dem Küchentisch abzulegen. Pat schenke sich eine weitere Tasse Kaffee ein. Sie überlegte kurz, für sich auch noch eine Tasse einzufordern. Aber selbst dazu fehlte ihr der Antrieb.

»Alexa?!« Sie schreckte auf. »Willst du dich drüben aufs Sofa legen?« Blitzschnell fuhr Alexas Hand über die feuchte Stelle in ihrem Mundwinkel. Mit heftig pochendem Herzen und lichtempfindlichen Augen, versuchte sie die Situation einzuordnen. Wo war sie? Langsam kehrte die Erinnerung zurück. Sie war in der WG-Küche von Pat und Steffen. Die Stimme, die nun wieder zu ihr sprach, gehörte Steffen. Sowie die Hand, die auf ihrer Schulter lag. »Ganz ruhig. Du bist auf unserem Küchentisch eingepennt. Alles ist in Ordnung. … Sofa?« Alexa rappelte ihren Oberkörper langsam vom Küchentisch auf.

Ihre Schulter schmerzte und sie hatte einen fürchterlichen Geschmack im Mund. »Kann … ähm … kann ich was zu trinken haben?« »Klar doch … einen Moment.« Mit einem leichten Schmunzeln auf den Lippen, nahm Steffen das leere, vor Alexa auf dem Tisch stehende Glas und drehte sich zum Spülbecken um. Alexa fühlte sich wie von einer Dampflok überrollt. Ihr Kopf pochte und der Ellenbogen, auf dem dieses pulsierende Ungetüm wohl geruht hatte, schmerzte auch. Und ihre Blase drückte. Ganz langsam verfestigte sich bei Alexa die Erkenntnis, dass sie dringend mal auf Toilette musste. Gerade als sie sich aufraffen wollte, um den beschwerlichen Weg dorthin anzutreten, stellte Steffen das Glas wieder auf den Tisch. Er hatte irgendeine Brausetablette ins Wasser getan. »Magnesium. Hilft vielleicht, und schadet bestimmt nicht.« Diese Information präsentierte ihr Steffen mit einem Unterton, der sie sehr an ihre Mutter erinnerte. Vielleicht hatte die Ordnung in dieser WG doch weniger mit Steffens Schwester, als mit ihm selbst zu tun? Der junge Mann mit seiner Harry-Potter-Optik und den sehr schönen Zähnen, war sicherlich eine … solide Partie. Leider war er auch etwas moppelig, und auch… Alexa wischte diese Gedanken schnell weg und schaute sich in der Küche um. Tüte saß auf dem gleichen Stuhl wie zuvor. Nur dass er nun rücklings, mit offenem Mund und Kopf im Nacken, an der Wand lehnte und schlief. Er machte dabei ein seltsam gurgelndes Geräusch. Pat war weg. »Ich muss mal.« Alexa schaute den vor ihr stehenden Steffen an und wollte gerade aufstehen. »Bleib sitzen. Pat ist gerade auf … mal *wohin*. Du musst kurz warten.« Alexa schnaufte, dann nickte sie und widmete sich konzentriert dem vor ihr stehenden Getränk. Die

Brause brachte sie ein gutes Stück weit wieder ins Leben zurück. Als Pat zurück kam, sprang Alexa auf und lief, mit einem *Uii jui jui* auf den Lippen, hinaus in Richtung Badezimmer.

Alexa hatte die Gelegenheit auch gleich noch dazu genutzt, sich im Bad etwas frisch zu machen. Als sie wieder in die Küche zurückkam, sah sie, dass es draußen langsam hell wurde. Sie verspürte eine große Lust, hinauszugehen, um dort etwas frische Morgenluft zu schnappen und stellte somit die Frage in den Raum: »Wie wäre es mit einem kleinen Spaziergang?« Pat und Steffen schauten Alexa skeptisch an und vermittelten ihr dabei den Eindruck, dass der Ausdruck *Spaziergang* nicht zu ihrem aktivem Wortschatz gehörte. Und wenn doch, dann um auch mit der Eltern- und Großeltern-Generation kommunizieren zu können. »Was ist nun?«, hakte Alexa nach. »Ja … ähm … also?!« Pats Beitrag zur Entscheidungsfindung stelle Alexa nicht zufrieden. Sie schaute Steffen an. Dieser schien den Vorschlag innerlich abzuwägen, was er mit einem leichten Schwanken des Kopfes zum Ausdruck brachte. »Hmmm … warum eigentlich nicht? Die frische Luft wird uns gut tun. Nicht wahr, Pat?« Pat verdrehte leicht die Augen und wollte damit wohl deutlich machen, dass er sich von seinem Mitbewohner etwas mehr Rückendeckung erhofft hatte. »Und was machen wir mit dem?« Pat deutetet mit seinem Kinn in Richtung Tüte, der immer noch auf dem Stuhl schlief und gurgelte. »Den lassen wir pennen«, meinte Steffen. Doch Alexa passte dieser Vorschlag nicht. »Nee, den nehmen wir schön mit! Der dreht uns doch durch, wenn er aufwacht bevor wir zurück sind und auf einmal nicht nur Pat, sondern wir alle weg sind.« Pat und Steffen mussten schmunzeln und Steffen stimmte ihr zu: »Okay, du hast recht. Weck ihn.«

Tüte trottete hinter den anderen her. Alexa genoss die frische April-Luft sehr. Sie spürte mit jedem Schritt und mit jedem Atemzug die Lebensgeister in sich zurückkehren. Die sonst so gesprächigen Jungs waren weiterhin ungewöhnlich still. Alexa war das durchaus recht. Sie freute sich über das allmählich zurückkehrende frische Grün und den in der aufgehenden Sonne glitzernden Morgentau. Die Vögel in den Bäumen und Sträuchern machten einen mächtigen Lärm und ungemein beschäftigt wirkende Katzen streiften umher. Alexa atmete ganz bewusst tief ein und ganz langsam wieder aus. Als wenn jeder Atemzug an einem solchen Morgen wertvoller wäre als sonst. Fast hatte sie ihre Begleiter schon ein bisschen vergessen, als plötzlich Steffen schniefend fragt: »Hat jemand ein Taschentuch für mich?« Tüte und Pat verneinten auf ihre Jacken klopfend. Alexa konnte in den Außentaschen ihrer Jacke auch nichts finden. Darum knöpfte sie ihre Jacke auf und suchte in der Innentasche. Dort fand sie eine Packung Taschentücher, die sie auch sogleich raus zog und Steffen zuwarf. »Dir ist da was rausgefallen«, hörte sie daraufhin den sich hinter ihr nach etwas bückenden Pat sagen. »Ein Zettel.« Er reichte ihr das kleine Stück Papier und stellte sich den Hals leicht reckend in Leseweite. Alexa konnte den kleinen, gefalteten Zettel nicht sofort zuordnen und klappte ihn auf. Sie las laut vor: »Gablin-Research-Labs.« Tüte reagierte als erster, wenn auch nicht unbedingt am klarsten: »Japp! Ja. Ja!« Pat nahm den Zettel an sich und schaute dann wie vom Donner gerührt zu

Tüte: »Das ist meine Handschrift! Meine … Handschrift. Aber wann soll ich …? Wo hast du das her?« Er hielt Alexa den Zettel vor das Gesicht und schaute sie mit großen Augen an. Alexa schaute zu Tüte hinüber: »Von ihm.«

63

Kapitel 9

Der alte Mann

Der alte Mann saß auf seiner Lieblingsbank. Über seinem mit spärlichem grauem Haar bewachsenem Kopf zwitscherten Vögel, die sich fidel in einer kolossalen Eiche tummelten. Um ihn herum duftete das saftige grüne Gras noch nach dem fast schon verdunsteten Tau des Morgens. Die Sonne hatte sich längst des jungen Tages bemächtigt und stand majestätisch am gänzlich wolkenlosen und tiefblauen Himmel. Doch fanden die Sonnenstrahlen auf dem Weg zu dem alten Mann, ihren Meister im dichten Blätterwerk der Eiche. Nur wenige Meter entfernt, bahnte sich eine Feldmaus ihren Weg durch das dichte Gras. Der alte Mann sinnierte, ob der Greifvogel am Himmel das kleine Geschöpf als Mittagessen für seinen Nachwuchs auserkoren hatte? Und ob er selbst, mit seiner Anwesenheit, der Maus wohl gerade das Leben rettete? In der Ferne spazierten ein paar Parkbesucher einen Pfad entlang. Neugierig nahm er sein Fernglas und observierte die beiden Personen, auf ihrem Weg in Richtung des in der Nähe gelegenen Waldstücks. Schon mal das Fernglas vor Augen haltend, schwenkte er langsam über den ruhig da liegenden See. Eine gründelnde Ente fesselte seine Blicke und zauberte ihm ein kleines Lächeln aufs Gesicht.

Er legte das Fernglas zurück auf die Bank, holte seine betagte Thermoskanne mit Kräuter-Tee aus seinem kleinen Lederrucksack und schraubte routiniert den Deckel von der

Kanne. Ein Rascheln im nahen Gebüsch ließ ihn kurz in seinen routinierten Bewegungen innehalten, doch dann betätigte er mit einem Knopfdruck den Ausguss-Mechanismus und goss sich den von ihm selbst zusammengestellten Tee in die Verschlusskappe. Anschließend verriegelte er die Kanne wieder und stellte sie neben das Fernglas. Der Tee dampfte heiß, und nach einem vorsichtigen Schluck beschloss der alte Mann das Getränk noch ein wenig abkühlen zu lassen. Er lehnt sich zurück und ließ seinen Blick abermals schweifen.

Dies war der vielleicht schönste Platz auf der ganzen Insel. Gerade auch, weil es eigentlich einer ihrer wenigen sehenswerten Orte war, die ohne Meerblick glänzen konnten. Auch war das rostrote Schloss auf der anderen Seeseite, ein Anblick, an dem er sich einfach nicht satt sehen konnte. Es war in keinem guten Zustand, als seine *Leute* es vor ein paar Jahren auf der Suche nach einem weiteren geeigneten Objekt entdeckt hatten. Doch schon die Fotos und Videos, die er damals präsentiert bekam, ließen ihn erahnen, welches Potential dieses alte Gemäuer in sich barg. Sobald es seine zahlreichen Termine zuließen, setzte er sich sogar persönlich in seinen Jet und flog für eine Besichtigung hierher. Die letzten zarten Zweifel, die er vor dem Kauf hegte, waren wie weggeblasen, als er auf seiner Erkundungstour zu dieser Eiche kam. Er erinnerte sich noch sehr gut an den Moment, als er sich einfach so ins Gras hockte und in diesen Ort eintauchte. Er hatte damals schon seit sehr vielen Jahren nicht mehr im Gras gesessen. In ihm kamen heute wie damals alte Erinnerungen hoch. Er wusste sehr genau, wann er zuletzt im Gras gesessen hatte. Es war bei dem Heiratsantrag, den er Audrey während eines Spaziergangs durch ein kleines Tal in der Nähe ihrer Heimatstadt gemacht hatte. Verliebt hatten sie damals die Zeit vergessen und waren schon weit über die vereinbarte Stunde unterwegs. Fast schon wieder zurück am Stadtrand, warf sich Audrey dann einfach so ins Gras. Sie lachte und fing zu singen an. Sie sang sehr laut und zudem schlecht. Er setzte sich zu ihr und ließ sich von ihr bezaubern, wie von einer Sirene der griechischen Mythologie. In diesem Moment wollte er nie wieder ohne sie sein. Als sie merkte, dass er sie sehr entrückt anblickte und ihm dabei die Augen feucht wurden, setzte sie sich auf und nahm behutsam seine Hand in ihre. Da fragte er sie einfach. Und sie sagte ja. Dann lachte sie unvermittelt los, sprang auf, schaute fröhlich zu ihm herab und küsste ihn auf die Stirn. Er wollte noch etwas sagen, aber sie rannte los; so schnell sie konnte. Er ließ sie laufen und schaute seiner zukünftigen Frau glücklich hinter her. Damals ahnte er nicht, dass er niemals heiraten würde. Und auch noch nach so langer Zeit, nahm eine tiefe Traurigkeit Besitz von ihm. Hätte er doch damals einfach seine Klappe gehalten und seiner Jugendliebe als Ausdruck der in diesem Moment empfundenen tiefen Liebe, einfach nur einen Kuss gegeben. Er sah sie niemals wieder. Erst viele Jahre später erfuhr er, und mit ihm die Welt, von dem, was in den folgenden Tagen wirklich passiert war. Er wollte eigentlich nicht daran denken, aber wie ein übler Albtraum in der Kindheit kamen ihm nun die Bilder in den Kopf. Sie verfolgten ihn seit der Nacht, in der ihm Audreys Schwester, die ganze Scheußlichkeit der damaligen Ereignisse offenbart hatte.

Vom Wald her hörte er eine Frau lachen. Er spürte wie er wütend wurde. Wie konnte diese Frau dort gerade jetzt so unverschämt glücklich sein? Doch dann schalt er sich selbst einen Narren. Soll sie doch lachen! Die Glückliche. Ihm fiel der neben ihm abkühlende Tee wieder ein. Mit leicht zitternder Hand griff er nach dem Thermoskannen-Deckel und trank das kaum noch lauwarme Getränk in einem Zug. Anschließend schüttelte er den Deckel hinter der Lehne der Bank aus, um so auch noch die letzten Tropfen herauszubefördern. Das Ergebnis war akzeptabel und so schraubte er den Deckel wieder auf die Kanne, die er auch sogleich zurück in seinen Rucksack packte. Eine Hummel brummte an seinen Füßen vorbei, um ein paar Meter weiter auf einer Kleeblüte zu landen. Er bewunderte Hummeln. Eigentlich sollte man das anerkennende Adjektiv *fleißig* den Hummeln und nicht den Bienen zusprechen. Wenn es im Frühling noch kalt und feucht war, weder Bienen noch andere Insekten ausflogen, waren es diese unverwüstlichen Insekten, die trotzdem von Blüte zu Blüte brummten. In einem Buch hatte er mal gelesen, dass die Hummeln nicht nur bei widrigen Witterungsverhältnissen ihren kleineren Verwandten weit voraus wären, sondern auch im Schnitt mehr Blüten als diese anfliegen würden. Der alte Mann merkte, wie dieses kleine Insekt seine Laune wieder deutlich gehoben hatte. Ein Hohlkreuz machend, lehnte er sich beruhigt zurück und spähte in die Eiche über ihm. Einige Blätter bewegten sich und er hörte auch Vögel zwitschern, konnte jedoch keinen von ihnen erblicken. Einige Minuten verharrte er so, bis sich ein leichtes Hungergefühl in sein Bewusstsein schlich. Er neigte sich ruckartig wieder nach vorne. Etwas zu ruckartig. Er wartete das

Ende des leichten Schwindelgefühls ab. Dann holte er aus seinem Rucksack einen Apfel heraus. Er rieb ihn an seiner Jacke ab, zog sein französisches Taschenmesser aus seiner Hosentasche und zerteilte diesen damit. Während er sich den saftigen, leicht säuerlichen Apfel schmecken ließ, beobachtete er eine Gruppe von gut zwanzig älteren Personen, die ebenfalls auf dem Weg in den kleinen Wald waren. Wie bei den Leuten zuvor, dürfte wohl auch bei ihnen nicht der Wald ihr eigentliches Ziel sein. Sie waren unterwegs zur nächsten Skulptur. Denn der Lieblingsplatz des alten Manns befand sich mitten in einem weitläufigen Park, in dem vor Jahren einige Landschaftskünstler diverse Skulpturen installiert hatten. Die Exponate mussten von den Besuchern des Parks mehr oder weniger entdeckt werden, denn sie waren auf der freien Wiese, im Wald, am Feldrand, einfach überall. Obendrein waren sie sich selbst überlassen; Wind und Wetter ganz bewusst schutzlos ausgesetzt. Mit den Jahren waren einige eine geradezu natürliche Symbiose mit ihrer Umwelt eingegangen. Er ließ seine Gärtner nur das Allernötigste tun, um die Kunstwerke für die Besucher zugänglich zu machen. Die einzigen, die Hand an eine der Skulpturen legen durften, waren ihre Schöpfer, oder die von ihnen bevollmächtigten künstlerisch-geistigen Erben. Auch wenn dieser Park sein Eigentum war, so fühlte er sich nicht als sein Besitzer. Er war sein Hüter, sein Bewunderer. Er bewunderte das wellige Profil des Parks, mit seinen sanften Hügeln, fetten grünen Wiesen und seinem altem Baumbestand. Es war kein gekünstelter Schlosspark mit Springbrunnen-Arrangements, mit weißen, von feinem Kies bedeckten Wegen und in Kugelform geschnittenen Buchsbaum-

Sträuchern. Auch nach englischer Art getrimmte Rasenflächen und kleine säulenverzierte Lusttempel, suchten die Besucher dieses weitestgehend naturbelassenen Parks vergebens. Stattdessen gab es alte Feldwege, satte Blumenwiesen und eben die Skulpturen. Einige der Skulpturen waren jedoch nicht durch die bereits vorhandenen Feldwege erschlossen. In diesen Fällen hatte er seine Gärtner angewiesen, Wege zu erschaffen, die noch im Einklang mit der umgebenden Natur sein sollten. So wurde für einige der Skulpturen regelmäßig eigens ein Pfad in die Wiesen gemäht. Im Wald dienten Felsbrocken als Wegweiser und eine Knocheninstallation auf einer Anhöhe im Wald, war nur durch einen kleinen Trampelpfad zugänglich, der durch notdürftig frei geschnittenes Unterholz führte. An den schönsten Aussichtspunkten, hatte er Bänke platzieren und zudem ein paar Holzstege in den See bauen lassen.

Gedankenverloren saß er nun auf der Bank und beobachtete die immer zahlreicher werdenden Besucher. Nicht dass der Park jemals überlaufen gewesen wäre, aber der Frühling war da und es zog die Leute hinaus ins Grüne. Er schaute gerade einem jungen Pärchen mit Rucksäcken und um die Hüften gebundenen Jacken hinterher, als sich eine leise Melodie in sein Bewusstsein schob. Die Arbeit rief. Er verband sich mit dem System und saß sogleich als dreidimensionaler Avatar in seinem virtuellen Büro. Vor ihm stand Cobbler und begrüßte ihn mit einem stillen Kopfnicken. »Was gibt es?«, wollte der alte Mann wissen. »Es gilt ein paar Entscheidungen zu treffen.« »Dann lass es uns hinter uns bringen, ich sitze nämlich bei bestem Wetter auf einer Bank im

Park und fühle mich dabei sauwohl.« Cobbler lächelte und ließ mit einer effektvollen Geste, die in Wahrheit nicht notwendig gewesen wäre, ein Dokument im Raum erscheinen. Der alte Mann synchronisierte sich damit und nickte. »Okay, die sollen die ersten drei Bilder kaufen.« Er überlegte kurz. »Und das Elfte. Die anderen sind Schrott. Was gibt es noch?« Cobbler ließ noch einige Dokumente folgen und der alte Mann entschied, fragte nach, lachte und schimpfte. Während die beiden ihr Meeting abhielten, warf er immer mal wieder einen Blick auf die Besucher im Park und atmete die herrlich frische Luft ein. Vor allem dann, wenn er über etwas kurz nachdenken musste. Cobbler dürfte davon nichts mitbekommen haben. Diese Intermezzi waren für den alten Mann, wie das aus dem Fenster schauen, bei den Meetings früherer Tage. Nur heutzutage blickte er nicht mehr auf einen vor dem Gebäude gelegenen Parkplatz, sondern saß draußen in einem Park und schaute gewissermaßen durch ein *virtuelles Fenster* zum Meeting herein. Eine Umkehrung der Gegebenheiten, die er als äußerst positive Entwicklung wahrnahm.

Nach einer Weile meinte Cobbler, er wäre soweit mit seinen Punkten durch und ob es sonst noch etwas zu besprechen gäbe? Der alte Mann überlegte kurz. Gab es noch Dinge, die ihm durch den Kopf gingen und es lohnen würden, jetzt noch nicht vollständig in den Park zurückzukehren. Da dies nicht der Fall war, schüttelte er den Kopf und bedankte sich bei Cobbler. Dieser verabschiedete sich höflich und ging zur Tür hinaus. Auch dies wäre in dieser virtuellen Welt sicher nicht nötig gewesen, aber dem alten Mann war es lieber so. Wenn Leute einfach so vor ihm verschwinden und wieder auftauchen würden, dann wäre das einfach zu sehr wie in einem schlechten Science-Fiction-Film. Und mit Fiktion hatte seine virtuelle Welt nichts zu tun; sie war real.

71

Kapitel 10

Strandhaus

Frank Cobbler nahm die Sonnenbrille ab und legte sie auf das Bambus-Tischchen neben sich. Er rieb sich die Druckstellen an den Nasenflügeln. Dann stand er auf, streckte sich ein wenig und ging hinaus; über die Veranda, zu der kleinen Treppe, die von dem weiß gestrichenen Strandhaus hinunter in den Sand führte. An der obersten Stufe angekommen, blieb er stehen. Es war schon früher Nachmittag und er war heute noch nicht ein einziges Mal am Strand gewesen. Er schaute an der sichelförmigen Bucht entlang, die an ihren Außenseiten von sanften Hügeln mit tropischem Wald eingerahmt wurde. Die etwas schrofferen Hügel links, gingen mit einer Felsenküste ins Meer über. Dieser doch recht steilen Küste, waren im Meer zwei kleine Felsformationen vorgelagert. Die kleinere sah gänzlich unbewachsen aus, die etwas größere, die ein Stück weiter draußen im Meer lag, hatte ein grünbewaldetes Häubchen. Cobbler musterte einige der allgegenwärtigen Palmen. Jene, die seinem Haus am nächsten stand, neigte sich majestätisch dem Meer entgegen. Ihr Stamm machte den Anschein zunächst ein paar Jahre parallel zum Boden gewachsen zu sein, bevor er sich schließlich dem Himmel entgegen gestreckt hatte. Jenseits der Palmen war die Sonne inzwischen über ihren Zenit hinausgewandert. Ein paar Vögel kreisten als schwarze Punkte in der Höhe. Cobbler wirkte nicht so, als wenn er sich an diesem paradiesischen Anblick ergötzen würde. Irgendwann wurde auch die landschaftlich reizvollste Umgebung gewöhnlich. Cobbler war ein Mann mittleren Alters, groß gewachsen und vom Aussehen her, wäre er gut und gerne als James-Bond-Darsteller in Frage gekommen. Und als wolle er dies noch bestätigen, zog er filmreif seine Kleidung aus, sprang die vor ihm liegenden Stufen hinunter und rannte über den breiten, menschenleeren Strand in Richtung Wasser. Mit einem beherzten Sprung tauchte er kopfüber ins erfrischende Nass und pflügte, von vielen Spritzern begleitet, durch das flache grün-blaue Gewässer.

Mit dem Finger Wasser aus seinem Ohr rührend, ging Cobbler nackt und nass wieder die drei Stufen zur Veranda hinauf. Dort stand, mit einem Handtuch auf ihn wartend und einem verführerischen Lächeln auf ihrem makellosem Gesicht, eine braun gebrannte Schönheit mit langem schwarzem Haar und schwarzbraunen Augen. Sie trug lediglich ein um ihren Leib gebundenes Seidentuch; bunt gemustert und nicht ganz blickdicht. Die Spitzen ihrer glatten und nach hinten gekämmten Haare erreichten fast ihre Hüften. Schuhe trug sie keine, und nur ein feiner Reif am linken Fußgelenk zierten ihre langen, schlanken Beine. »Darf ich Ihnen etwas zu trinken bringen, Mister Cobbler?« Das Handtuch greifend, nickte er lächelnd und sogleich machte seine junge Haushälterin schwungvoll kehrt, um zurück ins Haus zu spazieren. Cobblers Blicke folgten dem perfekten Körper gefesselt, wie er mit schwingenden Hüften im Halbdunkel des Strandhauses verschwand. Er seufzte kurz und zufrieden, dann fing er an sich abzutrocknen. Er band sich das

Handtuch um die Hüften und setzte sich auf einen Liegestuhl. Gerade als er sich gemütlich zurücklegen wollte, schob sich leise eine Melodie in sein Bewusstsein.

Frank Cobbler meinte noch das Wasser in seinen Ohren zu spüren, als er die Lesebrille abnahm und sich die Nasenflügel rieb. Er legte die Brille auf den Schreibtisch und sagte dann: »Komm rein!« Die Tür öffnete sich ein wenig und seine Assistentin Clair steckte ihren Kopf durch den Spalt. »Herr Braun. Soll ich ihn rein lassen?« Cobbler nickte, ohne dabei sonderlich erfreut zu wirken. Clair öffnete die Tür zu Cobblers Büro nun vollends, wobei sie sich mit dem Rücken an die Tür schmiegte, um Herrn Braun so vorbeizulassen. »Was gibt's, mein lieber Braun?« Cobbler wartete nicht ab, bis Braun die Begrüßung ausgesprochen hatte, die ihm sichtbar auf den Lippen lag. So ausgebremst, sah dieser kurz etwas dümmlich aus. »Ja … ähm … es gab ein Problem in Deutschland. Ein USB-Connecter war kurzfristig in die Hände von ein paar Studenten gefallen.« »Was heißt *kurzfristig*?« »Geschätzt? Kaum 24 Stunden.« Cobbler wirkte eigentlich ruhig, aber seine linke Hand ballte sich zur Faust und ließ dabei die oben liegenden Knöchel deutlich weiß werden. »Und jetzt?« »Wir konnten den Connecter orten; bei einem Studenten.« »Ja, und? Weiter. Hat er was damit anfangen können?« »Ja und nein. Er hat sich mit einem älteren Prototypen verbinden können, ein bisschen mit der alten Oberfläche rumgespielt, solche Sachen wie den integrierten Browser ausprobiert und...« Braun hob nun sowohl seinen Zeigefinger, wie auch seine Augenbrauen, um dann leicht schmunzelnd fortzufahren: »… hat dann darüber eine Pizza bestellt. Da der Stick standardmäßig alle Aktionen an einem gekoppelten Rechner protokolliert, hat er uns so die Arbeit mehr als erleichtert. Er hat uns sozusagen zu sich eingeladen; mit seiner vollständigen Adresse!« Braun machte bei diesen Ausführungen einen zufriedenen Eindruck. »Warum grinsen sie so dämlich, Braun?« Cobbler war sichtlich sauer. »Wir haben … *sie* haben mehr als Glück gehabt! Wie konnte der Stick überhaupt in die Hände dieses Studenten fallen und … wie heißt der eigentlich?« Etwas kleinlauter, antwortete Braun: »Patrick Müller … und er hat das Teil an seiner Uni in Gießen im Computerraum gefunden. Der Stick ist dort bei einem Test vergessen worden. Wir haben ihn uns aber unauffällig zurückgeholt.« »Hat davon sonst noch jemand etwas mitbekommen?« »Nun … ähm … nicht das ich wüsste. Da…« »*Nicht das ich wüsste?* Das ist der vornehme Bruder von *Ich hab keine Ahnung!* Lassen sie diesen Müller observieren?«, schrie Cobbler. »Ähm … äh … nein.« Braun wusste scheinbar, was auf ihn zukam und wurde still. Cobbler ließ sich in seinen Stuhl zurückfallen. »Dilettant! Idiot! Raus hier! Sofort! Los!« Braun flüchtete wort- und grußlos aus Cobblers Büro. Dieser saß kopfschüttelnd da; er wirkte müde. Kaum war Braun zur Tür hinaus, da klopfte es wieder. Mit einem mürrischen Unterton brummte er: »Herein.« Clair huschte zur Tür herein. »Und?«, fragte sie. »Ach, nur Idioten, Deppen und Versager!« »Ging es um die Sache in Giemen?« Cobbler musste schmunzeln, »Gießen. Es heißt Gießen. Aber ja, darum ging es. Woher weißt du…« Cobbler brach seinen begonnenen Satz ab und blickte in ihr Gesicht, welches ihm einen unschuldigen, fast schon naiven

Ausdruck darbot. »Na egal. Braun hat ja das Schlimmste verhindert. Eigentlich hat er ja fast alles richtig gemacht.« Cobbler grübelte. »Aber wenn es einer schafft in ein paar Stunden und nur mit einem dieser simplen USB-Connectoren bei uns reinzukommen, dann sollten wir den doch lieber mal im Auge behalten. Und das nicht nur sicherheitshalber. Wir können immer fähigen Nachwuchs gebrauchen.« Cobbler schaute kurz in eine imaginäre Leere, dann fixierte er Clair: »Überleg dir mal was, wie wir an diesen Müller rankommen? Ob wir den irgendwie fördern können? Aber unauffällig, wie immer. Und lass es bloß nicht über Braun laufen. Der soll ruhig mal etwas Demut lernen.« Clair lächelte. Cobbler auch.

Kapitel 11

Der letzte Abend

»Ich hab's euch doch schon oft genug gesagt: Ich gehöre eindeutig zum fahrenden Volk!« Tüte hatte seine wenigen Habseligkeiten in seine Ente gepackt, aus der lautstark Bob Dylans *Like a rollin' stone* röhrte. Er stand mit verschränkten Armen lächelnd vor dem, von ihm mit höchstem Respekt behandelten, aber augenscheinlich nahezu schrottreifen fahrbaren Untersatz. Die komplette WG hatte sich vor dem Haus eingefunden und schaute ihn schweigend und mit traurigen Augen an. »Menschenskinder! Ich zieh doch nur ein paar Straßen weiter. Zwei Monate mit der da...«, mit einer knappen Kopfbewegung und einem angedeutetem Augenzwinkern wies er in Alexas Richtung, »...in einer Wohnung, reicht mir vollends. Außerdem muss ich doch dem armen Steffen beistehen, jetzt da Pat auf große Forschungsreise geht.« »Schon klar«, sprach Alexa und umarmte ihren zukünftigen Ex-Mitbewohner. Die anderen folgten ihrem Beispiel. Bis auf Lars, der als Vermieter wohl die Etikette zu wahren gedachte. Er schüttelte Tüte nur die Hand und verkündete dabei: »Außerdem kommt Ralf bald aus den USA zurück, da hättest du sowieso raus gemusst.« »Korrrrekt!«, sagte Tüte auf preußische Art und salutierte dazu amateurhaft. Alle lachten. »Alexa, fährst du noch schnell mit rüber? Pat verabschieden.« Alexa wunderte sich etwas. Sie konnte sich nicht daran erinnern, dass Pats Flug schon heute gehen sollte. »Wie?

Ich dachte der fliegt erst am Donnerstag?« »Jo, er macht noch zwei Tage Heimaturlaub bei seinen Alten in Frankfurt. Sich noch mal ein bisschen von Mama verhätscheln lassen. Und wahrscheinlich gibt es dann auch noch etwas Taschengeld. London ist teuer.«

Tüte hatte schon am Vortag einen Schlüssel für seine neue WG bekommen, und so konnten sie diese ohne das gewohnte Warten nach dem Klingeln betreten. Pat und Steffen saßen Bier trinkend in der Küche, in der es zudem nach Döner roch. Ihre Stimmung wirkte schon leicht bierselig und Alexa war deswegen sogleich etwas besorgt. Tüte hatte auf der Fahrt berichtet, dass Pat die Dreiviertelstunde nach Frankfurt mit dem für diesen Anlass von seinen Eltern geliehenem Auto zurücklegen wollte. Pat hatte ihren skeptischen Blick auf die Bierflaschen wohl auch gleich richtig interpretiert und verkündete ihr zu prostend: »Ist das erste ... und auch das letzte.« »Bei mir sicher nicht!«, ergänzte Steffen verschmitzt. »Heute ist Montag.« Es gab in Gießen für sozial ambitionierte Studierende diverse Verpflichtungen. Dazu gehörte unter anderem der jeden Montagabend stattfindende Besuch im Ulenspiegel. Eines jener vielen Gießener Etablissements, die vor allem ein studentisches Publikum anzogen. Der umsatzstärkste Tag des Ulenspiegels war traditionell der Montag, wenn ab ungefähr 22 Uhr ein tanz-, trink- und flirtwilliges Völkchen von angehenden Akademikern, zügig die zwei miteinander verbundenen Kellergewölbe füllte und nach und nach die frühen Vorlesungen aus dem persönlichen Lehrplan für den kommenden Morgen trank. »Oh! Vielleicht sollte ich doch erst morgen?«, sinnierte Pat; das Etikett seiner Bierflasche mit einem leicht verklärten Blick fixierend. »Hervorragende Idee! Dann hole ich gleich noch mal vier Bier!« Mit diesen Worten manifestierte Tüte Pats Überlegungen, zu einem ohne Abstimmung beschlossenem Plan. »Für mich bitte kein Bier«, versuchte Alexa noch zu intervenieren, um dem Abend seinen ursprünglich geplanten, harmlosen Ablauf wiederzugeben. »Och! Mensch! Alexchen! Wir werden in den kommenden Monaten nicht mehr all zu oft dazu kommen mit Pat einen zu heben«, konterte Steffen mit unschuldsvoller Miene. »Also!« Alexa versuchte streng zu bleiben, konnte jedoch Steffens putzigem Gesichtsausdruck nicht lange widerstehen: »Na hoffentlich ist das Bier auch kalt.«

Es war stickig, düster, roch nach Schweiß und aus den Boxen dröhnte *The Passenger* von Iggy Pop. Wie so oft, wenn Alexa im Ulenspiegel war, tanzte sie. Dabei war sie sich sicher: Würde sie sich jetzt hinlegen, der Raum würde sich einfach weiterdrehen. Aber dieser Zustand war ihr inzwischen ganz recht. Nicht recht war ihr jedoch, dass sie diesen seltsamen Typen an der Backe hatte. Drei ihr vorher nicht bekannte Jungs hatten sie zu ein paar Bier eingeladen, und auf einmal war nur noch der bei ihr gestanden, den sie von den dreien am langweiligsten fand. Sie flüchtete auf die Tanzfläche. Aber anstatt sich weiterhin an der Theke festzuhalten, kam dieser Typ hinterher und stapfte jetzt ungelenk an ihrer Seite zielsicher neben den Takt. Aber eigentlich war Alexa das eher egal: Sie war betrunken, und zu ihrer Rettung gab es immer noch Tüte. Oder auch Steffen. Oder Pat. Letzteren aber nicht mehr lange. Überraschend hatte er von seinem Professor eine Praktikumsstelle in einem renommierten Institut in London angeboten bekommen. Pat hatte ihnen berichtet, dass es für seine Zukunftspläne wie ein *Sechser im Lotto* sei. Diesen Laden wollte in seinem Mechatronik-Studiengang jeder gerne in seinen Referenzen stehen zu haben. Sein Professor hatte ihm erklärt, dass die Stelle eigentlich schon seit Monaten vergeben war, der eigentlich Ausgewählte hatte aber einen Unfall und die Stelle durfte nun von ihm kurzfristig neu besetzt werden. Und da er in Pat großes Potential schlummern sehe, hoffe er dies auf diese Art und Weise aufwecken zu können.

So beim Tanzen über Pats Glück sinnierend, schlich sich ganz langsam die Erkenntnis in Alexas Bewusstsein, dass sie eine Hand auf ihrem Hintern spürte. Abrupt drehte sie sich zu dem Grabscher um und stieß ihn wutentbrannt mit einem lauten *Hey!* von sich. Zu ihrer Überraschung gehörte die Hand jedoch nicht wie erwartet zu dem Langweiler, sondern zu einem Mann mit kupferrotem Haar. Ohne eine Reaktion abzuwarten, dreht sie sich weg und steuerte unter Ellenbogeneinsatz durch die Tanzenden hindurch, geradewegs auf die Stammtheke der Jungs zu.

»Das is' tooootal lieb von dir, dass du mich heimbringst.« Alexa hatte sich bei Pat untergehakt und gemeinsam schlenderten sie durch das nächtliche Gießen. »Guck mal! Kaninchen!« Pat schaute zu den durch den Park hoppelnden Nagern hinüber und nickte versonnen. Alexa kicherte und knuffte ihn mit einem fiesen Grinsen in den Arm. Pat blieb stehen. »Wirst mir fehlen.«

»Du mir auch, Professor in spe.« Alexa lachte und zog Pat weiter. »Du passt mir gut auf Steffen und Tüte auf. Machst du doch, oder?« »Klaro!« Alexa überlegte kurz, wann sie wohl zuletzt *Klaro* gesagt hatte. »Alexa?!«, sagte Pat in ihren Gedanken hinein. »Ja?«, fragte Alexa. Woraufhin Pat nach einem kleinen Augenblick der Stille nur mit dem Kopf schüttelte. »Ach … ach nix.« Alexa spürte ein ungutes Gefühl in sich aufsteigen. Sie fand Pat echt nett. Und witzig war er auch. Aber auch so gar nicht ihr Typ. Er war ihr viel zu schlaksig und zu blass. »Klar pass ich auf die Jungs auf. Immer doch! Auch wenn ich am Wochenende erst mal zu meinem Ex nach Hamburg fahre.« So! Das sollte als Antragskiller reichen. »Oh! Ähm … schön. Ja … ähm. Wie kommt's?« »Och, nur so.« Alexa hätte sich am liebsten selbst in den Hintern getreten. *Och, nur so?!* Sie hatte sich ihre geschickt aufgebaute Position als Quasi-Eigentlich-Doch-Fast-Vergebene sauber wieder zunichte gemacht. »Also. Ich meine, wir wollen noch mal über alles reden … und so.« »Ach so, ja. Ich verstehe. Reden, ja, das ist wichtig.« Hatte sie nun zu dick aufgetragen? Wenn er jetzt eine Art Torschlusspanik bekommen und alles auf eine Karte setzen würde?

Sie waren nur noch wenige Meter von Alexas Haus entfernt. Beide hatten in den letzten Minuten nichts mehr gesagt. So sehr sich Alexa anfangs über den vorerst letzten gemeinsamen Abendspaziergang mit Pat gefreut hatte, so unangenehm hatte sich die Situation in der Zwischenzeit entwickelt. Sie hoffte innig, dass er sie einfach schnell hinter der Haustür verschwinden lassen würde. Mit diesen Gedanken im Schlepptau, bogen sie um die

Ecke und standen nun vor der Tür. »Also Patchen!«, sagte sie mit gespielter Vehemenz in der Stimme. Sie hatte einen Plan. Alexa schloss die Tür auf und dreht sich zu ihrem nächtlichen Begleiter hin: »Ich denke, es ist alles gesagt und auf lange Abschiedsszenen steh ich nicht so. Danke fürs Heimbringen und viel Spaß in London. Benimm dich!« Nun umarmte sie den mit glasigen Augen vor ihr stehenden Schlaks möglichst flüchtig. Kaum zwei Sekunden später war sie schon im Treppenhaus und die Tür hinter ihr ins Schloss gefallen. Kurz mit dem Fuß auf der untersten Stufe der Treppe und der Hand auf dem Geländer verharrend, atmete sie erst einmal tief durch. Dann ging sie weiter. *Hamburg.* Diesen überfälligen Besuch sollte sie wirklich mal in Angriff nehmen. Sie schloss die Wohnungstür auf. *Ob ich morgen mal Mark anrufe?* Ihre Schuhe und Klamotten in die Ecke feuernd, zog sie sich aus und ihren Bademantel an. Wann hatte sie zuletzt was von Mark gehört? Im Badezimmer angekommen, unterzog sie sich einer Art Katzenwäsche und schob sich die Zahnbürste in den Mund. Mit dieser seltsamen Elaine war er ja wohl inzwischen nicht mehr zusammen? Wieder in ihrem Zimmer, ging sie zu ihrem Kleiderschrank und zog ein altes T-Shirt aus einer Schublade. Sie streifte es über und kletterte in ihr Bett. Das T-Shirt hatte einmal Mark gehört.

Kapitel 12

Auf nach Dänemark

Alexas Handy klingelte; genauer gesagt quäkten die darin verbauten Billigboxen *People are People* von Depeche Mode. Alexa schnappte sich ihre Tasche und verließ das Zimmer ihres Bruders. Der war gerade dabei, Kleidungsstücke so im Inneren seines Koffers zu platzieren, dass beim Auspacken garantiert niemand darauf schließen können würde, dass er der Sohn einer bügelwütigen Mutter war. Im Flur angekommen, hatte Alexa schon auf dem Display abgelesen, dass es ihr Ex-Freund war, der sie sprechen wollte: »Hallo Mark!« »Moin Alexa. Wie läuft's?« »Gut, bin gerade bei meiner Family zu Hause und helfe Max beim Packen. Ist irgendwas? Das klappt doch mit meinem Besuch? Du wirst mir doch nicht schon wieder absagen?« »Nee, nee, das klappt. Ich wollte nur fragen, ob ich eventuell vorher auch mit nach Langeland fahren könnte? Hab mir etwas Zeit freischaufeln können.« »Ja geil! Hammer! Klar, wir nehmen dich gerne mit.« Alexa war sehr froh, dass sie ihren Bruder nun doch nicht ganz allein nach Dänemark bringen musste. Ihre Eltern hatten ganz selbstverständlich beschlossen, dass *der Bub* nicht ohne Begleitung ins Internat reisen können würde; und da die Fahrt ... *für uns alde Leud* ... ein bisschen zu anstrengend wäre, wurde Alexa kurzerhand per elterlichem Dekret als Reisebegleiterin eingesetzt. Doch da sie sowieso Semesterferien und auch schon diese Idee für die Rückreise hatte, war sie schnell von dieser Pflichtaufgabe zu überzeugen. Denn als sie Mark vor ein paar Wochen spontan in Hamburg besuchen wollte, hatte er leider keine Zeit. Aber diesmal schon. Und dass er sie jetzt auch noch nach Langeland begleiten würde, steigerte Alexas Vorfreude auf ihren Besuch im Norden zusätzlich.

»Wie sollen wir es machen?«, fragte Mark. »Hmm? Kannst du morgen irgendwie in die Nähe einer Autobahnausfahrt kommen?« »Ja, sicher. Ich schau mal im Web nach und schick dir dann eine Nachricht. Wollen wir eigentlich dort irgendwo pennen oder abends noch nach Hamburg zurück?« »Nee, das wäre mir zu heavy. Die haben da so Angehörigenzimmer, da können wir pennen. Ich klär das mit Max' Ansprechpartnerin vor Ort und falls das wider Erwarten nicht klappen sollte, sag ich dir noch mal Bescheid.« »Hört sich gut an. Ich muss dann mal Schluss machen. Hab noch ein bisschen was wegzuschaffen. Wir mailen.« »Ja. Wunderbar.« »Alexa?!« »Ja?« »Ich freu mich.« Und Alexa freute sich auch.

Alexa war heilfroh, als sie endlich Mark an einer U-Bahn-Station in einem östlichen Hamburger Vorort auflesen konnte. Max hatte sich noch bevor sie bei Gießen auf die Autobahn auffuhren, seine Kopfhörer aufgesetzt und seine Nase in ein dickes Buch gesteckt. So war die Fahrt für Alexa nicht gerade unterhaltsam. Aber wenigstens hatten das Wetter und der Verkehr mitgespielt und sie waren gut durchgekommen.

Mark bot ihr sogleich an, dass er erst einmal weiterfahren könne, und Alexa nahm die Offerte dankend an. Max verzog sich ohne Murren auf den Rücksitz. Mark hatte noch nicht mal den Sitz richtig eingestellt, da war Max schon wieder in seinem Buch versunken. Beim Einstellen des Rückspiegels wunderte sich Mark: »Was ließt er da? Ist das wirklich?« »Ja, das ist die Bibel. Keine Ahnung wie er jetzt darauf kommt. Als ich ihn darauf ansprach, hat er was von *Allgemeinbildung* gefaselt und auf der Stelle weitergelesen. So ist er eben.« »Auch gut. Dann wollen wir mal.« Mark startete den Wagen und fuhr freudestrahlend los. Er roch dabei verdammt gut.

In den nächsten Stunden gab es viel zu erzählen. Auch wenn sie in den vergangenen Wochen wieder etwas häufiger miteinander telefoniert hatten, hatte Alexa das Gefühl, nicht gerade viel über den *Hamburger* Mark zu wissen. Alexa begriff schnell, dass ihr dieser groß gewachsene Mann immer noch ziemlich gut gefiel; mit seinen tiefschwarzen Haaren, seiner markanten Nase, seinen breiten Schultern und dieser betörend sonoren Stimme. Sogar noch etwas mehr als damals als Jugendlicher. Er war der erste Mann, der bei ihr mehr durfte, als Alexa sich selbst zunächst hatte vorstellen können. Seine grünen Augen hatten es ihr schon immer angetan, und der Drei-Tage-Bart in seinem mittlerweile durch das Hamburger Wetter gegerbten Gesicht, passte gut zu dem erwachsen gewordenen Mann. Nachdem damals klar war, dass Alexa nicht in Hamburg studieren würde, hatte Mark zu Alexas Bedauern recht schnell mit ihr Schluss gemacht. Sie hatte es irgendwie verstehen können. Aber es hat trotzdem etwas Zeit gebraucht, bis sie wieder ungezwungen miteinander sprechen konnten. Nun genoss es

Alexa sehr, dass sie sich auf dieser Fahrt endlich mal wieder unbeschwert unterhalten konnten. Doch als ihr dies nach gut einer Stunde Fahrt bewusst wurde, wurde ihr sofort auch etwas unwohl dabei. Was empfand sie noch für diesen Mann? Und vor allem: Was empfand er noch für sie? Sie spürte eine große Vertrautheit ... und Wärme.

»Klar ist dir etwas mulmig zumute. Er ist gerade mal zwölf. Eine fürsorgliche große Schwester sollte sich bei dem Gedanken etwas seltsam fühlen, dass ihr kleiner Bruder in dem Alter ins Ausland gehen wird«, stellte Mark fest. »Das ist es noch nicht einmal. Uns ist da vor einiger Zeit etwas Seltsames passiert«, antwortete Alexa. »Etwas Seltsames?! Hört sich ja geheimnisvoll an. ... Oh! Hast du gesehen. Die nächste Raststätte kommt in fünf Kilometern. Sollen wir da tanken? Der Tank ist nicht mehr so super voll.« »Ja, lass uns das machen. Vielleicht können wir dort auch was essen. Meine Mutter hat uns einen Picknick-Korb gepackt, mit dem wir auch auf einer Fahrt nach China nicht verhungern würden.« »Hört sich gut an. ... Hey! Max?! Hast du auch Hunger?« Max schaute auf und zog einen seiner Kopfhörer-Stöpsel aus dem Ohr. »Hunger?! Jo. Gibt's Burger?« Mark schmunzelte. »Ui! Eine menschliche Regung. Aber ich glaube kaum, dass deine Mutter uns einen Mini-McDonalds eingepackt hat.« Max verzog sein Gesicht und nörgelte: »Och! Lasst uns doch anner Tanke was Lässiges futtern. Bitte!« Mark schaute Alexa forschend an: »Wenn du jetzt auf das Essen von Mama bestehst, solltest du mal dringend über eigene Kinder nachdenken. Den Eignungstest hättest du damit bestanden.« Ein leichtes Ziehen fuhr Alexa in den Nacken und sie reagierte schnell: »Okay. Burger.« Max jubelte und Mark setzte kurz darauf den Blinker.

Der weiße Kies knirschte unter den Reifen, als sie mit dem etwas betagten Opel Astra auf einen freien Parkplatz vor dem roten Schloss zusteuerten. Die letzten eineinhalb Stunden war Alexa wieder gefahren. Max klebte wie ein Kind an der Fensterscheibe und begutachtete sein neues Zuhause mit großen Augen und offenem Mund. Kaum dass der Wagen stand, sah Alexa im Rückspiegel einen Parkplatzwächter in einer dunkelblauen Uniform im Stechschritt auf sie zusteuern. Noch bevor sie diese hatte runter kurbeln können, klopfte der Uniformierte schon an die Fensterscheibe. Alexa kurbelte. »Kein Touriste. Bitte!« Der Mann fuchtelte mir den Armen und zeigte auf die Straße, die sie zum Schloss geführt hatte. »Wir sind keine Touristen. Ich bringe meinem Bruder hier ins Internat.« Das Gesicht des Mannes hellte sich auf und wirkte mit einem Mal durchaus freundlich. In leicht gebrochenem Deutsch erwiderte er: »Oh! Schön. Ich sage oben, sie sind da. Name von Junge?« Max lugte zwischen den Kopfstützen hindurch: »Maximilian Rose, Deutschland.« »Gut. Warte bitte hier.« Der Parkplatzwächter ging ein paar Meter vom Auto weg und zückte ein Walkie-Talkie, um etwas auf Dänisch hineinzusprechen. Mark schaute schmunzelnd zu Max: »Deutschland? Jetzt wirklich?« Alexa und Mark lachten im gleichen Atemzug los. Max ließ sich auf den Rücksitz zurückfallen und schmollte: »Weiß ich, was der …? Ach! Lasst mich doch in Ruhe.« Alexa blickte gütig zu ihrem Bruder und schlug vor: »Ist ja gut. Lasst uns erst mal aussteigen. Dahinten kommt schon dein Begrüßungskomitee.« Max reckte neugierig den Hals. »Wo?« »Na dort, die drei Jungs.«

Es stellte sich sogleich heraus, dass dies die neuen Zimmergenossen von Max waren. Sie hatten den Auftrag, Max und sein Gefolge hereinzubegleiten und beim Tragen der Koffer zu helfen. Ab jetzt wurde die gesamte Konversation in Englisch geführt, was Max sichtlich Spaß machte. Er hatte sich in den vergangenen Monaten intensiv auf die für ihn relativ ungewohnte Sprache vorbereitet. Seine Aussprache ließ erkennen, dass es ihm deutlich an der Praxis fehlte, aber was sich theoretisch lernen ließ, hatte er gelernt.

Bevor Max von seinen neuen Gefährten zu deren Zimmer geführt wurde, parkten sie Mark und Alexa in einem an die Eingangshalle angrenzendem Raum, der in der Art eines modernen Cafés eingerichtet war. Mit dem Hinweis auf den Kaffeeautomaten und darauf, dass eine Miss De Pleser gleich kommen würde, wurden sie sich dort selbst überlassen. Das Schloss, welches das Internat beherbergte, war kein Prachtbau. Im Inneren genauso wenig, wie von außen. Dem Gebäude war augenscheinlich vor nicht all zu langer Zeit eine grundlegende Sanierung zuteil geworden. Die Architekten waren dabei jedoch sehr schonend mit der alten Bausubstanz umgegangen. So waren die recht schnörkellosen Säulen, die die von der Eingangshalle nach oben führende breite Treppe säumten, erst auf den zweiten Blick als restauriert zu erkennen. Zudem wurden die großzügigen, offenen Räume mit viel Glas unterteilt. Wodurch zum Beispiel auch der Raum für das Café neben der Eingangshalle entstanden war. Während Mark ihnen an der Theke einen Kaffee besorgte, ging Alexa zu einem der Fenster des wirklich gemütlich eingerichteten Raums. Der Ausblick beeindruckte sie. Direkt hinter dem Schloss lag ein See, auf dessen gegenüberliegender Seite sich offensichtlich ein großzügig angelegter und doch recht naturbelassener Park anschloss. »Wunderbarer Ausblick, nicht wahr?« Alexa wurde von einer unbekannten Stimme hinter sich aus ihren Gedanken gerissen. Alexa drehte sich um und blickte in zwei strahlend blaue Augen. »De Pleser. Ann De Pleser. Aber bitte nennen Sie mich Ann.« Die kaum dreizig Jahre alte Frau hatte dunkelblondes, kinnlanges Haar, ein pausbackiges Gesicht und ihren leicht korpulenten Körper in ein strenges Business-Outfit gehüllt, welches nicht so recht zu ihrer ansonsten leutseligen Ausstrahlung passen wollte. Lächelnd reichte sie Alexa die Hand zur Begrüßung. »Ich bin die persönliche Ansprechpartnerin von Max. Und auch eine seiner Dozentinnen. Ich hab sie doch nicht erschreckt, oder?« »Nein, nein«, erwiderte Alexa, »Ich bin nur etwas erschöpft. Alexa Rose, ich bin die Schwester von Max. Und das ist mein … ähm … unser Begleiter Mark.« Mark kam gerade mit zwei Tassen Kaffee auf die beiden zu. »Hallo! Soll ich ihnen auch einen Kaffee bringen?« »Ja, gerne. Schwarz.« Wieder an Alexa gerichtet, fuhr sie fort: »Dann lassen sie uns doch gleich hier ein paar Sachen besprechen. Da drüben?« Ann zeigte auf eine sehr einladend von der Sonne beschienene Sitzgruppe an einem der Fenster mit Blick zum See. Mark übergab Alexa und Ann die Tassen und ging zurück zur Theke.

Die Frauen setzten sich und Ann fragte interessiert: »Hatten sie eine gute Anreise?« »Ja, wir sind ziemlich gut durchgekommen.« »Das hört man gerne. Wir werden in einer halben Stunde zu Abend essen. Wir haben sie mit eingeplant. Das ist doch in Ordnung, oder?« »Ja, gerne«, antwortete Alexa und Mark gesellte sich nun auch zu den beiden Frauen. Alexa informierte ihn: »In einer halben Stunde gibt es Essen.« »Gut. Sehr gut. … Hast du eigentlich schon deine Mutter angerufen?« In diesem Moment spürte Alexa eine leichte Hitze in sich aufsteigen, die ihr sagte: *Mist! Vergessen!* »Es ist doch okay, wenn ich kurz?« »Aber sicher doch.«, antwortet Ann freundlich. Alexa kramte ihr Handy aus ihrer Tasche, stand auf und ging ein paar Schritte von den beiden weg. Sie stellte sich an ein Fenster und rief ihre Mutter an. Diese war recht kurz angebunden. Ganz so, wie es sich ihrer Ansicht nach für ein Auslandstelefonat gehörte. Sie zeigte sich beruhigt und ließ Max Grüße ausrichten. Natürlich verbunden mit der Erinnerung, dass er sich so bald wie möglich melden und ihr eine Telefonnummer nennen sollte, unter der sie ihn erreichen könnte. Alexa versicherte ihr, dass sie ihm dies ausrichten würde. Als sie sich gerade von ihrer Mutter verabschiedete, sah sie beiläufig, wie ein VW-Bus auf dem Hof hinter dem Internat anhielt. Zwei Handwerker stiegen aus und öffneten die seitliche Schiebetür. Eher unbewusst schaute Alexa den beiden dabei zu, wie sie einen weiteren, etwas benommen wirkenden Mann in einem grauen Arbeitsanzug aus dem Bus führten. Nach nur wenigen Augenblicken waren die Männer aus Alexas Blickfeld verschwunden. Und doch stockte Alexa der Atem. Hatten die beiden Blaumänner gerade ihren Freund Tüte ins

Internatsgebäude geführt? Nein, dass konnte nicht sein. Sollte sie nachsehen gehen? Aber wie sollte sie das anstellen, ohne anschließend nicht als komplette Idiotin dazustehen, wenn sie sich geirrt haben sollte. Aber das hatte sie sich sicherlich. Warum sollte jemand Tüte …? Alexa bemerkte, dass sie das Handy noch am Ohr hielt; ihre Mutter hatte längst aufgelegt. Spontan versuchte sie Tüte anzurufen, aber nach einer geschätzten Minute, die sich wie eine kleine Ewigkeit anfühlte, stoppte Alexa den Versuch. Sie war verwirrt. Sie schaute zu Mark und Ann hinüber. Ihr *Begleiter* machte auf sie in dieser Situation einen etwas hilflosen Eindruck. Smalltalk war nie so seine Stärke gewesen. Darum beschloss Alexa, sich den Blödsinn mit Tüte aus dem Kopf zu schlagen, und lieber Mark etwas beizustehen. Sie würde es später ein weiteres Mal bei Tüte versuchen.

Kapitel 13

Ein Besucher in der Nacht

Alexa fühlte sich eins mit ihrer Matratze und wollte in ihren Traum zurück. Doch irgendwas hatte sie geweckt und auch das ins Zimmer fallende Mondlicht störte sie. Sie drehte sich auf die andere Seite. Adrenalin durchschoss ihren Körper und sie stieß einen Schreckensschrei aus, der aber sogleich durch eine kleine, zarte Hand auf ihrem Mund erstickt wurde. »Pssst. Bitte. Nicht schreien.«

Mark und Alexa hatten nach dem Abendessen ihre Zimmer für die Nacht gezeigt bekommen. Das Essen hatten sie mit den Bewohnern des Internats in einem großen, in einer gewagten Mischung aus Moderne und Mittelalter eingerichteten Saal zu sich genommen. Alexa wusste nicht so recht, was sie davon halten sollte, dass man Mark und ihr getrennte Zimmer zugeteilt hatte. Ohne das sie von Seiten des Internats wissen konnten, dass sie kein Paar waren. Aber in dem Augenblick als sie in ihr Zimmer kam, war es für sie nur wichtig, dass sie nun gleich würde schlafen können. Es war zwar erst kurz nach acht, aber sie war schlichtweg hundemüde. Ann De Pleser kam noch einmal persönlich zu ihr ins Zimmer. Sie wollte sicherstellen, dass es Alexa für die Nacht an nichts fehlen würde. Alexa vermutete, dass man in keinem der ortsansässigen Hotels eine bessere Ausstattung vorgefunden hätte. Der kleine, mit grün-beiger Mustertapete dekorierte Raum, lag im dritten Stock des Schlosses, hatte ein kleines Badezimmer mit Dusche, Waschbecken und Toilette, ein Fenster zum See, ein Einzelbett aus verziertem Eichenholz mit hohem Kopf- und halbhohem Fußteil, einen zum Bett passenden Schrank und einen gemütlichen Ohrensessel. Im Zimmer fand Alexa nicht nur die auch für ein einfaches Hotel üblichen Sachen wie Handtücher, Föhn, Seife, Duschgel und eine kleine, auf dem Kopfkissen liegende Tafel Schokolade, sondern auch fünf kleine Flaschen Mineralwasser, etwas Obst, eine Zahnbürste mit einer kleinen Tube Zahnpasta und sogar ein Nachthemd. Auch Mark kam noch mal vom Nachbarzimmer herüber und wünschte ihr eine gute Nacht. Er hatte das Angebot zweier der etwas jüngeren Lehrer angenommen, sich noch ein bisschen mit ihnen und einer Flasche Rotwein auf die Terrasse zu setzen. Alexa fühlte sich dazu einfach nicht mehr in der Lage. Sie war total übermüdet und wollte nur noch schlafen; auch wenn es noch so früh am Abend war. Max hatte sie im Speisesaal lediglich noch ein einziges Mal kurz aus der Ferne gesehen. Alexa überlegte, endlich im Bett liegend, dass er sich schon jetzt sehr gut mit seinen neuen Zimmergenossen zu verstehen schien. Er hat mir sogar zugewunken, dachte sie noch und schlief darüber ein.

»Bitte! Nicht schreien. Ich habe nur eine Nachricht. Bitte.« Die Stimme hörte sich jung an. Es war die eines Knaben vor dem Stimmbruch. Auch die Hand auf Alexas Mund fühlte sich klein und zart an. Um ihre eigene Sicherheit machte sie sich von jetzt auf gleich keine Sorgen mehr. Sie befürchtete aber, dass etwas mit Max sein müsse. Sie nickte kurz. Die Hand wurde von ihrem Mund genommen. »Wer bist du? Was willst…« »Psst! Ich hab eine

Nachricht.« Alexa setzte sich im Bett auf. »Von wem? Ist was mit Max?« »Die Nachricht ist nicht von Max. Sie lautet:« Die Stimme des Jungen veränderte sich. Sie wurde mechanisch und wirkte fern. »Bitte verlassen sie sofort das Internat. Gehen sie alleine. In der Nacht sind sie hier nicht sicher. Gehen sie. Jetzt!« Alexa war verwirrt. Sie strich sich die Haare hinter die Ohren, als wenn sie so besser hören, besser verstehen könnte. »Was soll der Quatsch? Wo soll ich hin? Was ist mit Max? Und mit Mark?« »Mach dir keine Sorgen um deine Begleiter. Sie sind in Sicherheit. Du bist es, die in Gefahr ist. Geh! Jetzt!« Alexa war genervt und wurde allmählich angriffslustig. »Lass mich schlafen. Wie spät…« Alexa tastete nach der Lampe auf ihrem Nachttisch. Sie betätigte den Schalter, aber es ging kein Licht an. »Scheiße!« Alexas zwischenzeitlicher Zorn, wich einem leichten Grausen. »Kein Licht, bitte.« Der Junge machte eine Taschenlampe an und leuchtete auf seine Puschel-Pantoffeln. Langsam freundeten sich Alexas Augen mit den etwas verbesserten Lichtverhältnissen an. Doch der Junge war immer noch nur schemenhaft zu erkennen; sein Gesicht gar nicht. Vom Körperbau her, schätzte ihn Alexa auf nicht viel älter als zehn. »Geh! Du hast noch gut zehn Minuten. Oder willst du auch mal für ein paar Stunden verschwinden? So wie Pat damals?« Alexa erstarrte. Ihre Gedanken sausten in völlig unkoordinierten Fetzen durch ihren Kopf. Sie hatte das Gefühl, ihr Schlafraum würde sich verengen und trotz der Bettdecke wurde ihr kalt. Und heiß. Alexa brachte keinen klaren Gedanken zustande. Da hörte sie sich zu dem Jungen sagen: »Wo kann ich hin?« »Zieh dir was an. Ich bring dich zum Ausgang. Dann lauf in den Ort. Das zweite Haus rechts hat einen kleinen Schuppen im Garten. Da bleib bis um 7 Uhr. Dann kannst du wieder herkommen. Sehe zu, dass du dich normal verhältst, wenn du zurückkehrst. Aber reise bald ab. Unbedingt.« »Was ist mit Max? Soll…« »Ihm wird hier nichts geschehen. Er ist sicher. Und jetzt zieh dich an und geh!«

Der Junge machte die Taschenlampe aus und Alexa vernahm, wie er sie auf das Bett warf. Alexa griff sofort danach. Doch in dem Moment, da sie die Lampe anschaltete, fiel auch schon die Tür hinter dem Jungen ins Schloss. Alexa starrte kurz auf die Tür und nach einigen wenigen Sekunden, überkam sie eine Heidenangst. Sie leuchtete die Ecken des Zimmers aus. Sie erkannte nichts ungewöhnliches. Wollte der Junge sie nicht zum Ausgang bringen? Sollte er aus Schamgefühl hinausgegangen sein? Alexa entschied sich seinem Rat zu folgen und zu gehen. Warum auch immer? Sie sprang regelrecht aus dem Bett und suchte im Schein der Taschenlampe den Stuhl, auf dem ihre Klamotten lagen. Sie zog sich hastig an und holte noch einen Pullover aus dem Schrank, in dem sie ihre Kleidung untergebracht hatte. Dort hing auch ihre Winterjacke, die sie mitnehmen musste, da ihre Mutter dem dänischen Wetter nachdrücklich nicht traute. Sie zog beides an und schnappte sich ihre Handtasche. Die Taschenlampe machte sie aus und steckte sic in die Jackentasche. Geistesgegenwärtig nahm sie sich noch einen Apfel aus der Schale, sowie eine der Wasserflaschen, und ging zur Tür hinaus. Das Mondlicht erhellte den langen Flur in dem Alexa nun stand. Aus einer Nische trat der Junge hervor. »Lass die Lampe lieber aus. Und nun komm«, flüsterte er und ging Richtung Treppe. Alexa folgte ihm; sich immer wieder umschauend. Sie gingen hinunter. Einmal mussten sie sich in einer dunklen Ecke verstecken, da sie Schritte hörten. Die Schritte gehörten zu mindestens zwei Menschen, die schweigend die Treppe hinaufgingen. Der Junge brachte Alexa zu einer Vorratskammer im Untergeschoss und geleitete sie dort zu einer Tür, die in einen Hinterhof führte. »Halte dich rechts an der Wand. Dann kommst du zu einer kleinen Einfahrt. Dort musst du durch das Tor. Es sollte offen sein. Dann halte dich links und folge der Straße bis zum Dorf. Es sind nur zirka 300 Meter.« »Okay. Wie spät ist es jetzt?« »Es ist 2:58 … nur noch 2 Minuten. Geh! −… Nein, warte. Eins noch. Reise schnell nach London. Finde Pat!« Der Junge dreht sich herum und zog die Tür hinter sich zu. Alexa stand dort wie angewurzelt. Pat? Was war mit Pat? In was war sie … waren sie … da rein geraten? Alexa ging los. Unbehelligt erreichte sie nach wenigen Minuten das schlummernde Haus und versteckte sich im Schuppen.

Sie hatte Glück. Die Besitzer des Hauses hatten dort ihre Gartenmöbel gelagert. Alexa legte sich auf eine Liege und deckte sich mit Sitzauflagen zu. Als Schutz gegen die Kälte wäre dies nicht nötig gewesen, es war eine lauwarme Spätsommernacht, jedoch als Schutz gegen die finsteren Gespinste in ihren wirren Gedanken. Was hatte der Junge über Pat gesagt? Der Junge wusste, dass Pat mal verschwunden war. So wie es Tüte behauptet hatte. Sie hatten damals ein unausgesprochenes Abkommen getroffen und einfach nicht mehr über die Sache geredet. Alexa hatte noch ein paar mal daran gedacht, es dann aber im Alltag untergehen lassen. Aber was hat der Junge noch gesagt? Sie solle Pat in London aufsuchen. Aufsuchen? Warum? Moment. Nein, der Junge hatte von *Finden* gesprochen. Und hatte sie am Abend im Café am Fenster wirklich Tüte gesehen? Max sei sicher, hatte der Junge gesagt. Und wenn sich die Zimmergenossen von Max nur einen schlechten Scherz mit ihr geleistet hatten? Wahrscheinlich auch noch zusammen mit ihm! Er hätte ihnen von Pat erzählen können. Aber woher sollte Max über das Verschwinden von Pat Bescheid wissen? Hatte sie ihm davon erzählt? Alexa konnte sich nicht daran erinnern. Im Gegenteil: Sie war sich sicher, dies nicht getan zu haben. Ihre Gedanken begannen sich immer und immer wieder im Kreis zu drehen. Irgendwann schlief sie trotzdem ein.

Alexa wurde vom Klingeln ihres Handys aufgeschreckt. Sie kramte hektisch in ihrer Tasche und drückte den Anruf in heller Aufregung weg. Noch leicht verstört schaute sie auf das Display ihres Handys. 7:47 Uhr. Der Anrufer *in Abwesenheit* war Mark. Alexa stand auf. Ihre Schulter, ihre Hüfte und noch so einiges an ihrem Körper schmerzte. Sie streckte sich. Dann räumte sie die Sitzauflagen, die sie in der Nacht aus den Regalen gekramt hatte, eilig wieder dorthin zurück. Nun schnappte sie sich ihre Sachen und ging zur Tür des Schuppens. Dort hielt sie noch mal kurz inne, kramte aus ihrer Taschen ein Deo-Spray, benutzte es und öffnete anschließend die Tür; nur einen Spalt. Draußen war es hell. Alexa konnte niemanden sehen. Mit Herzklopfen ging sie eilig hinaus; am Haus vorbei, auf die Straße. Ohne nachzudenken lief sie erst einmal in Richtung Ortsmitte. Gerade als sie Mark zurückrufen wollte, klingelte ihr Handy erneut. Sie ging ran und versuchte eine unbedarfte Fröhlichkeit in ihre Stimme zu legen: »Guten Morgen, Mark.« »Alexa! Wo in aller Welt bist du?!« Mark wiederum hörte sich gar nicht fröhlich an. »Ich mache einen Spaziergang. Bin im Ort.« »Ich hab mir Sorgen gemacht!«, polterte Mark. »Warum denn? Hätte man mich vielleicht klauen sollen?« Alexa versuchte belustigt rüberzukommen. »Ach Quatsch! Jetzt komm zurück. Es gibt gleich Frühstück.« Mark legte auf. Alexa spürte eine teilweise Erleichterung. Zumindest mit ihm schien alles in Ordnung zu sein; und hoffentlich auch mit Max. Sie machte sich auf den Weg zurück zum Internat. Und sie würde nach London reisen. Ganz bald schon.

Kapitel 14

Die Rückfahrt

»Ich verstehe dich nicht. Wir hätten dort noch schön ein, zwei Nächte bleiben können!« Mark hatte das Schweigen gebrochen. Alexa steuerte den Wagen ihrer Eltern gerade auf die Brücke zu, die von Fünen zurück auf das dänische Festland führte. »Ach, Mensch! Sei nicht sauer…« »Ich bin nicht sauer!«, unterbrach sie Mark; und niemand der in diesem Moment in sein verbittertes Gesicht geblickt hätte, hätte ihm glauben können. Alexa grübelte schon die ganze Zeit, wie und was sie ihm sagen beziehungsweise erklären könnte. Sie hatten im Internat nicht mal richtig mit ihrem Frühstück begonnen, da hatte Alexa Mark verkündet, dass sie noch vor dem Mittagessen zurück nach Deutschland fahren wolle. Mark und die beiden Lehrer mit denen er sich am Vorabend scheinbar prächtig amüsiert hatte protestierten vehement. Aber Alexa hätten keine zehn Pferde mehr in den alten Gemäuern gehalten. So eine Nacht wollte sie nicht noch einmal erleben. Auch wenn sie sich noch nicht sicher war, ob sie nicht doch einem schlechten Scherz von eine paar gelangweilten Kindern auf den Leim gegangen war. Alexa war wild entschlossen: Die nächste Nacht würde sie in Hamburg verbringen; ob nun in Marks WG oder bei ihrer alten Schulfreundin Irma, die es ebenfalls zum Studieren in die Hansestadt verschlagen hatte. Und zur Not würde sie auch in eine Hotel gehen.

Schweren Herzens hatte Mark nach einigen erfolglosen Protesten nachgegeben; und seine Versuche, einen Grund für die doch recht überhastete wirkende Abreise zu erfahren, waren nicht erfolgreich gewesen. Als es klar wurde, dass alle guten Worte fruchtlos verhallen würden, war er auch sogleich seine Sachen zusammenpacken gegangen. Gleiches tat Alexa. Während sie ihren Koffer packte, überlegte sie angestrengt, ob sie auch Max wieder mitnehmen sollte. Doch was sollte sie ihren Eltern sagen? Und was Max? Ihr Bruder wirkte wie ausgewechselt. Er hatte sich beim Frühstück freiwillig neben sie gesetzt und artig von seinen neuen Freunden und von den bereits in den wenigen Stunden im Internat erlebten kleinen Abenteuern berichtet. Er musste wohl vor dem Schlafen gehen, einmal nackt in den See springen und war somit ein vollwertiges Mitglied seiner neuen Clique geworden. Ein ziemlich harmloser Initiationsritus, fand Alexa. Sie brachte es nicht über sich, ihn dort schon nach einer Nacht wieder rauszuholen. Was hätte sie auch als Begründung vorbringen können? Bei Mark war das etwas anderes, der musste mit ihr mit. Für Max schien es völlig in Ordnung, nun auch von seiner Schwester entbunden zu sein. Ihre Verabschiedung war kurz, aber ungewöhnlich herzlich.

»Es ist alles so verwirrend.« Alexa versuchte einen Einstieg in eine Erklärung zu finden. Zum einen erschien es ihr als das Einfachste, wenn sie die Karten unumwunden offen auf den Tisch legen würde. Zum anderen: Was sollte er von ihr denken? Wie würde er die Sache aufnehmen?

»Du meinst die Sache zwischen uns?« Damit hatte Alexa in diesem Moment überhaupt nicht gerechnet. Sie hatte es irgendwie völlig verdrängt, dass da noch etwas zwischen ihnen zu klären war; oder auch eben nicht. Bisher war es ja kein offen angesprochenes Thema. Alexa schwieg, um ihre Gedanken zu sortieren. Wollte sie *dieses* Thema nun wirklich diskutieren? In dieser Situation? So nebeneinander im Auto? Wo man sich nicht in die Augen blicken, keine Regungen interpretieren konnte? Nein, in dieser Situation hätte Alexa auch ohne die verwirrenden Geschehnisse der jüngeren Vergangenheit nicht über *ihre Sache* reden wollen. Das war doch ein Thema, das sie in einer romantischeren Situation besprechen wollte; oder zumindest in keiner so angespannten. Obwohl. Eigentlich hing so etwas aber auch von der jeweiligen Intention der Gesprächspartner ab. Vielleicht wollte Mark auch gerade in dieser Situation mit ihr über die Sache reden, da so die emotionale Fallhöhe zu dem, was er ihr klar machen wollte, nicht so hoch war. Sicherlich wollte er ihr erklären, dass sie sich da im Bezug auf ihn in etwas hinein gesteigert hätte. Bestimmt hatte es auch etwas mit ihrem, in seinen Augen sicherlich bescheuerten Verhalten zu tun. Und sie war eben noch drauf und dran gewesen, sich ihm anzuvertrauen! Wie blöd konnte man sein? Sie hörte sich das Schweigen mit den Worten brechen: »Da gibt es doch keine *Sache zwischen uns*. Wir sind Freunde und das war es auch schon.« Hatte sie das gerade wirklich gesagt? In diesem Moment wurde ihr klar, dass sie eigentlich das genaue Gegenteil wollte. Sie wollte, dass es wieder eine *Sache zwischen ihnen* gab. Zu gerne würde sie nun tief in seine Augen blicken können. Aber sie musste sich jetzt zusammenreißen, um sich auf den dichten Verkehr zu konzentrieren.

»Gut, dann wäre das ja geklärt.« Marks Stimme klang hart. Von nun an hatten sich die beiden nicht mehr viel zu sagen. Ein paar Kilometer hinter der Grenze machten sie eine kurze Pause, um auf Toilette zu gehen und einen Fahrerwechsel vorzunehmen. Alexa fühlte sich schlecht und während Mark ein paar Dehnungsübungen machte, beschloss sie kurzerhand bei Steffen und Tüte in der WG anzurufen. Sie wollte nur mal kurz mit jemand anderem quatschen. Steffen ging ran. Er freute sich über ihren Anruf und wollte sogleich wissen, wie es mit Mark läuft. »Blöd. Saublöd. Aber das ist jetzt nicht wichtig. Wollte nur mal kurz mit jemandem sprechen, der nicht schmollend neben mir im Auto hockt.« »Habt ihr euch gestritten?« »Ja, nee…« Alexa brach ab, denn sie spürte, dass es jetzt nichts bringen würde, mit Steffen über Mark zu reden. »Ist Tüte da?« »Nee, keine Ahnung wo der sich rumtreibt. Ohne vorher mal bescheid zu sagen, ist der seit gestern Morgen verschwunden.«

»Verschwunden?« Alexa war wie vom Blitz getroffen. Vor ihrem geistigen Auge wurde noch mal die benommen wirkende Person, die sie an Tüte erinnerte, durch die Hintertür ins Internat gebracht. »Ja, keine Ahnung. Seine ganzen Sachen sind in seinem Zimmer. Sogar sein Handy, das andauert klingelt. Frag mich, ob ich mal drangehen soll?« Alexa war wieder mal total verwirrt und stammelte noch was von *Weiterfahren müssen* und dass *Mark am Auto warte*. Steffen wünscht ihr noch eine gute Weiterfahrt und

Alexa legte recht kurz angebunden auf. Sie stieg wortlos ins Auto und Mark fuhr wieder auf die Autobahn. Hatte Alexa auf der Fahrt bisher meist über Mark und ihre Gefühle für ihn nachgedacht, versuchte sie nun irgendeine Logik in die seltsamen Ereignisse der letzten Tage und Wochen zu bringen. Nach einigem Abwägen, drehte sie sich zu Mark und fragte ihn: »Kannst du mich in Hamburg direkt zum Flughafen bringen?«

Kapitel 15

Kirche, Kneipe und Küche

Schwer fiel die Tür hinter Alexa ins Schloss. Sie zog ihre Kapuze vom Kopf und blieb nach wenigen Metern im Raum stehen, um dort kurz zu warten. Ihre Augen gewöhnten sich erst langsam an das schummrige Licht. Als einziger Lichtpunkt kämpfte eine große Kerze auf dem Altar mehr schlecht als recht gegen die allgegenwärtige Dunkelheit an. Alexa fröstelte es in der kleinen Kirche und am liebsten hätte sie sich wie ein Hund den Regen abgeschüttelt. Inzwischen routiniert, scannten ihre Augen die Sitzreihen nach einem blonden Haarschopf. Deutlich entmutigt, wollte sich Alexa wieder zur Tür umdrehen. Da fiel ihr ein, dass sie, bevor sie wieder hinaus in den Londoner Regen ging, noch mal auf den Stadtplan ihn ihrer Tasche sehen sollte; solange sie hier noch im Trockenen war. Sie ging auf den Altar zu, um sich dort im Kerzenschein, die von ihr eingezeichnete Route zu der nächsten Kirche, der siebten an diesem Abend, einprägen zu können. Doch dann meinte sie, im Augenwinkel etwas wahrgenommen zu haben. Als sie genauer hinschaute, sah sie von einem Stützpfeiler halb verdeckt, den von ihr seit Stunden gesuchten Freund. Er kauerte demütig auf einer Bank und hatte seinen Kopf auf seinen Knien ruhenden und wie zum Gebet gefalteten Händen liegen. Alexa steuerte sofort auf ihn zu und versuchte so laut wie ihr möglich, seinen Namen zu flüstern: »Pat!« Der so Angesprochene hob langsam seinen Kopf und schaute Alexa abwesend an. Ruhig und als wenn er ihr kommen erwartet hätte, fragte er sie: »Bringst du mich heim? Ich möchte wirklich gerne nach Hause.«

»Und meine Mitbewohner haben dir dann erzählt, dass ich in eine Kirche wollte?!« Pat rekapitulierte, gerade seine Tasse pechschwarzen Kaffee absetzend, noch mal die letzten Worte von Alexas Bericht. Die beiden saßen an einem kleinen runden Tisch in der hinteren Ecke eines bescheidenen Londoner Vorort-Pubs. Aus den Lautsprechern schmetterte gerade John Cougar Mellencamp sein *Paper in Fire*. Hinter der trüben Fensterfront des Pubs, hatten sie ein Ambiente aus dunklen, holzvertäfelten Wänden, einer großen Theke, mehreren Dart-Scheiben, einem Billardtisch, sowie einige Sitzgruppen vorgefunden. Pat hatte sich nach dem ersten Kaffee, den Alexa ihm förmlich einflössen musste, recht schnell wieder berappelt und wollte dann natürlich wissen, was sie erstens nach London und zweitens ausgerechnet in diese unbedeutende Vorort-Kirche geführt hatte.

»Na ja, sie meinten, dass du ganz unvermittelt vom Küchentisch aufgesprungen wärst und irgendwas von *Church* gefaselt hättest. Dann wärst du auch schon aus der Tür hinaus gewesen. Sie haben mir einen Stadtplan geliehen und ich habe damit dann hier in der Gegend eine Kirche nach der anderen abgeklappert.« »Hammer! Mensch, das ist…« Pat fehlten offensichtlich die Worte. Alexa schaute ihm in die Augen, aber er konnte ihrem Blick nicht standhalten. Er fixierte den Inhalt seiner halb leeren Kaffeetasse, die nun schon seine dritte war, und räusperte sich: »Also, dieser Laden ... dieses Institut ... ist irgendwie unheimlich. Aber eher so unterschwellig. So normal wirkt es eigentlich tipp-topp! Aber irgendwas ist da oberfaul. Ich kann das gar nicht richtig beschreiben. Die Leute reden kaum miteinander! Die arbeiten an hochkomplexen Dingen und haben sich doch kaum ein Wort zu sagen. Und trotzdem läuft alles wie am Schnürchen. Oder gerade deswegen? Ich weiß es nicht. Doch das ist noch nicht mal das Unheimlichste. Ganz besonders schräg finde ich, dass ich mich abends meist nur noch sehr rudimentär an das erinnern kann, was ich den Tag über getan habe. Ich weiß dann schon noch, was ich am Projekt mache und was ich zum Beispiel zu Mittag gegessen habe. Aber es fehlen die Kleinigkeiten. Musste ich mir mal die Nase putzen? Ich hab keine Ahnung. War mal die Seife oder das Toilettenpapier im WC leer? I don't know! Die alltäglichen Kleinigkeiten sind irgendwie weg. Und meine Erinnerungen sind irgendwie ... wie die an einen Film, den man kürzlich im Kino gesehen hat. Ich...« Pat hatte dies alles erzählt, ohne einmal von seiner Tasse zu Alexa aufzublicken. Doch nun schaute er ihr direkt in die Augen: »Ich hab Angst, dass ich verrückt werde.«

Alexa hatte plötzlich das Bedürfnis Pat in den Arm zu nehmen. Doch sie tat es nicht. Stattdessen fragte sie ihn: »Was sollen wir tun?« »Ich weiß es doch auch nicht? Aber ich will da nicht mehr hin. Ich ... ich schmeiß die ganze Scheiße hin! Und blicken lasse ich mich da auch nicht mehr. Die paar Sachen, die ich noch da hab, die sollen sie behalten. Oder nachschicken. Ja! So machen wir es. Heute Nacht pennen wir in meiner WG und morgen nehmen wir den erstbesten Flieger nach Frankfurt, den wir kriegen können. Bloß weg hier! So machen wir es doch, oder?« Alexa nickte Pat zu, der sich nach und nach in Rage geredet hatte und merkte mit ruhiger Stimme an: »Ich muss aber nach Hamburg. Dort steht das Auto meiner Eltern.« »Dann eben Hamburg. Hauptsache hier weg.« Pat machte eine kurze Pause und fügte dann noch hinzu: »Dann kann ich mir auch mal diesen Mark ansehen.« Als Alexa diesen Namen hörte, wurde ihr sofort flau im Magen. Doch der Gedanke, dass Pat bei ihrer nächsten Begegnung mit Mark dabei sein würde, beruhigte sie etwas.

»Ach ja«, unterbrach Pat Alexas Gedanken. »Woher hast du eigentlich die Kohle für den Flieger?« »Zusammengekratzt. Ein paar Euro hatte ich noch auf meinem Konto und meine Mutter hatte mir deutlich zu viel Spritgeld mitgegeben.« »Okay. Aber jetzt gehen wir zu mir und pennen erst mal.« Der Vorschlag kam Alexa sehr entgegen, sie war hundemüde. Es ging auch schon wieder stark auf 23 Uhr zu und die letzten Tage waren für sie sehr anstrengend gewesen. Doch eins musste sie noch ansprechen: »Du, Pat? Hast du eventuell noch genug Geld für unsere beiden Rückflüge?« »Mach dir da mal keine Sorgen, auch meine Mutter hat es vor meine Abreise finanziell sehr gut mit mir gemeint.« Pat zwinkerte ihr zu und Alexa freute sich über diese ungezwungen wirkende Geste.

Pats englische Mitbewohner zeigten sich deutlich erleichtert, als Pat und Alexa wohlauf zurückkehrten. Alle Vier hatten bei Bier und Erdnüssen, Karten spielend in der Küche des typisch englischen Vorort-Reihenhauses auf ihre Rückkehr gewartet. Pat hatte Alexa auf dem Heimweg erzählt, dass das Stipendium auch die Miete für sein Zimmer in diesem WG-Haus umfasste. Dadurch war er in der komfortablen Lage, sich in London ein Zimmer nur für sich alleine leisten zu können. In den beiden anderen Zimmern im ersten Stock des Hauses wohnten sie jeweils zu zweit. Ein ziemlich runtergekommenes Wohnzimmer und die Küche befanden sich im Erdgeschoss. Durch die Küche gelangte man in einen trostlosen Garten, der von allen Seiten mit hohen Bretterzäunen eingekästelt war. Die Küche machte auf Alexa einen gemütlichen Eindruck. Welcher durch die aktuelle Nutzung als Spielhölle, noch verstärkt wurde. Pat erzählte seinen Mitbewohnern etwas von *Homesickness* und dass er schon morgen nach Deutschland zurückkehren würde. Die Miete würde er selbstverständlich weiterzahlen, bis sie einen Nachmieter gefunden hätten. Mit dem Hinweis, dass sie sehr erschöpft wären, unterband Pat die aufkeimende Diskussion und die beiden zogen sich rasch zurück. Nur wenige Minuten später war Alexa schon im Land der Träume.

Kapitel 16

Marionette

Alexa wurde gerüttelt. Ihr Oberkörper schnellte hoch wie von einem Albtraum gepeinigt. »Alexa!« Pats Stimme versuchte sie zu beruhigen und nach wenigen Augenblicken wußte Alexa auch wieder, wo sie war. Vor ihr auf der Bettkante hockte der vom einfallenden Licht der Straßenlaterne beschienene Pat. Er hatte ihr sein Bett für die Nacht überlassen, um selbst davor auf einer Luftmatratze zu schlafen. »Was ist? Was ist los?« »Ganz ruhig, Alexa.« Alexa versuchte sich innerlich zu sortieren. Gerade wollte sie einwenden, dass sie ja ganz ruhig sei und sich nur wundere, warum sie … schon wieder … mitten in der Nacht geweckt wurde, da begann seinerseits Pat zu ihr zu sprechen. Doch hörte sich seine, ihr eigentlich vertraute Stimme, irgendwie seltsam fremd an: »Das hast du gut gemacht, Alexa. Bring Pat hier fort und dann kümmert euch um euren Freund, den ihr Tüte nennt. Er hat einiges hinter sich.« Über Alexas Gedanken und Gefühlen brach schlagartig ein heilloses Durcheinander herein. »Stop! Stop! Stop! Wer spricht da? Pat? Was faselst du da?« »Ich bin nicht wirklich Pat. Ich spreche nur durch ihn. Ihr seid da in eine…« Die Stimme unterbrach sich kurz. »… in eine etwas komplizierte Sache reingeraten.« »Was für eine Sache? Was soll die ganze Scheiße?« Alexa spürte wie eine verängstigte Wut in ihr hochkochte. »Rede!« »Ich habe keine Zeit für lange Erklärungen, aber du musst deinen Freunden helfen. Und ich wäre dir sehr

dankbar, wenn du danach auch mir bei etwas helfen könntest.«
»Dir? Wer bist du? Was für einen Grund hätte ich?« »Einen sehr
guten. Ich werde in der Zwischenzeit Max beschützen.« Nun
packte Alexa Pat bei den Schultern und fing an ihn zu rütteln.
Dabei schrie sie ihn an. »Pat! Pat! Was soll das? Wach auf!« »Bitte
beruhige dich wieder. Pat bekommt hiervon nichts mit.« Alexa
ließ ihren Freund los und sich zurück in ihr Kissen fallen. Das
war einfach zu viel. Es fiel ihr schwer einen klaren Gedanken zu
fassen. »Alexa?« »Lass mich in Ruhe! Lass uns in Ruhe! Lass Max
in Ruhe!« Während sie diese Worte ganz leise aussprach, liefen ihr
Tränen über die Wangen. »Natürlich lass ich Max in Ruhe. Ich
werde sogar dafür sorgen, dass ihn alle anderen auch in Ruhe
lassen. Ich will dich nicht erpressen, aber ich brauche Hilfe
von…« Die Stimme stockte. »Von jemand da draußen.« *Da
draußen?* Alexa wunderte sich über diese Formulierung. »Was
meinst du mit *da draußen?*« Auf ihre Ellenbogen gestützt, hatte sie
sich wieder aufgesetzt und schaute den weiterhin regungslos
dasitzenden Pat an. »Jetzt haben wir wirklich nicht genug Zeit,
um dir alles zu erklären. Ich werde es aber so bald wie möglich
nachholen. Versprochen! Aber nun höre mir bitte gut zu: Es ist
jetzt in London 4:23, in gut 5 Stunden geht ein Flieger ab
Heathrow nach Frankfurt. Am Lufthansa-Schalter liegen zwei
Ticket auf eure Namen.« »Ich muss aber nach Hamburg!«
»Hamburg?« »Ja, da steht das Auto meiner Eltern. Das muss ich
ihnen unbedingt bald zurück bringen.« Die Stimme verstummte
für einige Sekunden. »Gut. Ich kümmere mich um das Auto.
Keine Sorge, deine Eltern werden ganz bald wieder motorisiert
sein. Aber ihr solltet so schnell es geht, wieder nach Gießen und

Tüte ... und am besten auch gleich euren Steffen einsammeln und erst einmal irgendwo untertauchen. Am besten an einem Ort, wo es keine größere Stadt in der Nähe gibt. Am besten irgendwo in der Provinz. Ich werde am Flughafen-Schalter auch ein wenig Geld und ein Handy deponieren lassen. Damit...« »Woow woow woow! Moment mal! Untertauchen? Was soll der Mist? Wir sind doch hier nicht bei James Bond oder so.« »Nein, dass seid ihr nicht. Nicht direkt. Aber denk mal darüber nach, was dir in den vergangenen Tagen und Wochen alles seltsames passiert ist.« »Ja schon. Aber das Seltsamste von allem passiert mir gerade jetzt. Und dem soll ich nun auch noch trauen? Wie käme ich dazu?« »Keine Ahnung.« Alexa hatte sich insgeheim schon eine etwas ausgefeiltere Antwort erhofft. Doch irgendwas sagte ihr, dass dies die einzig halbwegs vertrauenswürdige Antwortmöglichkeit war. Nach einer kurzen Überlegung sagte sie: »Na gut. Wann müssen wir am Flughafen sein und wo finde ich Tüte?« Die Stimme ließ Pat erleichtert ausatmen und antwortet schlicht: »8 Uhr ist Check-In. Tüte ist mit Steffen in deren WG«, und nach einer kleinen Pause fügte sie noch hinzu: »Danke, Alexa.« Nur einen kurzen Augenblick später wich diese seltsame Steifheit aus Pat. Er schaute sich verwundert um. Alexa setzte sich wieder auf. Sie fasste ihren Freund an die Schulter und sagte zu ihm: »Ich glaube, ich hab eine Ahnung, warum du das Gefühl hast, deine Erinnerungen seien aus einem Kinofilm.«

Alexa erzählte Pat, was sie gerade erlebt hatte. Er nahm es gefasst: »Dann hatte Tüte damals vielleicht doch recht. Ich war wohl wirklich verschwunden. Und er war es nun möglicherweise auch.« Nachdenklich antwortete Alexa: »Ja. Und wohl möglich wäre mir ohne die Warnung des Jungen im Internat das Gleiche widerfahren. Oh Mann! Das muss ein Schock für dich sein. Da kann dich jemand … fernsteuern.« »Ja, Scheiße! Oh Scheiße!« Pat war aufgesprungen, holte seinen Koffer vom Schrank und fing an seine Sachen hineinzupacken. Dabei murmelte er noch ein paar Mal das Wort *Scheiße* und verließ dann das Zimmer für ein paar Minuten. Mit einigen Utensilien aus dem Bad und frischem Atem kehrte er zurück. Alexa hatte sich inzwischen aus dem Bett geschält und ging ebenfalls kurz ins Bad.

Wenige Minuten später standen Alexa und Pat an der Bushaltestelle um die Ecke. Pat drehte sich zu Alexa hin und sagte: »Aber wenigstens hab ich jetzt nicht mehr das Gefühl, dass ich verrückt werde. Es gibt eine Erklärung. Wir kennen sie zwar noch nicht, aber wir können sie herausfinden und dann auch sicher irgendwas unternehmen.« Alexa tat nun das, was sie eigentlich schon am Vorabend in der Kneipe hatte tun wollen: Sie umarmte ihn.

Kapitel 17

Bei Muttern

»Jens, mein Schatz?! Brauchen du und deine Freunde noch was?«

Tütes Mutter stand in der Tür zu seinem alten Jugendzimmer, welche sie gerade fast gleichzeitig mit einem kurzem Klopfen geöffnet hatte. »Nein, Mutter. Danke.« »Ach, es ist so schön, dass du deine Freunde mal mitgebracht hast. Seit Papa und ich letztes Jahr in Rente gegangen sind, fällt einem erst so richtig auf, wie selten der Junge doch heimkommt.« Sie richtet ihr Wort an Alexa: »Er erzählt ja auch so wenig, wenn er mal da ist. Aber von ihnen, da hab ich…« »Mutter!« Tüte schaute seine Mutter mit vorwurfsvollem Blick an. »Ja, ja, ich weiß, ihr wollt alleine sein und meine albernen Geschichten gar nicht hören. Aber sagt ruhig Bescheid, wenn ihr noch was braucht.« Wie um zu gehen, drehte sich Tütes Mutter um, blieb dann jedoch noch einmal stehen: »Ach!« »Was?« Tüte reagierte nun ganz offen gereizt, doch seiner Mutter machte das anscheinend gar nichts aus. Sie fragte in einem harmlosen Muttertonfall: »Was wollt ihr denn zu Abend essen?« »Wir werden heute Abend Essen gehen. Du musst also nix richten.« »Würde mir aber nichts ausmachen. Ich mach das gerne. Ihr jungen Leute habt doch auch nichts zu verschenken. Soll ich Nudeln machen?« »Mutter! Bitte!« »Was denn? Wir könnten uns doch wie früher nett zusammen in den Wintergarten setzen. Papa ist dann sicher auch von seinem Arbeitseinsatz beim

Fußballverein zurück. Und der würde sich sicher auch freuen, deine Freunde näher kennenzulernen.« Steffen mischte sich nun kurzerhand in die Diskussion zwischen Mutter und Sohn ein. »Wir essen gerne mit ihnen zu Abend, Frau Heim. Aber nun müssen wir was fürs Studium tun. Dafür sind wir ja schließlich hier. Nicht wahr?!« Tütes Mutter lächelt zufrieden nickend in die Runde und schloss die Zimmertür wortlos hinter sich.

»Die macht mich noch wahnsinnig!« Tüte war motzend von seinem in die Jahre gekommenen und für ihn mittlerweile etwas zu kleinen Schreibtischstuhl aufgesprungen. Pat versuchte ihn zu beruhigen und die Diskussion wieder auf den Punkt vor dem Intermezzo zu lenken. »Ist ja gut, wir können froh sein, dass wir hierher konnten. Ich lass mich lieber von deiner Mutter betütteln, als verschleppen oder fernsteuern.« »Hast ja recht. Ich bin nur…« Tüte setzte sich wieder und schaute von Pat über Alexa zu Steffen, die es sich in der alten Sofaecke bequem gemacht hatten. »Ach egal! Okay, was machen wir nun?« »Warten, dass das Heathrow-Handy klingelt. Was bleibt uns anderes übrig?«, warf Alexa in die Unterhaltung ein, woraufhin Tüte wieder aufsprang: »Was weiß denn ich? Das kann es doch noch nicht gewesen sein! Wir müssen recherchieren. Oder…« »Oder doch die Polizei anrufen.« Steffen wiederholte damit den Vorschlag, den er auch schon gemacht hatte, als Pat und Alexa bei ihm und Tüte in der WG aufgetaucht waren und ganz dringend und unbedingt mit ihnen aus der Wohnung und sogar Gießen raus mussten. Auch wenn sie nicht laut loslachten, hatte Alexa schon das Gefühl gehabt, dass die beiden Pat und sie für ein bisschen verrückt hielten. Sie erzählte ihnen zunächst nur eine Kurzversion der Ereignisse der letzten Tage, woraufhin Tüte vorschlug, zu seinen Eltern in den Taunus zu fahren. Von Gießen aus war man in einer knappen Dreiviertel-Autostunde in seinem Heimatdorf in der hessischen Pampa, wo seine Eltern noch heute lebten.

Nur eine Stunde nach dem Eintreffen von Pat und Alexa, saßen die Vier in Tütes Ente und tauschten weitere Informationen über die vergangenen Tage aus. Danach hielt es auch Steffen durchaus für möglich, dass Tütes vorübergehende Abwesenheit, keine seiner typischen, durchgeknallten Aktionen gewesen war. Er berichtete freimütig, dass er sich aber eigentlich ganz sicher sei, am Vorabend nur kurz mal in der Universitätsbibliothek gewesen zu sein, und Tüte in dieser Zeit wieder zurückgekommen war. Der Verschollene hatte ihm dann eine Geschichte von einem kleinen, spontanen Aushilfsjob in Frankfurt erzählt. Was hätte er daran auszusetzen haben sollen? Tüte war auch jetzt noch recht überzeugt davon, zur besagten Zeit wirklich in Frankfurt gewesen zu sein. Und sein Handy hatte er eben vergessen. Pat fragte ihn nach Kleinigkeiten, die ausserhalb der von ihm erzählten Job-Story lagen. Nachdem sich Tüte an keine ungewöhnlichen Details erinnern konnte, erklärte ihm Pat: »Es geht auch nicht um das Ungewöhnliche. Es geht hauptsächlich um das Gewöhnliche. Hast du im Zug was gegessen?« »Ja, ich habe ein Mars gegessen. Warum?« »Und die Verpackung hast du sicher weggeworfen.« »Ja.« »Dabei hast du sicher auch mal in den Mülleimer an deinem Sitzplatz im Zug geschaut? Was war da drin?« »Keine Ahnung? Was soll das?«

»Solche Kleinigkeiten fehlen mir total, wenn ich versuche mich an meine Zeit im Institut in London zu erinnern. Meine Erinnerungen erinnern mich eher an einen Film, als an selbst Erlebtes.« Tüte sagte nichts. Er schien nachzudenken. Nach einer Weile sagte er: »Du meinst, wenn ich mich nicht an die ganz gewöhnlichen Alltäglichkeiten erinnern kann, dann könnte es sein, dass es bald auch aus mir spricht?« Niemand antwortete ihm.

Nachdem sie mit Tütes Eltern zu Abend gegessen und die Dampfmaschinen-Sammlung des Vaters bewundert hatten, entschlossen sie sich noch einen Spaziergang durch den Ort zu machen. Sie waren zunächst an der Kirche vorbeigekommen, vor der die Dorfjugend herumlungerte. Tüte war von ein paar alten Freunden kumpelhaft begrüßt worden und die anderen mussten sich recht unverhohlen mustern lassen. Nachdem dies überstanden war, waren sie einige Meter aus dem Dorf hinausgelaufen. Auf einer Bank am Waldrand nahmen sie Platz und Tüte verteilte die mitgebrachten Bierflaschen. Inzwischen waren ihnen die unverfänglichen Gesprächsthemen ausgegangen und alle hingen ihren Gedanken nach, als plötzlich das auf Tütes Rucksack liegende Handy klingelte. Sie blickten sich unsicher an. Dann griff sich Tüte das Telefon und ging ran.

»Hallo?« Leicht mit dem Kopf wippend, lausche er gespannt. Ab und an hörten ihn seine Begleiter den einen oder anderen zustimmende Laut äußern. Nach einigen Minuten legte er auf und drei erwartungsvolle Augenpaare fixierten ihn. »Pat und ich sind wohl Teil eines weltumspannenden Experiments.« Er schaute zu Alexa: »Und dein Bruder scheinbar auch.« Alexa sackte ein flaues Gefühl in den Magen.

»Der Anrufer meinte, dass in dem Handy ein *Koppler* integriert ist, also eine Art Modem. Wir können uns so mit ihm in Verbindung setzen. Dazu sollte die Person, die dies tut, allerdings besser schlafen, da wir noch nicht so geübt im Umgang mit diesem Netzwerk wären.« Das Handy piepste und schreckte Steffen, Pat und Alexa auf. »Ah! Das muss die Anleitung zur Koppler-Bedienung sein. Der Typ wollte sie uns per SMS schicken.« Tüte verstummte und tippte am Handy rum. Auch die anderen sagten nichts, sondern beobachten ihn gespannt, wie er die Anweisungen auf dem kleinen Display lass. Dann meldet sich Pat zu Wort: »Mir wird schlecht, wenn ich daran denke, dass ich mich dem hingeben soll. Ich … ich will das nicht. Ach Scheiße!« Er vergrub seinen Kopf in den Händen und Alexa streichelte ihm über den Rücken. Tüte holte hörbar Luft: »Dann mach ich es eben.«

»Das funktioniert denkbar einfach.« Tüte hielt Alexa das Handy vor die Nase, auf dessen Display eine Liste mit Apps zu sehen war. Alexa stand von Tütes altem Schreibtisch auf und schaute nun genauer hin. »Hier auf *GlabsLink* gehen und mit *Ok* bestätigen. Den Rest macht die App. Und seht zu, dass ich nicht weiter als 30 Meter von dem Teil weg bin.« Alexa nickte. Nebenbei hatte sie auf dem Handy-Display gesehen, dass es nun schon kurz nach Mitternacht war. Tütes Eltern waren schon lange zu Bett gegangen und sie musste an ihre eigenen denken. Sie vermuteten ihre Tochter sicher bei Mark in Hamburg. Stattdessen war dort nur ihr Auto. War es wirklich noch dort? Die Stimme hatte ja gesagt, dass er sich darum kümmern würde.

»Alexa?!« Tüte riss Alexa aus ihren Gedanken. Sie schaute ihn an und spürte, wie sie eine Gänsehaut bekam. »Ja, ich war … ich musste an meine Eltern denken.« »Schon okay, aber lass uns das noch kurz zu Ende bringen. Also…« Steffen mischte sich ein: »Ja, wir wissen Bescheid. Wenn du pennst, dann gehen wir online. Und wenn was Seltsames passiert, dann machen wir das Teil aus und wecken dich.« »Genau.« Tüte drückte Alexa das Handy in die Hand und ging zu seinem Jugendbett hinüber. Dazu musste er über die improvisierten Nachtlager für Pat und Steffen steigen. Tütes Mutter hatte es nicht zugelassen, dass Alexa im gleichen Zimmer, wie die drei Jungs schlief und sie über den Gang hinweg in das Gästezimmer einquartiert.

»Mist, wie soll ich jetzt einschlafen. Ich bin viel zu aufgeregt.« Tüte lag wie ein Käfer auf dem Rücken in seinem Bett und machte auch auf Alexa einen eher wachen Eindruck. Dann sprang er auf und ging zur Tür hinaus. Alexa schaute zu Steffen, der schulterzuckend auf dem Sofa saß und gemeinsam schauten sie dann zu Pat. Dieser saß verkehrt herum auf dem Schreibtischstuhl und starrte ins Nichts. »Alles klar bei dir?« Pat reagierte nicht auf Alexas Frage. Steffen rief etwas lauter: »Pat?« Wie aus einer Trance erwachend, schaute dieser die beiden nacheinander an. »Ja … ja, schon.« Er schaute unter sich und murmelte leise: »Er muss das nicht machen.« »Klar muss ich das machen.« Alexa schreckte, wie die anderen auch, leicht zusammen. Tüte war wieder zurückgekehrt und hielt eine Medikamenten-Schachtel in der Hand. »Hiermit kann ich sicherlich gut einpennen. Das sind die Schlaftabletten meiner Mutter. Da werde ich mir gleich mal zwei von einwerfen.« »Gleich zwei?« »Ja, sicher. Soll ja auch wirken.« Er griff sich eine Flasche Mineralwasser, nahm wie angekündigt zwei Tabletten ein und legte sich wieder hin. Einige Minuten später war er eingeschlafen. Alexa startete die App wie verabredet und legte das Handy auf das kleine Nachttischschränkchen neben Tütes Bett, dann setzte sie sich auf das Sofa. Dort hatte inzwischen auch Pat Platz genommen. Steffen hockte vor dem Bett und versuchte Tüte im Auge zu behalten. Sie hatten ausgemacht, Tüte im Schichtbetrieb zu beobachten.

»Alexa?!« Mal wieder wurde Alexa mitten in der Nacht geweckt. Diesmal war es Steffen und er wirkte so, als wenn er noch er selbst wäre. Er flüsterte: »Es ist jetzt halb vier. Der pennt tief und fest. Nix Ungewöhnliches bisher. Aber mir fallen so langsam auch die Augen zu.« Alexa streckte sich. »Okay. Ich übernehme. Haben wir noch Kaffee?« »Ja. Ich hab vor einer guten halben Stunde noch mal welchen gemacht.» Er zeigte auf die Kaffeemaschine auf dem Schreibtisch. »Pat hat währenddessen nach Tüte geschaut. Aber vor ein paar Minuten ist auch er eingeschlafen.« »Dann gehe ich aber jetzt erst mal für kleine Mädchen. Solange musst du noch wach bleiben.« »Kein Problem.«

Alexa ging ins Badezimmer und machte sich etwas frisch. Der Schlaf steckte ihr noch gewaltig in den Knochen. Als sie zurückkehrte lief Steffen im Zimmer auf und ab. Die Müdigkeit war ihm förmlich ins Gesicht geschrieben. »Leg dich hin. Ich bin nun wach und pass auf.« »Fein! Danke.« Ohne ein weiteres Wort, legte er sich auf eine der am Boden liegenden Matratzen und war innerhalb der nächsten Minuten eingeschlafen.

Alexa setzte sich am unteren Ende vor Tütes Bett, der wiederum auch tief und fest zu schlafen schien. Sie schaute abwechselnd aus dem Fenster und auf Tüte. Sie musste schon sehr mit sich kämpfen, um nicht auch wieder einzuschlafen. An irgendeine Art der Ablenkung war aber nicht zu denken, da sie den Auftrag hatte, jede Veränderung, jede Abweichung vom normalen Schlafverhalten zu registrieren.

Nach einer Weile bemerkte sie, wie sie den vor ihr liegenden Mann regelrecht musterte. Gefiel er ihr eigentlich? Er war ihr für seine Körpergröße immer schon zu dünn gewesen. Aber ob er ihr auch als Mann gefiel, konnte sie so gar nicht sagen. Da schien eher Mark das Maß der Dinge zu sein. Auch wenn dieser sicherlich auch kein Adonis war. So früh wie sie damals mit ihm zusammengekommen war, hat er ihren Geschmack im Bezug auf Männer mitunter deutlich geprägt.

Alexa schaute sich gerade Tütes Profil genauer an, als ganz unvermittelt Pat hinter ihr stand und zu ihr sprach: »Das hast du gut gemacht, Alexa.« Sie fuhr erschreckt zusammen. Doch nach einem kurzen Moment der Desorientierung, erkannte sie den Tonfall der Stimme wieder. Sie schnaufte resigniert. Es war nicht

Tüte, über den der erneute Kontakt hergestellt wurde, sondern wiederum Pat. »Warum?« »Warum ich nicht durch Jens zu dir spreche? Weil er sich mit den Schlafmitteln ziemlich heftig betäubt hat. Das ist mir zu anstrengend. Ich habe schon genügend Mühe damit, dass ihr und mein Kontakt zu euch, nicht bemerkt werden, da will ich mich nicht auch noch mit trägen NNCs rumärgern.« »NNCs?« »Ja, das steht für *Nano Neuron Coupler*. Ich kann dir jetzt hier nicht die exakten Vorgängen ausführlich darlegen, aber deinen Freunden haben sie winzig kleine Nano-Maschinen ins Gehirn diffundiert. Damit ist es zum einen möglich über eine Art Funkverbindung und das Internet, elektrische Signale auszutauschen, also auch Daten. Zum anderen lassen sich damit die Synapsen auf molekularer Ebene chemisch manipulieren. Damit wird zum Beispiel das möglich, was du gerade erlebst. Auch ich habe diese NNCs übrigens mal in mein Gehirn diffundiert bekommen.« »Moment mal! Stopp! Du willst mir sagen, dass ihr im Prinzip einen mit dem Internet verbundenen Computer im Kopf habt?« »Fast richtig. Nur dass der Kopf der Computer ist.« »Wow! Das ist heftig!« »Das ist es tatsächlich. Und wenn man damit umgehen kann, dann ist es auch sehr mächtig. Es gibt da nämlich noch eine weitere Besonderheit, die…« Das Handy piepte laut und die Stimme brach ab. Pat stand plötzlich wie eine erschlaffte Marionette vor Alexa. Steffen wurde wach. »Was ist los?« Steffen und Alexa starrten auf das mobile Telefon. Steffen griff sich das Telefon: »Scheiße! Akku leer. Wie blöd kann man sein?« Alexa bemerkte, wie Pat erwachte. Sie sprang vom Boden auf, um ihn sicherheitshalber zu stützen. Doch der erfasste die Situation sofort und ließ sich sanft auf eine der Matratzen sinken: »Er hat wieder durch mich gesprochen. Stimmt's?« Ohne auf eine Antwort warten zu müssen, füllten sich seine Augen mit Tränen. Alexa antwortete ihm trotzdem, auch um es Steffen mitzuteilen. »Ja, Pat. Und ich weiß jetzt auch etwas mehr über das Wie. Aber leider nicht: Warum?«

Kapitel 18

Schlafen

Das Handy klingelte. Alle am Frühstückstisch merkten auf. Tütes Mutter entfuhr sogar ein kleines *Huch!* Alexa tauschte einen verschwörerischen Blick mit Tüte und Steffen, und fing zugleich an, in ihrer Hosentasche zu kramen. Pat schlief noch und Tütes Vater arbeitete schon seit Stunden im Garten. Als er vor wenigen Minuten auf einen Schluck Mineralwasser bei ihnen am Frühstückstisch vorbeigeschaut hatte, konnte er es sich nicht verkneifen mit einem Augenzwinkern darauf hinzuweisen, dass er ja bald zu Mittag essen würde. Woraufhin Tütes Mutter sogleich Partei für *die jungen Leute* ergriffen und ihrem Mann erklärt hatte, dass doch auch er mitbekommen hätte, dass sie bis tief in die Nacht hinein für ihr Studium gearbeitet hätten. Mit der etwas ungenauen Zeitangabe *bis tief in die Nacht* hatte sie sicher recht. In Anbetracht dessen, dass zumindest Alexa, Pat und Steffen noch bis fast sechs Uhr morgens diskutiert hatten, waren sie eigentlich schon wieder recht bald auf den Beinen.

Alexa hätte einfach nicht mehr länger alleine im Gästezimmer bleiben können. Sie hatte kaum wirklich geschlafen und Steffen erging es nicht unbedingt besser. Zudem hatte er Tüte noch vor dem Frühstück über die Ereignisse der Nacht informiert. Nur Pat schlief weiterhin tief und fest. Worüber sich Alexa wunderte, da dieser sich vor dem Einschlafen regelrecht gefürchtet hatte. Er fühlte sich in der Zeit seines Schlafes besonders verletzbar und diese Tatsache ließ ihn auf Alexa dünnhäutig und emotional wirken. Doch nun schlief er und das wollten ihm seine Freunde nicht nehmen.

Nach wenigen Augenblicken hatte es Alexa geschafft, ihr klingelndes und vibrierendes Handy aus der Tasche zu kramen. Sie warf einen prüfenden Blick auf das Display und murmelte dann: »Meine Mutter.« Noch im Aufstehen nahm sie das Gespräch an: »Hi Mum. Einen Moment bitte.« Sie drückte das Handy an ihre Brust und flüsterte in die Runde: »Ich bin dann mal draußen.«

Die Küche des 70er-Jahre-Bungalows hatte einen direkten Ausgang zum Garten. Nachdem Alexa durch die große Glasschiebetür auf der Terrasse angelangt war, atmete sie einmal tief durch und führte dann das Telefongespräch mit ihrer Mutter fort: »So, da bin ich wieder…« »Das ist ja *ein dickes Ding!*« Alexa merkte sofort, dass ihre Mutter aufgebracht war und *ein dickes Ding* war auch schon einer der deftigsten Kraftausdrücke, zu denen Alexas Mutter in der Lage schien. »Da lässt du unser Auto zu Schrott fahren und wir müssen es von einem Versicherungsmenschen erfahren! Bist du noch ganz bei Trost? Dein Vater ist sehr enttäuscht von dir.« Alexa war verwirrt. »Was meinst du mit: *Lässt das Auto kaputt fahren?*« »Jetzt stell dich nicht dümmer an als du bist. Der Opel. Er wurde doch auf dem Parkplatz vor Marks Haus von einem anderen Auto gerammt.« Alexa kombinierte zum Glück blitzschnell. Ihr wurde sofort klar, dass die Stimme in London mit *Ich kümmere mich um das Auto* etwas anderes meinte, als Alexa vermutet hatte. Sie antwortet ihrer Mutter: »Es tut mir leid...« »Das ist ja wohl auch das Mindeste. Du hast nur Glück, dass dein Onkel Frieder, Gott hab ihn selig, uns da so eine gute Versicherung verkauft hat. Der Herr von der Agentur war sehr zuvorkommend und wir haben gleich einen Termin beim Opel-Händler, wir können uns heute noch ein anderes Auto aussuchen.«

Alexa war baff. Sie bekam in diesem Moment einen Eindruck davon, mit welch potenten Mächten sie da aneinander geraten waren. Neben der unglaublichen Technologie, deren Möglichkeiten sie wahrscheinlich nur zu einem kleinen Bruchteil hatten erleben dürfen, mussten da auch noch unglaubliche finanzielle Mittel im Spiel sein. In diesem Zusammenhang fiel ihr auch ein, dass sie in der ganzen Aufregung noch gar nicht in das Kuvert geschaut hatten, welches sie in London am Schalter zusammen mit den Flugtickets überreicht bekommen hatten.

»Alexa?! Hörst du mir überhaupt noch zu?« »Ja, ja. Klar.« »Und wo bist du jetzt?« »Ähm … ich bin … nun … noch unterwegs.« »Ja, das hat dein Mark auch schon erzählt.« »Mark?« »Ja, Mark. Er hat vorhin angerufen und angeboten, sich um die Verschrottung des Autos zu kümmern. Er meinte, dass er dich gestern Mittag am Flughafen abgesetzt und das Auto mit zu sich genommen hätte.« »Äh … ja, das ist richtig. Ich … also da … da am Flughafen jobbt Irma, die wollte ich kurz treffen. Und da das Parken dort so teuer ist, hat Mark…« »Ach, du hast nur Flausen im Kopf. Warum hast du uns nicht mal angerufen? Das war unser Auto! Was bist du nur für eine Tochter! Was haben wir nur falsch

gemacht?« »Mutter!« »Nun komm mir jetzt nicht mit *Mutter!* Ich
… ach…« Alexa hörte im Hintergrund die Stimme ihres Vaters.
»Dein Vater will mit dir sprechen.« Alexa bemerkte, dass ihre
Mutter den Tränen nah war, als sie den Telefonhörer an ihren
Mann übergab. »Kind?!« »Ja, Papa, ich hör dich. Es tut mir…«
»Schon in Ordnung. Is' ja nix passiert. Der Wagen war sowieso
schon alt und günstiger wären wir zu keinem Neuen gekommen.
Aber wenn mal wieder sowas passiert, dann rufst du uns gleich
an. In Ordnung?« Die Fürsorglichkeit in der Stimme ihres Vater
bewirkte, dass sich in Alexa eine Blockade löste und sie zu weinen
anfing. Ihr Vater schien dies so zu interpretieren, wie er es
interpretieren musste: »Is' ja gut. Es gibt im Leben schlimmere
Fehler, die man machen kann. Nächstes Mal rufst du einfach
gleich an. Dir wird schon niemand deinen hübschen Kopf
abreißen.« Alexa schniefte und sagte: »Okay Papa. Dann…«
»Dann werden wir nun mal ein neues Auto kaufen gehen. Deine
Mutter will ein weißes. Soll sie haben.« Im Hintergrund hörte sie
die Stimme ihrer Mutter sagen, dass *das Kind* sich schleunigst mal
bei *ihrem Mark* melden solle. »Hast du deine Mutter gehört?« »Ja,
hab ich.« »Gut, dann mach das auch. Tschüss.« »Tschüss Papa.«
Auf der Gegenseite wurde aufgelegt.

Alexa, die während des Gesprächs mit ihren Eltern auf der
Terrasse der Heims auf- und abgelaufen war, setzte sich nun auf
eine dort stehende Hollywood-Schaukel, holte ein Taschentuch
raus und schnäuzte sich herzhaft. »Schlechte Nachrichten?« Tütes
Vater war unvermittelt neben sie getreten. »Wie man es nimmt.«
»Dann nehmen Sie es leicht, junge Frau. Nehmen Sie es leicht.«

Er zwinkerte Alexa zu und ging zu einem Schuppen hinüber. Alexa schaute ihm nach und dachte, dass das wohl das Einzige war, was sie sich gegenwärtig weder leisten, noch vorstellen konnte. Eine tiefe Ratlosigkeit hatte sie ergriffen. Alexa schaute Trost suchend zu einem jungen Baum hinüber, der neben dem Schuppen wuchs. Sie erkannte, dass es sich dabei um einen wahren Überlebenskünstler handelte: einen Ginkgo. Tüte hatte ihr mal erzählt, dass so ein Ginkgo den Atomangriff auf Hiroshima kaum deformiert überlebt hatte und auch nach diesem schrecklichen Geschehnis als erster Baum wieder ausschlug; ohne irgendwelche Wuchsanomalien. Seitdem galten Ginkgo-Bäume in Japan als Hoffnungsträger. Alexa atmete tief durch und machte sich auf den Weg zurück in die Küche. Sie brauchten einen Plan. Und zwar schnell.

Nach dem Frühstück bat Tütes Vater seinen Sohn, er möge ihm doch mal ein *Stündchen* im Garten zur Hand gehen. Steffen und Alexa nahmen dies gerne zum Anlass, sich noch mal etwas hinzulegen. Alexa schlief auch sofort ein. Ein Klopfen weckte sie und nachdem sie sich kurz orientieren musste, rief sie den Klopfer herein. Es war Tüte. Er war offensichtlich frisch geduscht. »Meine Mutter hat einen Kuchen gebacken, wenn du was davon ab haben willst, dann solltest du dich nun mal wieder aufrappeln.« »Wie spät ist es?« Tüte zeigt auf den Reisewecker, auf dem Nachttisch neben dem Bett und antwortet: »Gleich halb drei. Wenn du willst, das Bad ist frei. Ich hab die Jungs noch nicht geweckt.« »Okay, okay! Ich hab den Wink mit dem Zaunpfahl verstanden. Ich…« »Nein! Nein! Das wollte ich nicht sagen.«

»Schon gut. War nur ein Spaß. Geh du mal die Anderen wecken. Ich mach mich kurz frisch.« Alexa lächelte Tüte an und er schaute sie plötzlich mit einem leicht verklärtem Blick an: »Ich glaube, ich hab dich schon lange nicht mehr lächeln sehen. Tut gut.« Nun lächelte auch er und verließ dann das Gästezimmer.

Sich die Haare mit einem großen und unfassbar weichen Handtuch trockenrubbelnd, kam Alexa aus dem Bad und wollte geradewegs ins Gästezimmer zurückkehren, als ein aufgeregter Steffen auf sie zukam. »Alexa, komm mal. Da stimmt was nicht mit Pat. Der wird einfach nicht wach.« Die beiden eilten in Tütes altes Zimmer. Dort kniete Tüte vor Pat, der auf einer der Matratzen lag. Er rüttelte an dem leblos wirkenden Körper und rief Pats Namen in allen erdenklichen Varianten. Tütes Mutter stand wie erstarrt neben der Tür und hatte die Hände vors Gesicht geschlagen. Alexa kniete sich zugleich zu Tüte und fragte: »Atmet er noch?« Tüte schaute sie entgeistert an, um dann mit den Schultern zu zucken. Sie beugt sich über Pats Kopf und versuchte eine Atmung zu erkennen. Sie war sich nicht sicher, glaubte aber, ein leichtes Ein- und Ausströmen der Luft wahrzunehmen. Wenn auch sehr schwach und unregelmäßig. »Hat jemand einen Krankenwagen gerufen?« Alexa schaute zu Steffen auf, der wie angewurzelt neben ihnen stand. Worauf dieser antwortet: »Ähm … ja, Herr Heim ist…« Bevor er den Satz beenden konnte, kam Tütes Vater um die Ecke und sagte mit betont ruhiger Stimme: »Der Notarzt ist unterwegs. Junger Mann?« Er legte die Hand auf Steffens Schulter und schaute ihm tief in die Augen: »Würden sie in den Hof gehen und die

Sanitäter dann zu uns führen?« Steffen nickte und verließ sogleich das Zimmer. Tütes Vater wandte sich nun dem Bewusstlosen zu. Zunächst einmal hob er seinen Sohn leicht an den Schultern an, sodass dieser aufstand, um für seinen Vater Platz machte. Dieser kniete sich neben Pat und schaute Alexa tief in die Augen: »Atmet er?« »Ich glaube ja, aber sehr schwach.« »Gut. Dann wollen wir mal.« Ohne Umschweife begann Tütes Vater mit Erste-Hilfe-Maßnahmen. Herzdruckmassage und Atemspende wechselte er gekonnt ab, bis nach gut fünfzehn Minuten der Notarzt mit seinen Helfern den Raum betrat. Alles was nun folgte, war geübte Routine. Bis hin zur Frage, ob jemand im Rettungswagen mitfahren möchte. Tütes Vater schaute Alexa an und nickte ihr viel sagend zu. Sie sagte daraufhin kurz, aber bestimmt: »Ich.«

Im Rettungswagen gingen Alexas Gedanken auf eine Achterbahnfahrt. Sie hatte das Gefühl, gleichzeitig an alles und nichts zu denken. Zugleich kam ihr die gut fünfzehnminütige Fahrt wie ein kleine Ewigkeit vor. Im Krankenhaus angekommen, wurde Pat sofort in die Notaufnahme gebracht und Alexa wartet vor dem Haupteingang auf die anderen. Nach ein paar Minuten kamen Tüte, sein Vater und Steffen um die Ecke. Alexa setzte sogleich zu einer Frage an: »Wo ist …?« »Unsere Nachbarin ist bei meiner Frau. Sie durchsuchen das Zimmer, um irgendwelche Hinweise zu finden.« »Ah! Okay. Pat ist nun in der Notaufnahme. Wir sollen hier im Eingangsbereich warten. Sie rufen uns, sobald sie was wissen. Ach ja, und sie sind auch gerade dabei Pats Eltern Bescheid zu geben.«

Wenige Minuten nachdem die drei Männer am Krankenhaus angekommen waren, klingelte das Handy von Tütes Vater. Er ging ran und nach einem kurzen Telefonat, verkündete er den drei Freunden: »Schlaftabletten.« Er ging sofort los, um in der Notaufnahme Bescheid zu sagen. Tüte zog ganz langsam beide Hände über sein Gesicht. »Scheiße, Scheiße. Die hab ich Depp da rumliegen lassen. Als er mitbekommen hatte, dass mich diese Stimme in Ruhe gelassen hat, weil ich Schlaftabletten eingenommen habe, da hat er bei seiner Angst vorm Einschlafen, einfach ein paar von den Teilen genommen.« Alexa fügte hinzu: »Und wohl ein paar zu viel. So ein Mist!« Die Drei schauten sich nun eine Zeit lang wortlos an. Alexa musste an Pats Eltern denken. Die Armen waren wahrscheinlich schon auf dem Weg zu ihnen ins Krankenhaus. Sie vermutete, dass die beiden ziemlich fassungslos sein müssen: Eigentlich sollte ihr Sohn in London sein und an der Optimierung seines Lebenslaufs feilen. Stattdessen bekommen sie die Nachricht aus einer hessischen Kleinstadt, dass ihr Sohn gerade dort ins Krankenhaus eingeliefert wurde. Was für ein Albtraum musste das sein? Alexa wollte nicht mit ihnen tauschen müssen.

Als Pats Eltern gut eineinhalb Stunden nach Erhalt der Nachricht am Krankenhaus ankamen, hatte ein Arzt kurz zuvor verlautbaren lassen, dass Pat nun stabil und außer Lebensgefahr sei. In der Zwischenzeit hatten sich Pats Freunde darauf geeinigt, dass sie seinen Eltern von einer *Schnapsidee* erzählen würden, die ihn überraschend für ein paar Tage nach Deutschland geführt hätte. Dankbar nahmen Pats Eltern diese, die Lage erklärenden

Aussagen hin, und waren im Endeffekt doch einzig daran interessiert, dass ihr Junge außer Lebensgefahr war. Der behandelnde Arzt bestätigte ihnen dies noch einmal persönlich. Doch erklärte er ihnen auch, dass ihr Sohn in einer Art Koma liege und sie ihn weiter untersuchen werden. Er zeigte sich durchaus verwundert über die ungewöhnlich heftige Reaktion des *gesunden und jungen Mannes*, auf die von ihm eingenommene Menge an Schlafmittel. Weiter empfahl er allen, nun nach Hause zu fahren. Pats Eltern lehnten jedoch dankend ab, sie wollten lieber noch im Krankenhaus bleiben. Die anderen verabschiedeten sich bedrückt.

Gegen sieben Uhr am Abend kamen Tüte, sein Vater, Steffen und Alexa wieder in Tütes Elternhaus an. Tütes Vater erklärte seiner Frau noch einmal die Lage in einer längeren Version als zuvor am Telefon. Dann wollte er von den Freunden wissen, wie Pat überhaupt auf die Idee gekommen sei, diese Schlaftabletten zu nehmen. Steffen log, dass Pat schon eine Weile nicht gut habe schlafen können und wohl mal wieder in Ruhe durchschlafen wollte. Tütes Eltern gaben sich vordergründig mit dieser Erklärung zufrieden und ließen sie sich in Tütes Zimmer zurückziehen. Steffen warf sich sichtlich erschöpft auf seine Matratze, die anderen beiden auf das Sofa. Keiner sagte ein Wort. Sie hingen alle ihren Gedanken nach. Nach einer Weile brach Steffen das Schweigen. »Mann! Oh! Mann! In was für eine Scheiße sind wir da nur reingeraten? Hat von euch einer eine Idee, was wir jetzt machen sollen?« Nach einer kurzen Gedankenpause antwortet Tüte: »Ich werde wohl versuchen müssen zu schlafen. Währenddessen könnt ihr vielleicht was aus dem Typen rausbekommen. Einen bessere Idee hab ich nicht. Ihr?« Beide schüttelten ratlos dreinblickend den Kopf. Alexa fühlte sich hundeelend.

Nachdem sie Tütes Mutter mittels Hartnäckigkeit zu einem schlichten Abendbrot überredet hatte, waren noch ein paar Stunden voller Ratlosigkeit ins Land gegangen, bis Tüte so gegen halb zwei in der Nacht endlich eingeschlafen war. Steffen aktivierte die Koppler-Software des Handys. Zwei Stunden später, wurde Alexa durch ein leises Rufen geweckt. Das Rufen kam von Tüte, doch hörte Alexa nicht seinen, sondern den ihr inzwischen vertrauten Tonfall des Fremden. Alexa weckte auch Steffen und die Stimme sagte: »Das war ja ein turbulenter Tag. Ich will unser Gespräch dennoch kurz halten. Dann kann ich nämlich Tüte ein paar Kleinigkeiten zur effizienteren Nutzung seiner neuen Fähigkeiten beibringen. Das bringt euch wahrscheinlich mehr, als wenn wir jetzt lang und breit diskutieren. Aber bevor ich mit Tüte loslege, wollte euch noch jemand *Hallo* sagen.« Alexa und Steffen schauten sich fragend an. Tütes Tonfall änderte sich: »Hallo ihr beiden. Danke, dass ihr mich ins Krankenhaus gebracht habt. Ich hab wohl ein bisschen viel von den kleinen Pillchen genascht.« Alexa war sich sicher, dass sie Pats Art zu sprechen, aus Tüte heraushörte; wenn dieser auch deutlich überdreht wirkte. Wieder einmal fühlte sich Alexa an ihre persönlichen Grenzen gebracht; und etwas darüber hinaus. Nach einem Seitenblick zu Steffen, war sie sich sicher, dass es ihm nicht viel anders erging. Doch viel Zeit zum Nachdenken blieb ihr nicht, denn schon quasselte Pat weiter:

»Ich bin jetzt hier in einem Büro und sitze auf einem schönen Ledersofa. Sie haben mir erklärt, dass sie mein *Bewusstsein* solange hier auf Urlaub schicken, bis mein Körper sich erholt hat. Aber ich muss nun Schluss machen, zumindest gibt man mir hier Zeichen, die ich so interpretiere. Also macht euch keine Sorgen um mich, mir geht es gut und bitte versucht auch meine Eltern ein wenig zu beruhigen. Ich bin bald wieder auf den Beinen. In der Zwischenzeit werde ich ein bisschen was über dieses Netz-Dings hier lernen ... und gegebenenfalls mal ein Bad in diesem täuschend echt wirkenden Ozean da draußen nehmen. Also, macht's gut und alles Weitere gibt es jetzt von...« Tüte verstummte abrupt und sprach dann wieder mit dem Tonfall des mysteriösen Mannes. »Okay. Nun aber Schluss mit dem Getratsche. Ich werde jetzt mit Tüte ein paar grundlegende Lektionen durchgehen. Für euch wird es aussehen, als wenn er schläft. Bitte weckt ihn nicht und zudem wäre es schön, wenn die Verbindung mit dem Handy nicht wieder unterbrochen würde. Bekommt ihr das hin?« Alexa nickte. »Fein. Dann mach's gut.« Tüte, der bisher aufrecht wie eine Puppe auf seinem Bett gesessen hatte, legte sich wieder hin und schien tief und fest zu schlafen. Steffen schüttelte den Kopf, stand auf und schloss die Tür ab. Dann nahm er das Handy und stöpselte das Netzteil ein. »Mehr können wir wohl nicht machen. Lass uns wieder hinlegen, vielleicht können wir noch ein bisschen schlafen.« Alexa fühlte sich so erschöpft, dass sie den Vorschlag gerne annahm. Wenige Minuten später war sie auch schon auf dem Sofa eingeschlafen.

Kapitel 19

Die Koppler

»Und wir sollen das Handy nicht mehr all zu oft zur Kopplung verwenden. Das wird langsam etwas zu unsicher. Auch gibt es anscheinend bessere Methoden«, sagte Tüte, während er mit verächtlichem Gesichtsausdruck, die im Radio laufenden Sportfreunde Stiller leiser drehte. Anschließend schaute er demonstrativ zum neben ihm sitzenden Steffen. Nachdem dieser bestätigend genickt hatte, nahm er über den Rückspiegel seiner Ente, kurz die auf dem Rücksitz sitzenden Alexa ins Visier. Alexa bemerkte dies zwar, gönnte ihm jedoch nicht die Genugtuung einer Reaktion. Daraufhin schaute er wieder auf die Straße.

Sie waren nach dem Frühstück aufgebrochen, um wieder nach Gießen zurückzufahren; jedoch nicht ohne vorher abermals bei Pat im Krankenhaus vorbeigeschaut zu haben. Die diensthabende Ärztin hatte seinen Zustand als unverändert, aber stabil bezeichnet. Doch Alexa meinte ihr anzumerken, dass dieser Fall sehr wohl ungewöhnlich war. Derzeit wurde diskutiert, ob eine Verlegung in die Uniklinik Gießen zu verantworten wäre; dort hätten sie die bessere technische Ausstattung. Alexa war während des ganzen Besuchs mulmig zumute.

Von Tüte hatten sie auf der Fahrt ins Krankenhaus erfahren, dass er die nächtlichen Lektionen zusammen mit Pat durchgenommen hatte. Alles das war Alexa viel zu unwirklich, als dass sie es irgendwie hätte anzweifeln können. Zudem schien Tüte in der Sache inzwischen förmlich aufzugehen. Er hatte auf ein kurzes Frühstück gedrängt und ihr sogar ihre Tasche ins Auto getragen; nur damit sie schneller fort kamen. Sie waren kaum losgefahren, da sprudelte es auch schon aus ihm heraus. Er berichtete von einer sagenhaften Welt, zu der Pat und er jetzt Zugang hätten; in die sie bisher jedoch nur einen kleinen Einblick hatten gewinnen können. Dort gäbe es keine der uns auf der Erde gesetzten Grenzen; Raum und Zeit seien offensichtlich frei manipulierbare Parameter. In den wenigen Stunden in diesem Netzwerk waren sie geflogen, in der Zeit gereist und hatten die unterschiedlichsten Erscheinungsformen angenommen. Noch wäre das meiste einfach mit ihm geschehen, aber er habe es zumindest mal geschafft, die Farbe seines Avatars zu ändern. Statt der androgynen, gräulich weißen Inkarnation, mit dem jeder standardmäßig ins Trainingsprogramm starte, habe er am Ende ein grünes Männchen mit rosa Punkten gehabt. Alexa hatte den Nutzen von solchen Farbspielchen in Frage gestellt. Aber Tüte meinte, dass man so am besten ein Gefühl für das Grundprinzip der Steuerung und Manipulation bekomme. Man müsse sich ja im Prinzip alles *denken*. Er habe zwar auch erfahren, dass man für den Anfang Hilfsmittel nutzen könne, die schon sehr an moderne Steuergeräte für Computerspiele erinnern würden, aber die wahre Vielfalt der Möglichkeiten würde sich erst auftun, wenn man mit den eigenen Gedanken steuern und manipulieren könne.

Alexa machten Tütes Schilderungen sehr nachdenklich. Auf der einen Seite wäre es ein Skandal, wenn er als Student der

Netzwissenschaften nicht begeistert gewesen wäre. Was er gerade erlebt hatte, war mit dem vergleichbar, wie wenn ein Raumfahrttechnik-Student überraschend von Jean-Luc Picard mit seiner Enterprise abgeholt worden wäre. Doch fragte sich Alexa auch, warum gerade sie da reingeraten waren? Sollten sie dieser Stimme vertrauen? Konnte sie Tüte noch vertrauen? Alexa musterte nun ihrerseits über den Rückspiegel sein Gesicht. Konnte sie noch offen mit ihm sprechen? Auch musste sie an ihren Bruder Max denken. Ging es ihm wirklich gut? War er auch in dieses Netzwerk eingeführt worden? Oder würde er noch darin eingeführt werden?

»Alexa?« Steffens Stimme drang wie durch eine Nebelwand zu ihr. Sie schob ihre düstern Gedanken beiseite und fragte, was sei? »Hast du nicht zugehört?« Alexa verneinte kurz. »Ich hab gefragt, was diese Stimme wohl mit uns allen vor hat? Warum wir da drinnen hängen?« »Sorry, aber da bin ich echt überfragt. Ich mach…« Alexa brach ihren Satz ab. Sie hätte eigentlich gerne ihre Sorge um ihren Bruder zum Ausdruck gebracht. Doch spürte sie ein aufkeimendes Misstrauen gegenüber Tüte in sich. »Was machst du?«, hakte Steffen nach. »Ich mach mir nur Sorgen … um Pat«, schob Alexa sie vor. »Quatsch!«, polterte Tüte. »Dem ging es noch nie besser. Ich bin voll neidisch auf den. Der kann jetzt die ganze Zeit da voll rumexperimentieren und ich muss erstmal den neuen Koppler bekommen.« Steffen und Alexa schauten Tüte fragend an. »Was guckt ihr so? Ich bekomme einen neuen Koppler. Noch heute. Dann kann ich mich wahlweise über WLAN oder mobiles Internet mit dem *iuuq* verbinden.« »iuuq?

Heißt das so?«, fragte Steffen. »Ach, hatte ich das noch nicht erzählt? Ja, so hat EP ... und das hab ich ja auch noch nicht erzählt: *EP*, so nennt sich diese Stimme. Also EP hat erzählt, dass diese experimentelle Welt im Prinzip eine Weiterentwicklung des Internets ist. Darum kann man sich auch mittels des uns bekannten Internets mit dem iuuq verbinden.« »Und wie kommst du an den neuen Koppler?«, wollte Steffen wissen. »Den kann ich in der Packstation in der Bahnhofstraße abholen. Da fahren wir jetzt auch als erstes hin.« Inzwischen hatten sie die Stadtgrenze von Gießen erreicht und bis zur Bahnhofstraße waren es nur noch wenige Minuten zu fahren. Tüte überbrückte diese Zeit mit Erzählungen über seine Erlebnisse der vergangenen Nacht.

Im Paket waren zwei Armbanduhren. Sie beschlossen, dass jetzt jeder zu sich nach Hause gehen würde. Sie hatten keine Lust mehr, sich von einer vagen Gefahr einschüchtern zu lassen. Tüte setzte Alexa bei ihrer WG ab. Doch bevor er mit Steffen zu ihrer WG weiterfuhr, bat er sie, die Uhr für Pat an sich zu nehmen. Es sei sicher besser, die beiden Koppler von einander getrennt aufzubewahren. Alexa nahm die Uhr und brachte sie mit ihren Sachen in ihr Zimmer. Als sie den kleinen Raum betrat, schaute sie sich kritisch um. Sie konnte nichts ungewöhnliches entdecken. Außer, dass sie es noch nicht geschafft hatte, sich um ein angenehmes Wohnambiente zu kümmern. In der Ecke standen noch immer nicht ausgepackte Umzugskisten und ihren Plan, sich ein Hochbett zu bauen, hatte sie bisher auch noch nicht in Angriff genommen. Ob sie ihren Computer hochfahren und nach ihren Mails schauen sollte? Sie entschied sich dagegen und versuchte stattdessen ihre Eltern anzurufen. Aber dort ging niemand an den Apparat. Am liebsten hätte sie einen Anruf nach Dänemark getätigt und sich nach Max' Wohlergehen erkundigt. Das erschien ihr dann aber doch keine gute Idee zu sein. Wenn mit ihrem Bruder wirklich etwas nicht in Ordnung wäre, würden sie es dort sicherlich hinbekommen, ihr den Eindruck von absoluter Normalität zu vermitteln. Da von ihren Mitbewohnern niemand zu Hause war, beschloss Alexa lieber diese Chance zu nutzen und das Badezimmer für ein ausgiebiges Schaumbad zu blockieren. Den Hinweis ihrer Mutter, dass sie sich umgehend bei Mark zu melden hätte, ignorierte sie einfach. Zumal ihr das letzte Gespräch mit Mark noch zu schwer im Magen lag. Und was sollte sie ihm schon erzählen?

Sauber, seit langem mal wieder entspannt und von den Anstrengungen der vergangenen Tage mitgenommen, wurde Alexa nach dem Bad unglaublich müde. Mit noch nassen Haaren, legte sie sich auf ihr Bett. Woraufhin sie unmittelbar tief und fest einschlief.

Kapitel 20

Schwarz

Alexa erwachte. Doch kam es ihr vor, wie in Watte gepackt zu sein. War sie überhaupt erwacht? Um sie herum war alles dunkel. Richtig schwarz. Sie versuchte sich zu orientieren, doch irgendwie wollte es ihr nicht gelingen. Sie erinnerte sich an das Bad, das sie genommen hatte und dass sie sich anschließend hingelegt hatte. Daran erinnerte sie sich. Aber als sie versuchte etwas wahrzunehmen, gelang es ihr nicht. Alexa merkte, wie sie panisch wurde. Sie wollte schreien. Doch sie konnte nicht. Sie wollte aufspringen. Aber da war nichts, das hätte aufspringen können. Auch konnte sie nichts sehen oder hören. Was sie jedoch am meisten erschreckte: Sie konnte auch nichts riechen, nicht einatmen. Alexa bemerkte, dass sie nicht mehr existierte. Sie konnte nur noch denken. Ihre Erinnerung funktionierte auch noch. Aber ihr Körper nahm keinerlei Reize mehr wahr. Allerdings: Panisch werden konnte sie noch. Und das tat sie auch. Doch diese Panik hatte die unangenehme Begleiterscheinung, dass Alexa über kein Ventil verfügte, sie rauszulassen. Sie war sich ihrer Panik ausschließlich bewusst. Nach einigen Augenblicken begann Alexa ihre Panik zu beobachten. Genauer gesagt, beobachtete sie ihre immer verzweifelter werdende Suche, nach einer Möglichkeit, die Panik rauszulassen. Es gab indes weder ein *Raus*, in das die Panik hätte gelassen werden können, noch ein *Drinnen*, aus dem die Panik hätte ausbrechen können.

Nach einiger Zeit, Alexa hatte nicht mal ansatzweise eine Ahnung nach wie viel, verließ sie den Zustand des Panisch-Seins und begann nachzudenken. Auch wenn sie schon mal besser nachgedacht hatte. Ihre Gedanken waren völlig chaotisch und ziellos. Nach geraumer Zeit wurde Alexa bewusst, dass sie sich erinnerte. So richtig erinnerte. Sie fing an, sich an wichtige Momente ihres Lebens zu erinnern. Ihr erster Kuss, ihre Einschulung, ihre Fahrprüfung, wie sie Mark kennengelernt hatte, den Moment als ihr Vater sie kurz und knapp informierte, dass sie jetzt zu viert wären und an vieles mehr. Doch im Unterschied zu früheren Momenten der Erinnerung, erinnerte sie sich jetzt an jedes Detail. So wusste sie plötzlich wieder, wie der Junge … Stephan Wagenmacher … roch, der ihr den ersten Kuss gegeben hatte. Auch konnte sie sich an jedes Verkehrsschild erinnern, dass sie bei ihrer Fahrprüfung gesehen hatte, an jede Bemerkung ihres Prüfers und an jeden Schulterblick. Alexa erinnerte sich auch an den letzten Schulterblick, den sie bei ihrer letzten Autofahrt vor ein paar Tagen gemacht hatte. Sie erinnerte sich an jedes Auto, das sie auf der Autobahn überholt hatte. Sie erinnerte sich an Marks Geruch, der schweigend neben ihr gesessen hatte. Sie erinnerte sich.

Alexa ließ nun große Teile ihres Lebens vor ihrem geistigen Auge Revue passieren; ein anderes stand ihr zurzeit auch nicht zur Verfügung. Es handelte sich dabei nicht um einen kontinuierlichen Film; sie sprang von Knotenpunkt zu Knotenpunkt, ließ sich von einer Assoziation zur nächsten treiben. Ein Ereignis führte zum anderen, und eine erinnerte

Situation folgte, ohne zeitlichen Zusammenhang, auf die nächste. Alexa ergötze sich an ihrem Leben. Sie litt in der Pubertät, genoss den Sex, den sie mal gehabt hatte oder er ödete sie auch manchmal an. Sie durchdachte noch einmal Aufgaben in alten Klassenarbeiten und sie lass einige ihrer Lieblingspassagen in ihren Lieblingsbüchern. An Gedichte und Kurzgeschichten erinnerte sie vollständig, einige Filmszenen sah sie vor sich, als würde sie im Kino sitzen; und selbst den Pornofilm, der sie als 16jährige so angeekelt hatte, fand sie jetzt nur noch amüsant. Alexa saß auch noch mal mit Mark, Max und ihren Eltern am Tisch und feierte schüchtern ihr erstes gemeinsames Weihnachten. Alexa durchdachte, erinnerte und fühlte. Dabei war ihr jedes Gefühl für Zeit und Raum abhanden gekommen. Es ging immer weiter. Ihr Gedächtnis war ein Quell schier unendlicher Erlebnisse. Alexa surfte in ihrem Leben, wie sie es sich einmal gewünscht hatte, durchs Internet surfen zu können: Ohne Ende, ohne Erschöpfung und ohne auf Wahrnehmungsschnittstellen wie Augen, Ohren oder die Nase zurückgreifen zu müssen.

Kapitel 21

Im Koma

»Aber sie hat doch gar nicht dieses … Zeugs im Kopf, oder? Dachte ich zumindest«, flüsterte Steffen dem neben ihm stehenden Tüte zu. Der wiederum als Reaktion auf die Frage nur mit den Schultern zuckte. Unbeirrt starrte er dabei mit ausdrucksloser Miene auf die vor ihnen liegende Alexa. Vor nicht ganz einer Stunde waren sie von Alexas Vermieter Lars telefonisch darüber informiert worden, dass Steffi sie reglos auf ihrem Bett gefunden hatte. Der gerufene Notarzt, hatte sie umgehend in die Uniklinik bringen lassen. Sofort machten sich Tüte und Steffen auf den Weg dorthin, wo sie auch sogleich auf Alexas Eltern trafen. Diese schilderten ihnen über den Zustand ihrer Tochter dasselbe, was ihnen auch schon Pats Ärzte berichtet hatten: stabil, aber unerklärbar.

Inzwischen standen Alexas Eltern ein paar Meter abseits und diskutierten mit zwei Männern in weißen Kitteln. »Mensch! Tüte! Sag doch was«, versuchte es Steffen noch einmal. »Weißt du irgendwas? Können wir…« Tüte drehte abrupt seinen Kopf und fauchte Steffen an: »Ich weiß nix! Sie dürfte nicht so da…« Seine Stimme erstarb und er fixierte Alexa wieder mit seinen Blicken. Steffen seufzte.

Ein paar Minuten später, kam einer der Männer zu ihnen herüber. Er stellte sich als Doktor Conrad vor. »Sie waren in den vergangenen Tagen mit Frau Rose zusammen?! Dürfte ich ihnen ein paar Fragen stellen. Wir sind wirklich ratlos und über jeden Hinweis froh, der uns...« Tüte unterbrach den Arzt: »Ja, wir waren bei meinen Eltern auf dem Land zum Lernen. Aber uns ist nichts Ungewöhnliches aufgefallen. Nur das Alexa wohl ein paar sehr anstrengende Tage hinter sich hat. Sie hat vor vier Tagen ihren Bruder nach Dänemark ins Internat...« Nun unterbrach wiederum der Arzt Tütes Bericht: »Ja, das wissen wir schon von ihren Eltern. Sie berichteten uns auch von einem weiteren Kommilitonen, der wohl mit zur Lerngruppe gehört. Wo ist der? Könnte er vielleicht etwas wissen?« Steffen holte gerade Luft, da sprudelte es schon aus Tüte heraus: »Der ist direkt von meinen Eltern aus zu einem Freund aufgebrochen, den er besuchen wollte. Aber der weiß bestimmt auch nix. Kann ihn aber gerne mal für sie anrufen.« »Könnte ich vielleicht seine Nummer haben?«, fragte der Arzt. »Nun ja ... also ... gerne. Aber wir haben unsere Handys im Auto gelassen und da ist seine Nummer drauf. Sollen wir schnell mal runter gehen?« »Ja, bitte. Wie gesagt, jeder Hinweis könnte uns vielleicht weiterhelfen.« »Okay. Kommst du mit?« Tüte schaute Steffen durchdringend an, der ihn seinerseits mit leicht irritiertem Blick anstarrte. Ohne eine Antwort abzuwarten, zog Tüte den sichtlich neben sich stehenden Steffen mit sich.

Als sie um die erste Ecke waren, machte sich Steffen los und fauchte Tüte an: »Was sollte das eben? *Der ist bei einem Freund.* Das ist doch Blödsinn! Pat liegt...« »Jetzt reiss dich mal zusammen! Was sollen wir dem Typ erzählen?« Tüte verstellte sich, um mit einer veralbernden hohen Stimme fortzufahren: »Oh! Herr

Doktor, die beiden liegen zwar im Koma, sind aber auch in einem geheimen, durch Gedanken zu steuerndem Computer-Netzwerk.« Wieder mit normaler Stimme, aber sehr gebieterischem Tonfall, fuhr er fort: »Das wäre doch Irrsinn! Solange ihr Zustand stabil ist, werden wir erst mal versuchen, etwas über die Sache rauszufinden. Wir werden EP kontaktieren.« »Und wenn dein EP hinter der ganzen Sache steckt? Ich trau dem Ganzen nicht! Unsere beiden Freunde liegen bewusstlos auf irgendwelchen Intensivstationen rum und du willst da noch mal rein?« »Was für Alternativen haben wir? Wenn die von Pat erfahren, dann ziehen die doch sicher völlig falsche Schlüsse und bringen sie mit irgendwelchen seltsamen Maßnahmen erst wirklich in Gefahr. Noch weiß ja niemand, ob Alexa wirklich wegen dem iuuq im Koma liegt. Vielleicht ist das ja nur ein saudummer Zufall.« »So ein Blödsinn! Natürlich hat das was mit dem Netzscheißdings zu tun.« »Mensch Steff! Jetzt beruhig dich mal wieder. Das vermute ich ja auch. Lass mich nachher mal mit EP Kontakt aufnehmen. Wenn da nix bei rauskommt, dann sagen wir den Weißkitteln morgen was wirklich los ist. Abgemacht?!« Steffen zerzauste sich mit beiden Händen die Haare, und nach einer kurzen Pause sagte er: »Okay, aber morgen…« »Ja! Morgen sagen wir es ihnen. Aber jetzt gehst du erstmal ans Auto und spielst Pat. Ich bringe dem Doc deine Handy-Nummer.« »Och, nee! Ich will nicht…« »Du musst! Da eben ausschließlich ich gesprochen habe, kennt er meine Stimme schon; deine allerdings nicht.« Tüte grinste, während Steffen die Augen verdrehte.

Kapitel 22

Leidenschaft

Irgendwann fing Alexa an, mehrere Erinnerungen gleichzeitig Revue passieren zu lassen. Unerquicklich wurde es nur, wenn sich zum Beispiel sexuelle Erinnerungen mit familiären überschnitten. Darum versuchte Alexa nach einer Weile, die eine oder andere Erinnerung umzulenken; zuerst durch schlichtes Ausblenden. Nachdem dies jedoch nur dazu führte, dass diese Erinnerungen später noch mal wiederkamen, fing sie an, Erinnerungen inhaltlich zu manipulieren. Was ihr ganz neue Möglichkeiten offenbarte, und auch viel Spaß machte. Darum versuchte sie, die angenehmen, zu noch angenehmeren, zu möglichst makellosen Erinnerungen zu machen. Das gelang mal besser, mal schlechter. Aber so richtig gut, oder gar perfekt, wurde es nie. Da ging sie dazu über, komplett neue Geschichten zu erfinden. Diese ließen sich viel einfacher perfektionieren, als die alten Erinnerungen. Von Alexa zuerst unbemerkt, bekamen ihre Fantasien eine gewisse Räumlichkeit. Auch hielten sie sich an eine Art Zeitmuster und nur selten brachen noch alte eindimensionale Erinnerungen in die neuen Erlebnisse ein. Und wenn doch, dann bekamen sie eine Rolle oder Alexa fand irgendeinen sonstigen Verwendungszweck. Gut machten sie sich oft in Fernsehgeräten, die in irgendeiner Zimmerecke liefen. Da konnte sie einfach den Ton abstellen und Angenehmeres in den Fokus rücken. Alle ihre selbst entwickelten Geschichten, hatten eine Art Abfolge, einen

Plot. Sie in einem Sinne *zeitlich* zu nennen, wie man den Begriff *Zeit* üblicherweise versteht, würden ihnen jedoch nicht gerecht werden. Denn auf eine fast schon kunstvolle Art, gestaltete Alexa die Erlebnisse parallel oder auch zeitlich verschachtelt; zumal sich Handlungen teilweise bedingten. Dazu wartete manchmal eine Geschichte auf die andere, ohne aber selbst anzuhalten. Was Alexa zunächst nicht bemerkte: Nach und nach war sie nicht mehr nur die virtuelle Zuschauerin, die die Szenarien *von außen* betrachtete; sie war selbst mittendrin. Sie hatte Arme, Beine, einen Kopf und einen Körper. Das wurde ihr zum ersten Mal richtig bewusst, als sie den Kauf eines offenen Ferrari zelebrierte, indem sie bei angenehmen 25°C und strahlend blauem Himmel durch eine Gegend fuhr, die der frühlingshaften Toskana schon recht nahe kam. Sie spürte das Lederlenkrad mit ihren Händen und ihr *Popometer* zeigte ihr, dass sie sehr dicht daran war, zu flott unterwegs zu sein. Bei einem Blick in den Rückspiegel, schaute sie sich dann selbst in die Augen. Es war ein erhabenes Gefühl. Ihr nächstes sexuelles Erlebnis unterschied sich dann auch fundamental von den vorherigen. Sie hatte einen Orgasmus. Er fühlte sich so echt an, wie sich ein Orgasmus nur anfühlen konnte.

Als Alexa gerade Rosen im Garten eines englischen Landsitzes schnitt und irgendwie gerade auch eine Mountainbike-Tour durch Island machte, hörte alles schlagartig auf. Von einem auf den anderen Moment war es wieder wie zu Beginn: dunkel, raum- und zeitlos, absolut ruhig, geruchsfrei und mental schrecklich einengend. Alexas nicht existenter Kopf schien platzen zu wollen. Jede einzelne ihrer imaginären Gehirnzellen wurde von einer fast unerträglichen Nervosität gepackt. Sie spürte die absolute Unruhe in absoluter Ruhe. Als dann irgendwann, nach einer ewig langen Pause, ein winzig kleines Licht im Raum auftauchte, stürzte sich ihre gesamte Aufmerksamkeit darauf. Sie genoss das kaum erbsengroße Licht, wie ein Junkie den ersten Schuss nach einer missglückten Sucht-Therapie. Der Lichtpunkt nahm Alexas gesamte Aufmerksamkeit gefangen. Sie dachte nur noch an ihn, nahm nur noch ihn wahr. Sie freundete sich mit ihm an. Sie verkrachten sich und sie liebten sich. Er leuchtete und Alexa beobachtete ihn dabei. Sie hasste das Licht und sie vergötterte es. Es machte sie hungrig und satt. Ohne dass es sich je verändert hätte, wirkte es mal wärmend, wie die erste Frühlingssonne, mal kalt, wie die Xenon-Scheinwerfer eines fernen Wagens in einer klaren, frostigen Winternacht. Für Alexa war das Licht, in einer zeit-, raum- und materielosen Welt, einfach alles. Doch war ihr die Fähigkeit abhandengekommen, selbst irgendetwas von dem zu beeinflussen, was mit ihr geschah. Sie fühlte und spürte; aber was, dass konnte weder das Licht, noch sie selbst steuern. Das alles schien keiner Logik zu folgen und war in seiner Endgültigkeit vollkommen.

Nach gut und gerne mehren Ewigkeiten, materialisierte sich Alexa in vollkommener Dunkelheit. Sie spürte den Boden auf dem sie lag. Sie lag lange dort. Irgendwann erinnerte sie sich an die Möglichkeit, sich aufzurichten, sich hinzusetzen. Und nach wiederum einer weiteren kleinen Ewigkeit, erinnerte sie sich auch daran, *wie* man sich hinsetzte. Was sie dann auch tat. In der Ferne erblickte sie einen Lichtkegel, der langsam auf sie zukam. Alexa wurde unruhig. Nachdem das Licht nahe genug herangekommen und Alexa auch wieder soweit Herrin ihrer Sinne war, oder von dem, was sie für ihren Sinnen hielt, erkannte sie einen alten, braunen im Kolonialstil gefertigten Sessel. Er wurde von einer unsichtbaren Lichtquelle erhellt. Alexa hatte das Verlangen, sich in diesen Sessel zu setzen, doch gleichzeitig erahnte sie auch, dass es falsch war. Das war nicht ihr Platz. Ihr Platz konnte nur der auf einer Récamiere sein. So wie man sie klischeehaft in der Praxis eines Psychiaters erwartet hätte. Unversehens lag sie auf einem solchen Möbelstück. Entspannung machte sich in ihr breit. Sie begann nachzudenken. Sie dachte wirklich nach. Ganz eigenständig. Ihr wurde bewusst, dass es sie anscheinend in das so genannte *iuuq* verschlagen haben musste. Sie dachte daran, dass ihre Haare eigentlich nass sein müssten und sie noch ihre Eltern anrufen wollte. »Alexa?!« Sie fuhr zusammen. Im Sessel neben ihr, saß ein ihr wohlbekannter Mann. »Mark! Was … was machst du hier?« Obwohl nicht gefesselt, konnte sie nicht aufspringen. »Ich bin hier, um dich zu holen.« »Holen? Wohin?« »Wie du inzwischen selbst weißt, ist das an diesem … Ort wohl kaum die richtige Frage. Ich könnte dich überall hinbringen. Ich will dich zu uns holen.« »Zu uns? Wie meinst du das?« Alexa wäre zu gerne aufgestanden, aber sie konnte nur den Kopf drehen. So sah sie, wie Mark langsam aufstand und zu ihr herüberkam. Er machte eine kleine Handbewegung und schon war der Sessel weg und neben dem Fußende der Liege stand ein Barhocker. Er setze sich darauf.

»Wir sind eine Bewegung. Wir wollen das iuuq zum Wohle der Menschheit nutzen.« »Könnte ich bitte aufstehen?« »Noch nicht, aber ich kann es dir etwas bequemer machen.« Mark machte wieder so eine aufgesetzt wirkende Handbewegung und schon lagen sie beide in fetten Sitzsäcken. »Diese Handbewegung ist eigentlich nicht notwendig, aber es macht mir auf diese Weise viel mehr Spaß. Aber wie wir feststellen durften, kannst du auch schon ganz gut mit dem Ganzen hier umgehen. Und es tut mir leid, dass wir dich eine Zeit lang verstecken mussten. Zum Glück hatte ich dann die Idee mit dem Lichtlein. Sonst wärst du uns in deinem Versteck noch übergeschnappt.« »Verstecken? Vor was oder wem?« »Unseren Feinden. Es gibt Leute, die einfach nicht kapieren wollen, was für ein Potential hier drin steckt. Bedauerlicherweise betreiben diese Leute das iuuq offiziell, sind sogar seine Gründer. Darum sitzen sie auch an den zentralen Stellen. Noch.« »Und was habt ihr vor, um das Ganze hier dem Wohle der Menschheit zuzuführen?«, fragte Alexa mit einer gehörigen Portion Sarkasmus in ihrer Stimme. »Warum so aggressiv? Ich habe gedacht, du wärst auf unserer Seite? Auch schon wegen Max.« »Was ist mit Max? Geht es meinem Bruder gut?« Nun überschlug sich Alexas Stimme und sie schrie ihren Ex-Freund förmlich an. Was diese Szene recht grotesk wirken ließ, war, dass Alexa dabei völlig entspannt in ihrem Sitzsack lag und lediglich mit ausdrucksloser Miene dreinschauen konnte. »Deinem Bruder geht es soweit gut. Mach dir keine Sorgen, ich werde ein Auge auf ihn haben.« »Das scheint ja allen ganz wichtig zu sein!« »Wie meinst du das?« »Na, diese Stimme, die zu Tüte spricht, hat auch gesagt, dass…« »Welche Stimme?« Erstmals in ihrem Gespräch, verlor Mark kaum merklich etwas von seiner bisherigen Gelassenheit. »Na, dieser EP mit dem Tüte immer Kontakt aufnimmt.« »E … P« Mark dehnte die beiden Buchstaben nachdenklich in die Länge. »Mark! Was soll das hier? Wie komme ich hierher? Sollte ich nicht mit nassen Haaren auf meinem Bett liegen?« »Das ist lange her. Du liegst seit Wochen in der Uniklinik … im Koma.« Alexa konnte es kaum fassen. Doch nachdem was sie erlebt hatte, machte das alles nur zu viel Sinn. *Aber …* »Aber wie komme ich überhaupt in dieses Netz hier rein? Ich hab doch gar nicht dieses Zeugs im Kopf, oder?!« »Doch, doch! Du hast es uns zwar nicht leicht gemacht, mit deinem nächtlichen Spaziergang auf Langeland. Aber als du dann in deinem Versteck eingepennt warst, da konnten wir uns dich schnappen und den Eingriff vornehmen. Schlussendlich hast du es uns damit sogar etwas leichter gemacht. Wir haben uns eines der mobilen Geräte aus dem Keller des Internats *geborgt* und dir in der relativen Sicherheit des Schuppens die Nano-Teilchen ins Hirn reinjagen können.« Alexa hatte den Ausführungen Marks fassungslos zugehört und stammelte nun nur noch: »Aber … aber … warum? Warum ich?« »Na, weil ich dies alles hier mit dir teilen können möchte. Und sicher ahnst du auch schon warum: Weil ich dich liebe. Immer noch.«

Kapitel 23

Gefangen

Kaum hatte Mark Alexa seine Liebe gestanden, war er auch schon von einem auf den anderen Augenblick verschwunden. Und mit ihm auch das Licht, sowie die beiden Sitzsäcke. Als Alexa ihre erste Überraschung überwunden hatte, merkte sie schnell, dass er sie glücklicherweise nicht wieder im absoluten Nichts zurückgelassen hatte. Es war zwar überhaupt nichts zu sehen, hören oder riechen, doch konnte sie immer noch eine Art Boden unter sich wahrnehmen. In einer seltsamen Mischung aus Verwirrung, Wut und sich geschmeichelt fühlen, fasste Alexa den Entschluss, dass sich nun etwas ändern müsse. Welche Informationen hatte sie über das iuuq? Ihr kam Tütes Aussage in den Sinn, dass man das iuuq mit seinen Gedanken steuern könne. Wenn sie das richtig einschätzte, hatte sie diesbezüglich auch schon einige Erfahrungen sammeln können. Alexa hatte es wirklich satt, hilflos wie ein Stück Holz auf einem Fluss zu treiben. Sie fragte sich, was sie tun könnte? Mit einem Mal wurde ihr es klar. Wie blind sie doch gewesen war! Am liebsten hätte sie sich selbst geohrfeigt. Es stand ihr doch ein Steuer zur Verfügung: ihr Gehirn! Sie musste nur lernen, damit umzugehen. Um sich so selbst aus dieser Lage heraus zu manövrieren. Sie beschloss, das Heft des Handelns in die Hand zu nehmen.

Etwas Licht wäre doch ein guter Anfang. Ein klein wenig Helligkeit würde es schon tun. Sie dachte an eine Kerze. Nichts geschah. Missmutig setze sie sich auf. Der Boden fühlte sich glatt und eben an. Alexa begann ihn zu ertasten. Kaum ein paar Zentimeter weiter, stieß sie gegen etwas. Als sie danach griff, fühlte sich der Gegenstand lang, dünn und nach Wachs an. Alexa hielt eine Kerze in der Hand. Sie schlussfolgerte, dass sie sich zwar eine Kerze herbei gedacht hatte, aber eben keine brennende. Somit wünschte sie sich, dass die Kerze brennen solle. Und schon fing die Kerze in ihrer Hand an zu lodern. Mit der Kerze in der Hand, stand Alexa auf. Sie marschierte los.

Nichts um sie herum änderte sich. Doch Alexa lief immer weiter. So mit ihren Gedanken alleine gelassen, wurde ihr nach und nach etwas mulmig zumute. Sie lief stetig in die absolute Dunkelheit hinein. Auch hier war es so, wie wenn man alleine durch einen dunklen Wald geht: Es schleichen sich mit der Zeit finstere Gedanken in den Kopf. Nun rechnete sie jederzeit damit, ganz unvermittelt auf irgendetwas zu stossen. Es müsste noch nicht mal etwas wirklich Bedrohliches sein, im ersten Moment würde es sie in jedem Fall fürchterlich erschrecken. Sie versuchte sich von ihren düsteren Gedanken abzulenken. Zu pfeifen kam ihr albern vor, darum versuchte sie es mit einer erneuten Analyse ihrer Situation. Was hatte sie getan, seit sie wieder alleine war? Sie hatte sich eine Kerze erzeugt. War etwas anders an dem Licht der Kerze, als es sein sollte? Sie blickte direkt hinein. Warum blendete sie ihr Licht nicht? Es hatte sie auch am Anfang schon nicht geblendet. Wer in einer solchen absoluten Dunkelheit plötzlich eine brennende Kerze vor Augen hatte, müsste eigentlich erst einmal davon geblendet werden. Sie blieb stehen. Couragiert hielt sie eine Hand in die Flamme. Nichts passierte. Alexa empfand keine Schmerzen. »Eigentlich müsste das jetzt weh tun«, murmelte sie zu sich selber. Und schon fühlte sie den Schmerz. »Aua!« *Okay*, dachte sie. Sie schlussfolgerte, dass ihr Schmerzen als körperliches Warnsignal, hier nicht per se zur Verfügung stehen würden. Doch auf welche Warnsignale würde sie sich verlassen können? Sie setzte ihren ziellosen Weg beunruhigt fort.

Unterwegs blieb Alexa gelegentlich stehen. Zunächst ersetzte sie die Kerze durch eine Fackel. Später probierte sie dies und jenes aus. Ihr gelang es ein Glas Wasser zu erschaffen und es auch zu trinken. Auch eine Tafel Schokolade ließ sie sich schmecken. Was nicht ganz leicht war. Doch zum Glück hatte sie reichhaltige Erinnerungen an den Geschmack von Schokolade. Und ihre Schokolade schmeckte wunderbar. Musik zu erzeugen gelang ihr nur mässig. Sie war zu unmusikalisch, um aus den Erinnerungen an Melodie-Fetzen und einzelnen Refrains, eine akzeptable Beschallung zu generieren. Doch bei einer kleinen Katze, hatte sie mehr Erfolg. Sie liebte Katzen. Hatte schon hunderte Male eine Katze gestreichelt. Wie eine Katze auszusehen hatte, wie sie sich anzufühlen und zu bewegen hatte, da war sich Alexa zu hundert Prozent sicher. Zufrieden und entspannt, streichelte sie das schnurrende Fellknäuel ausgiebig. Dann ging sie weiter. Die Katze folgte ihr.

Nachdem Alexa schon zahllose Schritte gegangen war, registrierte sie, dass sie trotz der andauernden Lauferei nicht müde wurde. Sie blieb stehen, die Katze mit ihr. In der realen

Welt wäre sie nun schon sicherlich ziemlich erschöpft. Ihre Füße würden weh tun, ihre Bein sich schwer anfühlen und ihr Rücken würde das Bedürfnis auslösen, sich zu strecken. Sie ging weiter. Nach einer Weile spürte sie, wie ihre Füße anfingen zu schmerzen. Alexa blieb stehen. Sie rieb ihre Oberschenkel, dann streckte sie sich. Da wurde ihr klar, was sie sich da eingebrockt hatte. Aber wenn sie diese Reaktionen ihres Körpers heraufbeschwören konnte, dann müsste es auch möglich sein, sie wieder wegzubekommen. Nur wie? Sie lief erst einmal weiter. Doch sie spürte die Belastungen durch das Laufen immer deutlicher. Da half es auch nichts, sie wieder wegdenken zu wollen. Nach einer Weile blieb sie stehen. Sie wünschte sich einen Sessel herbei. Den Sessel malte sie sich genau aus: Es sollte ein klassischer, großer Ohrensessel mit einem Cordbezug und weichem Sitzpolster sein. Mit ein paar Nachbesserungen im Detail der ersten Version, welche sich Alexa wiederum auch nur vorstellen musste, hatte sie nach kurzer Zeit ihren Wunschsessel vor sich stehen. Sie setzte sich hinein. Die Katze sprang auch sogleich auf ihren Schoß. Dort machte sie es sich bequem und stupste Alexa immer wieder schnurrend mit ihrem Kopf an. Alexa genoss die Erholungspause. Sich selbst beobachtend, stellte sie fest, dass ihre Erschöpfung allmählich nachließ. Warum nur hatte sie es jetzt geschafft, die Erschöpfung bei Seite zu schieben, und vorhin nicht? Die plausibelste Erklärung schien ihr zu sein, dass sie sich mit dem Sessel einen für sich selbst glaubhaften Grund dafür generiert hatte. Irgendwie kam sie durch diesen Gedankengang zu dem Schluss, dass es alles um sie herum eigentlich gar nicht gab. Kaum hatte sie sich dies bewusst gemacht, war alles weg. Alexa befand sich wieder im Nichts. Diesmal reagierte sie jedoch nicht panisch, sondern fing eher genervt an, wieder eine Umgebung zu schaffen: Boden, Licht, Sessel, Katze. Diesmal gönnte sich sich auch einen Raum mit Kaminofen, Bildern an der Wand, einem Fenster mit Ausblick auf das Meer und ein Bücherregal. Sie hatte beschlossen, es sich etwas gemütlicher zu machen, denn sie musste nachdenken. Sie musste hier wieder raus und das musste irgendwie möglich sein. *Irgendwie.*

Alexa tigerte im Zimmer herum. Zuvor hatte sie eine Zeit lang grübelnd in ihrem Sessel gesessen und dabei ins Feuer des Kaminofens geblickt. Nun hielt sie an, ging zum Fenster und blickte über das Meer. Es lag so still und ruhig da, als schaute man ein ganz leicht animiertes Foto an. Mit einem Schulterzucken ging sie zu den Bildern an den Wänden über. Sie zeigten allesamt nichtssagende Landschaftsaufnahmen, wie sie sie aus der Wohnung ihrer Eltern kannte. Mit ein paar weiteren Schritten war sie am Bücherregal angekommen. Alexa neigte ihren Kopf leicht zu Seite, schaute so die Buchrücken durch. Sie fand ihre Lieblingsbücher vor. Jedoch nicht in den Originalumschlägen. Sie waren alle gleichförmig in Leder eingebunden und stellten nicht den optisch wilden Mix dar, meist von Taschenbüchern, der in ihrem Regal zu Hause stand. Wahllos holte sie eines der Bücher hervor. *Nachtzug nach Lissabon.* Sie schmökerte einen Moment lang darin. Dann stellte sie es wieder zurück. Durchwanderte die Reihen. In einer davon stand ein Buch, mit einem unbedruckten Buchrücken. Gedankenverloren maß sie dem jedoch keine

Bedeutung zu. Sie ging die Reihen weiter durch. *Frankenstein. Schachnovelle. Die Bücherdiebin. Einfach göttlich.* Sie hatte in diesem von ihr ersonnenen Zimmer die gleiche gute Auswahl an lieb gewonnener Literatur im Regal stehen, wie in ihrem WG-Zimmer. Sie behielt grundsätzlich nur die Bücher, die sie besonders berührt hatten. Wie etwa Amélie Nothombs *Kosmetik des Bösen,* welches sie gerade im Begriff war aus dem Bücherregal herauszuziehen. Unvermutet kam ihr da das Buch ohne Titel in den Sinn. Was hatte dieses Buch in ihrer so bewusst zusammengestellten Sammlung verloren? Sie stopfte Nothombs Meisterwerk wieder zurück und suchte das namenlose Buch. Als Alexa es gefunden hatte, zog sie es heraus, schlug es auf, blätterte darin. Sofort wurde ihr klar, warum es keinen Titel hatte: Das Buch bestand nur aus leeren Seiten. Alexa fragte sich, warum sie ein leeres Buch in dieses Regal voller Lieblingsbücher platziert hatte? Sie hatte doch alles in diesem Raum bewusst erdacht. Der Raum bestand eigentlich zu hundert Prozent aus einem Mischmasch ihrer Erinnerungen. Doch an ein leeres Buch konnte sie sich nicht erinnern. Gut, ein paar Details hatte sie nach ihren Wünschen optimiert; die in Leder gebundenen Ausgaben ihrer Bücher zum Beispiel. Dazu fiel ihr nur eine Erklärung ein: Ein Wunsch aus ihrem Unterbewusstsein, musste es in den Raum hineingeschleust haben. Oder jemand anderes? Aber dann würde es doch sicher eine Nachricht enthalten? Alexa untersuchte das Buch noch einmal ganz genau. Sie ging Seite für Seite durch. Doch sie fand nichts. Im Prinzip war es ein edles *Notizbuch ...* ein *Notebook.* Da hatte Alexa eine Idee: Sie ging zu einer kleinen Anrichte und öffnete eine Schublade. Darin lag ein Bleistift. Sie nahm ihn heraus und ging mitsamt dem leeren Buch zu ihrem Sessel. Dort nahm sie Platz, öffnete die erste Seite und schrieb:

Hi Tüte!
Ich bin hier drin und finde keinen Weg hinaus. Hast du eine Idee?
LG Alexa
PS: Es geht mir gut.

Über den Text zeichnete sie einen länglichen Kasten, in den sie Tütes E-Mail-Adresse setzte. Dann klappte sie das Buch zu, stellte es zurück ins Regal. Sie begann unruhig im Zimmer herumzulaufen. In jeder dritten oder vierten Runde, blieb sie vor dem Buch stehen und überlegte, ob sie es herausnehmen sollte. Aber irgendwie erschien ihr das nicht richtig zu sein. Nach einer Weile hatte sie sich wieder etwas beruhigt. Genug um sich auf die Fensterbank zu setzen. Das Meer war immer noch still. Nur die Möwen, die am Himmel ihre Bahnen zogen, brachten etwas Leben ins Spiel. Wodurch sie ihre Aufmerksamkeit auf sich zogen. Sie beobachtete die Vögel. Oder war es umgekehrt?

Alexa hatte mit einem Mal das Bedürfnis, das zu tun, was man in der realen Welt *sich die Beine vertreten* nannte. Sie wollte gerade aufstehen, da fiel ein letzter Blick auf einen der schwarzen Punkte am Himmel. Doch zog dieser nicht wie die anderen seine Kreise, sondern er steuerte auf sie zu. Alexa wurde wachsam. Langsam bekam der Punkt eine Kontur: Es war deutlich ein Vogel. Alexa ging zunächst davon aus, dass es sich bei dem Tier um eine der zahlreichen Möwen handelten musste. Doch als er näher kam, erkannte sie, dass es eine Taube war. Sie hielt genau auf sie zu. Alexa befürchtete schon, dass die Taube gegen das Fenster fliegen würde. Doch kurz bevor es zu einem Zusammenprall kommen konnte, schwang sich der Vogel mit ein paar Flügelschlägen wieder etwas hinauf und flog direkt über das Fenster hinweg. Alexa erahnte, was dies zu bedeuten hatte. Sie ging direkt zu dem Buch, in das sie ihre Nachricht geschrieben hatte. Sie holte es aus dem Regal und öffnete zunächst die Seite mit ihrer eigenen Nachricht. Dann blätterte sie um; und tatsächlich, dort fand sie ein paar Zeilen gedruckten Text:

Hallo Alexa,

schön von dir zu hören. Wenn es dir möglich ist, mir eine E-Mail aus dem iuuq zu schreiben, dann sollte dir auch folgendes möglich sein: Generiere ein Stück Kreide. Male damit einen Kreis und knie dich hinein. Dann schreibst du aus dem Inneren des Kreises, außerhalb das Wort 'Logout' hin und springst als nächstes mit geschlossenen Augen aus dem Kreis.
Wenn das nicht klappen sollte, dann schreib mir noch mal. EP und ich versuchen dann, dich auf eine andere Art rauszuholen.
Hoffentlich bis bald,
Tüte

Alexa klappte das Buch zu und stellte es wieder ins Regal. Ohne zu zögern, ging sie abermals zu der Schublade, aus der sie zuvor den Bleistift geholt hatte. Als sie sie öffnete, lag dort ein nagelneues Stück Tafelkreide; sogar noch mit der typischen Papierumwicklung. Anschließend schob Alexa den Sessel aus der Mitte des Zimmers, und schaffte sich so genügend freien Platz, um den Kreis zu malen. Als sie dies getan hatte, hockte sie sich auch sogleich in den Kreidekreis. Von dort aus schrieb sie *Logout* auf den Boden außerhalb des Kreises. Sie schaute sich noch mal kurz im Zimmer um, atmete tief durch und schloss die Augen. Dann hüpfte sie.

Kapitel 24

Im Krankenhaus

Alexa öffnete ihre Augen. Soeben war sie aus einem Kreidekreis gehüpft; und nun fand sie sich in einem Bett wieder. Sie blickte auf die für Krankenhausbetten typische Vorrichtung zum Aufrichten, an deren unterem Ende ein Plastikdreieck hängt. Alexa fragte sich, wo sie nun gelandet war? Entweder war es eine gut gemachte Täuschung von irgendjemand *da drin* oder sie lag tatsächlich in einem Krankenhaus; so wie es Mark ihr berichtet hatte.

Alexa wollte sich aufsetzen, doch auch mit größter Mühe schaffte sie es zunächst nur den Kopf zu heben. Sie flüsterte mit kaum vernehmbarer Stimme: »Oh je, bin ich fertig.« In einem zweiten Versuch und mit einer ihr fast übermenschlich erscheinenden Kraftanstrengung, schaffte sie es nun, sich aufzurichten; allerdings nur unter zur Hilfenahme des dreieckigen Griffs. Alexa hatte mal gehört, dass diese Vorrichtung *Bettgalgen* genannt wurde. Ohne sich weiter über diese makabere Bezeichnung Gedanken zu machen, schaute sie sich um. Ihre Augen taten weh. Dessen ungeachtet, entdeckte sie die seitlich am Bett angebrachte Ruftaste.

Nur wenige Augenblicke später kam ein junger Mann im weißen Kittel in Alexas Zimmer gestürmt: »Frau Rose! Sie sind ja...« Dann eilte er zu den Apparaten, die hinter Alexas Bett standen und betätigte rasch ein paar Knöpfe. Alexa folgte seinem Treiben interessiert und sprach dann mit leiser Stimme: »Hab … Durst.« Der Mann drehte sich zu ihr um. Mit freudigem Gesichtsausdruck und glänzenden Augen, sagte er: »Das glaube ich ihnen gerne. Einen Moment, ich werde ihnen etwas geben.« Er holte aus dem Nachttisch eine Flasche Wasser und füllte etwas davon in ein Glas; es sprudelte nicht. Er führte es Alexa an den Mund und ließ sie langsam davon trinken, dabei stütze er ihren Kopf mit seiner Hand. Alexa kam sich wirklich krank vor. Was ihrer Ansicht nach durchaus ein gutes Zeichen war. So mies fühlte man sich nur in der realen Welt.

»Ich möchte gerne Tüte … also Jens Heim sprechen. Bitte«, hauchte Alexa dem Arzt zu, der sie gerade untersuchte. »Und meine Eltern. Aber erst Jens. Bitte. Wir nennen ihn Tüte, wissen sie?!« »Ich kenne den Herrn Heim. Wir … also wir haben, wie soll ich es ausdrücken? Wir haben nicht so gute Erfahrungen mit ihm gemacht. Er hat eigentlich … wie soll man es nennen? Ähm, so eine Art Hausverbot.« Alexa musste lächeln. »Das scheint sie zu amüsieren?!« »Ja, schon. Und was machen wir da? Muss ich ihn nun auf der Straße treffen?« »Nein, nein, Frau Rose. Ich kann ihn schon wieder hereinlassen.« Der Arzt lächelte und zwinkerte Alexa dabei zu. »Aber trotzdem werden sie wahrscheinlich vorher auf ihre Eltern treffen, die sind nämlich schon unterwegs hierher.« »Tüte ist das bestimmt auch schon. Er weiß, dass ich wieder wach bin.« »Wie soll er das wissen?« »Er hat mir den Trick verraten, wie ich wieder da raus komme.« Diesmal zwinkerte Alexa dem Arzt zu. Der seinerseits lediglich leicht mit den Kopf wippte und dabei Alexa wie eine Person anschaute, der man jetzt auf keinen Fall sagen möchte, dass man sie für übergeschnappt hält. Innerlich belustig, vernahm Alexa ein Klopfen. Mit viel zu leiser Stimme rief Alexa: »Herein!« Der Arzt wiederholte es lauter. Woraufhin Tüte, Steffen und Pat eintraten. Den Jungs stand die Erleichterung merklich ins Gesicht geschrieben. Statt auf Alexa loszustürmen, blickten sie fragend den Arzt an. Alexa lächelte und schaute zu dem Arzt neben sich. »Sehen sie? Wir sind doch sicher fürs Erste fertig, oder?!« Der Arzt schaute einmal hin und her, dann nickte er und verordnete: »Nur 5 Minuten.« Er schaute im Hinausgehen Tüte in die Augen und fügte hinzu: »Dann sind sie hier wieder raus. Sie darf sich nicht überanstrengen. Verstanden?!« Alle nickten; dann waren die vier Freunde allein.

»Wir haben nicht viel Zeit«, sagte Tüte, während er auf Alexa zustürzte und sie umarmte. Die andern beiden taten es ihm gleich. »Pat. Wie geht es dir?« »Bin schon fast wieder der Alte. Bleibt wohl nix zurück. Bin kaum zwei Wochen, nachdem du ins Koma gefallen bist, wieder aufgewacht. Und in den letzten zwei Monaten hab ich mich wieder ganz gut erholt.« »Hammer! Ich war so lange weg?!« »Fast elf Wochen«, bestätigte Steffen. »Das ist verdammt lang. Wie geht es euch? Ist was passiert? Wisst ihr was von Max?« Tüte ergriff das Wort: »Uns geht es gut. Und dein Bruder ist auch wohlbehalten wieder nach Hause zurückgekehrt. Als du ins Koma gefallen bist, haben deine Eltern ihn wieder herkommen lassen. Wir konnten sie dann überreden, dass sie ihn nicht mehr dorthin zurückfahren lassen. Das war recht einfach, denn scheinbar war ihnen das sowieso lieber so.« Alexa fiel ein Stein vom Herzen. »Und seid ihr noch irgendwie bei dem iuuq weitergekommen?« Tüte nickte: »Schon. Da gibt es ein paar interessante Erkenntnisse. Aber davon möchte ich dir gerne berichten, wenn wir etwas mehr Zeit haben. Nur soviel, EP hat den Verdacht, dass dein Freund…« Alexa unterbrach Tüte und vervollständigte dessen Satz: »Mark irgendeine Rolle in dem Ganzen spielt.« Tüte nickte und fragte daraufhin: »Du weißt da scheinbar mehr als wir?« »Mag sein. Mark hat mich da drin mal *besucht*. Und sehr erfreulich war das nicht gerade. Auch wenn ich mich, noch vor nicht all zu langer Zeit, über seine Liebeserklärung gefreut hätte.« Tütes Blick wurde fragend: »Liebeserklärung?! Okay, noch was, worüber wir später sprechen sollten. Steffen, hast du das Teil?« Steffen kramte in seiner Tasche und zog etwas heraus, dass Alexa an einen Eishockey-Puck erinnerte. Er ging an das Kopfende des Bettes und kniete nieder. Dann griff er unter einen der hinter dem Bett stehenden Apparate und befestigte den Puck mit dem leichten *Klack*-Geräusch einer Magnetverbindung. »Die Box enthält einen Störsender. So wird verhindert, dass man dich noch mal gegen deinen Willen ins iuuq locken kann.« Steffen klopfte auf einen der Apparate. »Das Teil hier…« In diesem Moment wurde die Tür des Krankenzimmers aufgerissen und Alexas Mutter stürmte herein. »Mein Kind!« Mehr konnte sie nicht sagen, denn alles was da noch hätte folgen können, wurde von einer Flut an Freudentränen erstickt. Ein paar Schritte hinter Alexas Mutter kamen auch ihr Vater und Bruder durch die Tür herein. Den beiden war die Erleichterung ebenfalls ins Gesicht geschrieben.

Dass sich ihre drei Freunde aus dem Zimmer verzogen, bekam Alexa im familiären Freudentaumel kaum mit. Sie hatte zwar noch irgendetwas von *Kaffee trinken gehen* gehört, aber dann waren ihre drei Freunde auch schon aus dem Zimmer raus.

Kapitel 25

Golf

Der kleine weiße Ball sauste durch die Luft. Die vier Männer schauten ihm gespannt hinterher. Dazu schirmten sie ihre Augen mit den Händen gegen die hoch stehende Sonne ab. Der Himmel war strahlend blau. Zufrieden reichte Frank Cobbler seinem Caddy den Schläger. Ohne ein Wort zu sagen, setzte sich die kleine Gruppe in Richtung des Greens in Bewegung. Sie waren die einzigen Menschen auf dem von gesundem Grün nur so strotzenden Golfplatz. Die Spielbahnen waren harmonisch in Seen, Gräben, Sand-Bunker und kleine Wäldchen eingebettet. Vögel zwitscherten. Der Wind untermalte die Idylle mit einer ganz leichten Brise. Gerade stark genug, um für einen angenehmen Luftaustausch zu sorgen, ohne aber das Spiel der beiden Männer in irgendeiner Form zu beeinträchtigen.

Auf halber Strecke zum Green schob sich bei Cobbler die ihm so vertraute Melodie ins Bewusstsein. Er verharrte kurz, blickte zu seinem Caddy hinüber und zeigte demonstrativ auf ihn. Daraufhin begann dieser sich zu verwandeln. Nach einem sicherlich nicht notwendigen, aber wegen seines optischen Effekts doch sehr beindruckenden Morphing-Vorgangs, war aus einem anonymen Caddy, der *Caddy Braun* geworden. Cobblers Mundwinkel umspielte ein leichtes Lächeln, welches eine gewisse Genugtuung offenbarte.

»Braun! Da sind sie ja endlich. Steht ihnen gut ... dieses Outfit. Gibt ihnen eine leicht unterwürfige Note. Was wollen sie? Ist alles in Ordnung?« Nachdem Braun zunächst leicht verwirrt an sich herabgeschaut hatte, blickte er nun zu Cobbler auf und antwortete kleinlaut: »Ja, im Prinzip schon. Aber...« »Aber was?« Cobblers Augen funkelten Braun zornig an. »Haben sie wieder was verbockt? Ist mal wieder ein wichtiges Forschungsobjekt abhanden gekommen? Oder haben sie mal wieder eigenwillig einen Studenten verschleppt und manipuliert? Nicht zu vergessen: Den völlig falschen!« Braun schüttelte den Kopf. »Ach, hören sie doch bitte damit auf! Ich habe mich doch wirklich oft genug entschuldigt. Aber ich konnte doch wirklich nicht ahnen, dass *sie* den Jungen noch in der gleichen Nacht haben manipulieren lassen, und als wir ihn dann unsererseits manipulieren lassen wollten, schon nach England geholt hatten. Auch konnte ich nicht wissen, dass inzwischen ein anderer bei ihm eingezogen war. Meine Leute haben nun wirklich nicht...« »Sie hätten aber müssen! Seit dem Vorfall waren Monate vergangen. Da sichert man sich doch vorher ab!«, fiel Cobbler Braun ins Wort. »Egal. Darüber unterhalten wir uns, wenn wir wieder alles ins Lot gebracht haben. Was gibt es nun?« Braun streckte den Rücken etwas durch und berichtete: »Wir haben herausgefunden, dass es in Gießen noch eine Person gibt, die Zugang zum iuuq hat. Es handelt sich dabei um eine Frau namens Alexa Rose. Sie ist mit dem von ihnen manipulierten Patrick Müller und dem von uns manipulierten Jens Heim befreundet.« Braun berichtete von Alexas und Pats Koma und von Max, der bis vor kurzem in ihrem Internat auf Langeland gewesen war. »Dort hatte sie ihren Bruder persönlich abgeliefert. Nur ein paar Tage bevor sie später ins Koma fiel. Wir vermuten, dass sie dort manipuliert wurde. Aber wir wissen noch nicht von wem und warum? Aber es muss in der gleichen Nacht passiert sein, in der wir dort auch ihren Kumpel Jens bearbeitet hatten. Der hört übrigens auf den seltsamen Spitznamen *Tüte*.« Braun lachte, weil er dieses Detail wohl amüsant fand. Der versteinerte Gesichtsausdruck Cobblers lies Brauns Lachen jedoch rasch wieder verfliegen und er fuhr zügig mit seinem Bericht fort: »Wir vermuten, dass alle drei zu jemandem im oder über das iuuq Kontakt hatten. Wir konnten die Fähigkeiten der beiden Komatösen etwas beobachten. Die Frau hat einen erstaunlich intuitiven Zugang zur Steuerung des iuuq, darum haben wir sie nach unseren internen Sicherheitskriterien als *riskant* eingestuft. Auch wenn dieser Tüte nach unseren Beobachtungen der Antreiber der drei … beziehungsweise der vier Freunde ist.« »Der Vier?«, hakte Cobbler nach. »Ja, da ist noch einer namens Steffen Stillich. Doch bei dem gibt es noch keine Anzeichen für eine Manipulation.« Cobbler hatte sich Brauns Bericht in aller Ruhe auf dem Weg zum Green angehört. Sein Golfball hatte es, ebenso wie der seines Mitspielers, in die Nähe des Ziels geschafft. Cobbler kniete sich hinter den Ball, erwog seinen nächsten Schlag und ließ sich von seinem neuen Caddy einen Putter reichen. Sein Kontrahent puttete jedoch als Erster und verfehlte das Loch knapp. Zufrieden grinsend ging Cobbler zu seinem Ball. Nach ein paar weiteren einschätzenden Blicken und einigen Probeschlägen in die Luft, lochte Cobbler ein. Dieses Erfolgserlebnis quittierte er mit einem leisen *Yes* und wandte sich dann wieder Braun zu;

der seinerseits gerade den Putter im Golfbag zu verstauen hatte. Den Blick auf seinen Kontrahenten gerichtet, der nun ein weiteres Mal Maß nahm, sagte Cobbler in ruhigem Tonfall zu Braun: »Wer steckt nun hinter der ganzen Scheiße? Ach! Sagen sie nichts. Ich weiß, dass sie es nicht wissen. Ich gebe ihnen noch genau eine Woche. Bis dahin haben sie alles über die Hintergründe herausgefunden. Und damit meine ich, dass ich Namen hören will! Wenn sie dann aber nichts Handfestes zu bieten haben, dann müssen wir zu drastischeren Mitteln greifen.« Braun schaute Cobbler eindringlich an, der seinerseits Braun anlächelte: »Ich sehe schon, sie wissen was ich meine. Aber sehen sie zu, dass es wie ein Unfall aussieht. Und damit meine ich sie alle … auch den ohne Zugang. Und die Frau gerne zuerst. Verstanden?« Braun nickte und murmelte leise: »Wie ein Unfall.«

Kapitel 26

Die Heimkehr

Alexa atmete tief ein und untermalte das darauf folgende Ausatmen mit einem kleinen Stossseufzer. »Tut gut, mal wieder in Freiheit an der frischen Luft zu sein, nicht wahr?«, fragte Tüte Alexa, die neben ihm über den Gehweg schlenderte. »Ja, wurde auch Zeit, dass ich da wieder rauskomme.« Die Ärzte hatten sich nach nur einer weiteren Woche Klinikaufenthalt dazu überreden lassen, Alexa frühzeitig zu entlassen. Was sie ihrer guten Konstitution zu verdanken hatte; sowie einer Mischung aus stetigem Nachfragen und wohlplatziertem Augenklimpern. Obendrein hatten sie ihr, statt einer stationären Reha, lediglich tägliche Sitzungen bei unterschiedlichen Therapeuten verordnet. Auch gingen die Ärzte davon aus, dass Alexa keine bleibenden Schäden zurückbehalten würde. Was vor allem bei ihrer Mutter zu einer tränen- und wortreichen Bekundung ihrer Erleichterung geführt hatte. Doch weder gute Worte, noch die ansonsten ein jedes Herz erweichenden Tränen ihrer Mutter, konnten Alexa dazu überreden, wieder zu ihren Eltern zu ziehen. Sie wollte so schnell wie möglich in ihre WG zurück; in ihr eigenes Bett und zu ihren eigenen Sachen.

Tüte trug Alexas Gepäck. So neben ihm zu seiner Ente laufend, bedauerte sie sehr, dass sie in diesem Jahr den Sommer weitestgehend verpasst hatte. Sie hoffte, als kleine Wiedergutmachung, wenigstens einen nicht zu stürmischen

Herbst zu erleben. Und dies nicht nur im meteorologischen Sinn. Sie wollte nie wieder etwas mit dem iuuq zu tun haben und überlegte schon seit Tagen, wie sie dies den Jungs am besten beibringen könnte; vor allem Tüte. Schlussendlich hatte sie sich in der letzten Nacht für eine offensive Taktik entschieden. Wer konnte es ihr schon verdenken, dass sie nach diesen Erlebnissen nicht noch mal ein Risiko eingehen wollte? Alexa kramte gerade all ihren Mut zusammen, wollte Tüte schonungslos ihren Entschluss mitteilen, da polterte dieser los: »Mark ist verschwunden.« Wie vom Donner gerührt, blieb Alexa stehen. Sie war fassungslos. Tüte packte jedoch ihren Arm und zog sie unauffällig mit sich. »Komm weiter. Wir gehen davon aus, dass wir beobachtet werden. Also keine verdächtigen Aktionen, okay?! Ich hab extra etwas weiter weg geparkt, damit wir uns hier draußen unterhalten können.« Alexa fühlte sich, als ob ihre Seele ein Leck hätte, als ob sie in einem Hamsterrad gefangen wäre und so ihre ganze Lebensenergie aufgebraucht würde. »Woher ... wisst ihr?« »Wir haben EP von deinem iuuq-Erlebnis mit Mark berichtet. Er hat daraufhin versucht, ein paar Sachen über ihn herauszufinden. EP sagt, dass es tatsächlich eine Gruppe von ehemaligen Gablin-Schülern gibt, die irgendwas mit dem iuuq vorzuhaben scheinen. Er vermutet, sie planen in irgendeiner Weise Profit mit dem iuuq zu machen. Ob Mark aber wirklich was mit denen zu tun hat, ist nicht klar. Das Problem ist, die Betreiber...« »Die Gründer?«, warf Alexa fragend ein. »So könnte man sie wohl auch nennen. Hat Mark sie da drin so genannt?« Alexa nickte und Tüte fuhr fort: »Also, die *Gründer* haben das iuuq eigentlich komplett im Griff. Und...« Alexa unterbrach Tüte ein weiteres Mal: »Gehört EP zu den Gründern?« Tüte lachte kurz auf: »Nein, nein. EP hat das iuuq zwar mitentwickelt, ist aber ein ehemaliger Hacker. Es war wohl zunächst nur ein Job. Er hat dann aber wohl wegen der Sache mit den Kindern Skrupel bekommen und ist ausgestiegen. Doch so etwas sehen die Betreiber des iuuq wohl nicht gerne.« »Welche Sache, mit welchen Kindern?«, fragte Alexa. »Ach herrje, stimmt ja. Die Story kennst du noch gar nicht. Können wir das auf später verschieben? Bevor wir am Auto sind, möchte ich noch ein paar Sachen mit dir besprechen. Okay?!« Alexa nickte unwillig. »Gut. Wo waren wir? Genau: Mark. Er ist weg. Steffen und Pat sind vorgestern nach Hamburg gefahren und wollten ihn mal zur Rede stellen. Doch weder dort, noch im iuuq war er bisher aufzufinden; auch nicht für EP. Er ist in beiden Welten verschwunden. Wir hoffen, dass er nicht auf dem Weg hierher ist.« Tüte schaute Alexa tief in die Augen und fügte hinzu: »Auf dem Weg zu dir ist.« Alexa hatte einen Kloß im Hals. Was sollte sie noch alles mitmachen müssen? Tüte setzte sein Ausführungen unbeirrt fort: »Ich hab schon mit Lars gesprochen. Da sich Sille für ein Jahr nach Indien aufgemacht hat, ist in deiner WG mal wieder ein Zimmer frei. Ich bin schon vor ein paar Tagen wieder eingezogen. Wir werden dort gemeinsam auf einander aufpassen. Derzeitig sind Steffen und Pat auf dem Rückweg aus Hamburg. Wir haben übrigens bei deinen Sachen den Umschlag gefunden, den dir EP in London mit den Flugtickets hat übergeben lassen. Da waren fette 10.000 Euro drin.« Alexa wurde noch ein bisschen blasser, als sie sowieso schon war. Sie blieb nun abermals stehen und fragte ungläubig: »Wie viel?« »Komm weiter! Du hast richtig gehört:

Zehntausend. Das meiste ist noch da, aber wir haben ein paar Bauteile davon gekauft und nach der Anleitung von EP einige einfache Schutzapparaturen gebaut. Das heißt, wir müssten in der WG einigermaßen sicher sein. So etwas, wie mit deinem Koma, dürfte also nicht noch einmal passieren. Und den versteckten Koppler, den wir in der Wohnung gefunden haben, haben wir umgepolt. Die ihn eingeschleust haben, dürften also noch eine Zeit lang denken, dass er einwandfrei funktioniert.«

Alexa kam sich hilflos vor. Sie hatte das Gefühl mit einem Geheimdienst-Agenten zu sprechen und nicht mit ihrem alten Kumpel Tüte. Der Tüte, der ihr diese ganzen Sachen offenbarte, war erwachsen geworden. Auf der einen Seite irritierte sie dies sehr. Doch andererseits fand sie irgendwie auch, dass Tüte diese Wandlung gut zu Gesicht stand. Sie überkam mit einem Mal ein Gefühl von Geborgenheit. Diesem Mann konnte sie sich anvertrauen. Er würde sie beschützen und die Dinge irgendwie regeln. Das schlechte Gewissen, dass sie ihrem Freund vor ihrem Koma sogar misstraut hatte, schob sie kurzerhand zur Seite. »Da vorne steht mein Auto. Darum jetzt noch eins: Wir haben noch keine zuverlässigen mobilen Schutzapparaturen. Das heißt, im Auto dürfen wir auf keinen Fall weiter über dieses iuuq oder ähnliches reden. Lass uns über Politik reden. Ich hab da etwas vorbereitet: einen kurzen Abriss über die aktuellen politischen Debatten.« Nun waren sie endlich am Auto angekommen. Als er ihre Sporttasche auf die Rücksitzbank seiner Ente schob, zwinkerte Tüte Alexa zu.

In ihrer WG angekommen, legte sich Alexa erst einmal erschöpft hin. Auch wenn sie dies mit einem sehr mulmigen Gefühl tat. Schließlich wachte sie beim letzten Mal als sie dies tat für fast drei Monate nicht mehr auf. Aber Tüte versicherte ihr mehrfach, dass sie hier sicher sei und dass er sie auch gewiss in einer Stunde wecken würde; pünktlich zum Mittagessen. Ihre Mitbewohner waren dermaßen um sie bemüht, dass sie für die ersten Tage sogar extra einen Kochplan aufgestellt hatten. Alexas Mutter hatte wohl mehrfach angerufen und so ziemlich jeden von ihren Mitbewohnern auf Linie gebracht.

Alexa schreckte orientierungslos auf. Doch schon nach wenigen Augenblicken beruhigte sie sich wieder. Sie war in ihrem Zimmer und was sie geweckt hatte, war ein Klopfen an der Tür. »Ja?«, rief Alexa. Tütes Stimme hinter der Tür fragte: »Bist du wach? Kann ich reinkommen?« »Ja, komm rein.« Die Tür öffnete sich und Tüte spähte um die Ecke. »Essen?« »Ja, gerne. Ich möchte nur noch mal schnell ins Bad. Was gibt es denn?« »Spaghetti mit Grünkern-Bolognese mit lecker Parmesan und Salat.« »Hmm … das hört sich toll an. Ich komme sofort.« Tüte ging, ohne aber die Tür wieder zu schließen. Alexa stand auf, zog sich schnell ein paar Jeans an und einen Pullover über. Dann ging sie ins Bad. Dort angekommen, ging sie auf Toilette, wusch sich ihre Hände und das Gesicht. Dann schaute sie sich lange im Spiegel an. Sie war dünner geworden. Aber sie fand, dass ihr das eigentlich ganz gut stand. Auch fühlte sie sich schon wieder viel besser in Form als noch vor ein paar Tagen. Wieder im Flur, hatte Alexa aus der Küche den Duft von Bolognese-Soße in die Nase bekommen. Dabei merkte sie, dass sie ziemlich hungrig war. Doch verharrte sie dort einen Moment. War das alles wirklich geschehen? So, wie sie sich da schlaftrunken vor dem Garderoben-Spiegel stehen sah, so hätten die Ereignisse der vergangenen Wochen auch gut und gerne die Erinnerung an einen alten Kinofilm oder einen besonders abgedrehten Traum sein können. Sie atmete tief ein und schenkte sich ein Lächeln. Dann ging sie in die Küche.

Nach dem Essen gab es für alle noch einen Espresso, dann gingen Tüte und Alexa in sein von Sille übernommenes WG-Zimmer. Alexa bedauerte es sehr, dass Sille nun ausgezogen war. Nach anfänglicher Skepsis, hatten sie sich durchaus etwas angefreundet, was Alexa zu großen Teilen auch ihrer gemeinsamen Vorliebe für Silles Kater *Valentino* zuschrieb, der sie oft in ihrem Zimmer besucht hatte.

»Willst du die Füße ein bisschen hochlegen?«, fragte Tüte, als sie gerade die Tür hinter ihnen geschlossen hatte. »Nein, danke. Ich hau mich da in den Sesseln, wenn du nichts dagegen hast.« »Quatsch! Was sollte ich dagegen haben?«, antwortete er, ohne dabei von seiner Hifi-Anlage aufzuschauen, an der er sich gerade zu schaffen machte. Bereits den ersten Tönen von Supertramps *School* lauschend, machte Alexa es sich in dem großen Sessel gemütlich. Tüte hatte diesen von Sille übernommen, wie auch Schreibtisch, Schrank und Bett, sowie ein paar weitere Kleinigkeiten. Alexa war das ganz recht so, denn sie mochte den Sesseln schon immer. Sie erinnerte sich gerne an den einen oder anderen verquasselten Abend mit Sille und dem schnurrenden Valentino. Dabei hatte sie stets Stunde um Stunde in diesem wuchtigen Möbelstück verbracht. In Gedanken den Erinnerungen an Sille nachhängend, streichelte Alexa über eine der breiten Armlehnen des Sessels, als sich ein Erinnerungsfetzen in ihre Gedanken schob. Sie kannte diesen Sessel noch irgendwo her. Plötzlich sprang Alexa wie mit einem Katapult aus dem Sessel geschossen auf; wobei ihr ein kurzer, aber äußerst schriller Schreckensschrei entfuhr. Sie stürzte förmlich in Tütes Arme, ohne dabei jedoch den Blick vom Sessel zu nehmen. »Was … was ist los?« »Der Sessel…« »Was ist mit dem Sessel?« »Ich kenne ihn!« Tüte streichelte Alexa behutsam über den Arm. »Natürlich kennst du ihn. Den hab ich doch von Sille.« »Nein, also ja. Aber ich kenne ihn aus meiner Zeit im Koma. Da hab ich mir einen Ort geschaffen, in dem ich mich sicher fühlen konnte. Und dort hab ich genau diesen Sessel erzeugt.« »Aber dann ist das doch ein guter Sessel, oder nicht?« Als Alexa Tüte gerade antworten wollte, wurde die Zimmertür aufgerissen. Lars stand in der Tür und Ralf kam auch gerade aus seinem Zimmer heraus. »Alles in Ordnung?«, fragte Lars mit groß aufgerissenen Augen. Alexa löste sich sanft aus Tütes Umarmung und versuchte Lars anzulächeln. »Ja, danke. Ich bin nur noch ein bisschen schreckhaft.« Lars und Ralf gaben sich mit dieser Erklärung zufrieden und gingen in ihre Zimmer zurück. Alexa wand sich erneut dem Sessel zu, umrundete ihn einmal und setzte sich dann behutsam wieder hinein. Als sie saß, seufzte sie erleichtert. Ja, dachte sie: Das ist ein guter Sessel … *ein guter Platz*.

»Wie fühlst du dich? Können wir noch ein paar Takte über das iuuq reden?«, fragte Tüte Alexa. Er hatte sie zunächst ein paar Minuten einfach nur im Sessel sitzen lassen. »Ja, sicher. Was mich vor allem interessieren würde, du sagtest was von…« Doch bevor Alexa weiterreden konnte, hörte sie die Türklingel schellen. »Vergiss deine Frage nicht, aber das könnten die Jungs sein.«

Tüte hatte recht. Es waren Pat und Steffen, die direkt von ihrem Weg zurück aus Hamburg, zu ihnen in die WG gekommen waren. Herzlich, und mit einer noch vor wenigen Wochen so nicht denkbaren Ernsthaftigkeit, begrüßten sich die vier Freunde. In der Küche begann Tüte die Reste vom Mittagessen für seine ausgehungerten und von der Reise erschöpften Kumpels aufzuwärmen. Alexa steuerte schnurstracks auf das dort laufende Radio zu und drehte Nena und ihren *99 Luftballons* unsanft den Strom ab. »Was habt ihr über Mark herausgefunden?«, platze es förmlich aus ihr heraus. Steffen und Pat schauten sich kurz an, dann antwortete Steffen mit den Schultern zuckend: »Erst einmal, dass keiner weiß, wo er ist. Wir konnten mit ein paar seiner Freunde sprechen, aber die erzählten uns immer nur dasselbe: Erst hat er sich immer mehr abgekapselt und dann war er irgendwann ganz weg.« Und Pat fügte hinzu: »Wir haben nicht weiter rumfragen wollen, da die Polizei schon eingeschaltet ist, und verdächtig machen wollten wir uns auch nicht.« »Schon klar. Aber wenn er nun auf dem Weg hierher ist, was dann? Bei dem Gedanken wird mir ganz anders. Das ist doch nicht mehr mein Mark! Der hat mich … das war … voll psychomäßig, was der da drin abgezogen hat. Scheiße! Mir ist ganz und gar nicht wohl bei dem Gedanken, dass der irgendwo da draußen ist und vielleicht jederzeit hier auftauchen könnte.« Alexa war kurz davor zu weinen. Pat legte seinen Arm um sie und versuchte, sie so ein wenig zu trösten. Damit hatte er mit traumwandlerischen Sicherheit den Auslöser für die ganz dicken Tränen getroffen. Steffen reichte ihr ein Taschentuch, doch insgesamt merkte man den drei jungen Männern an, dass auch sie relativ ratlos waren. »Mir fällt nichts anderes ein, als EP noch mal um Rat zu fragen«, warf Tüte nach ein paar Minuten des Schweigens ein. Steffen und Pat nickten und Alexa schnäuzte kräftig in das Taschentuch.

Kapitel 27

Oppenweiler

Alexa konnte nicht mit Bestimmtheit sagen, ob ihre Mutter angeklopft hatte. Sie war mit einer Brötchentüte in der Hand, in ihr Zimmer gestürmt und saß nun mit sorgenvoller Miene auf der Bettkante. Doch schon nach wenigen Minuten war auch Alexas Mutter klar geworden, dass es ihrer Tochter gut ging. Alexa versuchte in den Redeschwall ihrer Mutter einzubrechen, um ihr vorzuschlagen, dass sie sich gerne um die wundervoll duftenden Brötchen kümmern würde, die ihre Mutter so verkrampft in der Hand hielt.

Während Alexa frühstückte, erzählte ihre Mutter weiterhin ausgiebig. Wie es Alexa von früher kannte, berichtete sie nun von allerhand Dingen, die für jeden Menschen, der nicht Alexas Mutter war, absolute Nichtigkeiten darstellten. So plante ein befreundetes Paar, einen Wintergarten zu bauen und Alexas Mutter machte sich Sorgen, dass die Scheiben im oberen Bereich eines Wintergartens doch nur so schlecht zu reinigen wären. Auch war ihr Frisör in Rente gegangen und sie musste sich mit einer *jungen Göre* darüber streiten, ob ihre Frisur schon seit Jahren *Out* wäre oder nicht. Während Alexa diese kleinen Alltagskatastrophen früher sehr oft genervt hatten, und sie sie nur zur Wahrung des Familienfriedens über sich ergehen lassen hatte, genoss sie sie in diesem Moment sehr. Am liebsten hätte sie ihre Mutter einfach mal umarmt. Sie haderte noch mit sich, da sie dies von sich aus schon Jahre nicht mehr gemacht hatte. Doch da verstummte ihre Mutter unvermittelt. Es waren nur ein paar wenige Augenblicke, doch Alexa war schnell klar, dass sich in ihrer Mutter etwas angestaut hatte, das sie gerne loswerden würde. Alexa legte das Brötchen zurück auf den Teller, welches sie sich gerade genussvoll einverleiben wollte und legte ihre Hand auf die ihrer Mutter. Sofort flossen die ersten Tränen. Nun stand Alexa auf und nahm ihre Mutter behutsam in den Arm. »Ach, Kind«, schniefte Alexas Mutter: »Ich mach mir Sorgen um den Bub.« Alexa wurde sofort hellwach. »Was ist mit Max? Geht es ihm nicht gut?« »Doch, doch! Also so nach außen hin schon. Aber er hat sich verändert.« Alexa versuchte sie zu beruhigen: »Natürlich verändert er sich. Er ist voll in der Pubertät und war zudem einige Zeit auf einem Spießer-Internat im Ausland, wo er sich auch noch sehr wohl gefühlt hat. Nun wieder hier zu sein, ist nicht einfach für ihn.« »Das weiß ich doch alles. Aber…« Alexas Mutter hatte ihr Stofftaschentuch aus ihrer Tasche gekramt und schniefte nun herzhaft hinein. »Aber irgendwas stimmt nicht mit ihm. Ich merke so was. Er ist doch mein Sohn!« »Was meinst du denn? Kannst du es beschreiben?« »Er ist gar nicht mehr so altklug wie früher. Er hat seine Neugierde verloren. Stattdessen rennt er fast jeden Tag in die Kirche. Oft ist er abwesend, aber nicht, weil er liest oder grübelt. Er ist dann so…« Alexas Mutter schien nach einem bestimmten Wort zu suchen und Alexa ergänzte ihren Satz: »Lethargisch?« Alexas Mutter schaute ihr tief in die Augen und sagte nur: »Ja. Ich glaube, so heißt das: lethargisch.«

Nachdem Alexa ihre Mutter mit ein paar Floskeln etwas beruhigt hatte und diese dann *auch mal nach Hause musste*, da *unsere Männer* doch was zu essen bräuchten, ging Alexa eilig zu Tüte. Der saß in seinem Zimmer am Rechner und recherchierte im Internet. Ohne weiter von der geöffneten Webseite aufzuschauen, fragte er Alexa, die derweil in *ihrem Sessel* Platz nahm: »Is' deine Mutter gegangen?« »Ja, es sind noch ein paar Brötchen da. Kannst sie haben.« »Super, ich bekomm auch langsam Hunger.« »Du … Tüte?« Offensichtlich bemerkte er den besorgten Tonfall seiner Mitbewohnerin und klappte den Deckel seines Notebooks zu. »Ja … Alexa?!« »Als du mich abgeholt hast, da hast du was von einer *Sache mit den Kindern* erwähnt. Was meintest du damit?« »Ach ja, seltsam. Ich habe noch nicht mit EP drüber sprechen können, aber ich habe meine Online-Recherchen ein wenig auf Sachen ausgerichtet, bei denen es eine Verbindung von der Außenwelt mit dem iuuq geben könnte. Dabei ist mir eine komische Meldung auf einer dänischen Regional-Zeitung aufgefallen. So weit ich mir das habe übersetzen können, wurde da von zwei Jungs berichtet, die unweit von diesem Internat auf Langeland, in einer Kirche aufgefunden wurden. Sie wirkten orientierungslos und…« Alexa vollendete Tütes Satz: »… lethargisch.« »Ganz genau. Woher weißt du?« »Meine Mutter hat mir eben von Max' Veränderungen berichtet. Sie meinte auch, dass er nun oft in die Kirche geht und lethargisch geworden wäre. Und wenn ich es mir recht überlege, dann waren das die Kinder in dem Internat vielleicht alle ein wenig. Ich habe damals gedacht, dass das alles so besonders Schlaue sind und einfach nicht so albern wie *normale* Kinder. Aber irgendwie schienen sie alle etwas anders … zu funktionieren.« »Da stimmt doch was ganz gewaltig nicht. Irgendwie passt das auch zu dem, was du über Pat erzählt hast. Auch den hast du lethargisch und völlig neben sich in einer Kirche gefunden.« »Aber warum passiert uns das nicht?« Tüte sah Alexa nachdenklich in die Augen und sagte dann: »Da ist was ziemlich faul an der Sache mit dem iuuq. Nur was?« »Das müssen wir herausfinden! Kannst du ermitteln, wo es noch überall solche Internate gibt und deine Recherchen auf diese Orte ausweiten?« Tüte nickte. »Okay, dann fang am besten gleich mal mit dem Internat an, bei dem Max seine Aufnahmeprüfung gemacht hat. Das war irgendwo bei Stuttgart.« »Du wirst lachen, aber ich habe da schon mal in diese Richtung recherchiert. War das Internat in einem Ort namens Oppenweiler?« »Ja … Oppenweiler. Das kann gut sein. Ein kleines Land-Internat nur ein paar Kilometer von Stuttgart entfernt.« »Darauf werde ich jetzt mal ganz besonders achten. Aber erst lässt du mich mal was essen. Der Duft von frischen Brötchen liegt zu verlockend in der Wohnung.«

Kapitel 28

Bei ihren Eltern schien niemand zu Hause zu sein. Alexa drückte auf ihrem Handy rum, legte es neben sich auf die Fensterbank und drehte per Fernbedienung Katzenjammers *Demon Kitty Rag* wieder lauter. Aus ihrem Fenster konnte sie direkt auf den Grünstreifen schauen, der das Flüsschen Wieseck säumte. Jetzt im Herbst verwandelten die bunten Blätter der Bäume auch hier vor ihrem Fenster die Welt in ein wunderbares Farbenmeer. Blätter trieben die Wieseck hinab und ein paar Amseln sprangen in den Bäumen umher. Alexa liebte diesen Ausblick. Schaute sie etwas nach links, sah sie mitten in der Stadt Bäume, Sträucher und viel Natur. Schaute sie nach rechts, konnte sie die Menschen und Fahrzeuge beobachten, die über die kleine, direkt neben ihrem Haus gelegene Wieseck-Brücke liefen oder fuhren. Wie überall in Gießen waren auch hier die unterschiedlichsten Typen zu sehen. Jetzt zur Mittagszeit strömten vor allem Kinder von der nahgelegenen Schule in Richtung Innenstadt. Hin und wieder sah sie aber auch den einen oder anderen Anzugträger, der dann innerhalb der lebensfrohen Schar mehr als deplatziert wirkte. Auch fuhren viele Studierende auf ihren oftmals nicht mehr sehr verkehrstauglich wirkenden Fahrrädern über die Brücke.

Jetzt gerade standen zwei ältere Frauen auf der Brücke und hielten ein Schwätzchen. Alexas Blick verfing sich an den beiden. Die eine Frau schien gerade vom Markt zu kommen, denn aus dem gut gefüllten Einkaufskorb in ihrer Hand, schaute einiges an

Obst und Gemüse heraus. Die Frauen lachten und gestikulierten viel. Alexa bemerkte, dass sie vom Anblick der beiden Damen richtig Appetit auf etwas Frisches bekommen hatte. Sie wollte sich gerade vom Treiben auf der Straße loseisen und sich in der Küche einen Apfel holen, da trat ein junger Mann auf die beiden Frauen zu. Neugierig verharrte Alexa nun doch noch einen Moment. Sie konnte den Mann nur von hinten sehen, doch wirkte er ein wenig verwahrlost und während die Frauen ganz gespannt zu ihm aufblickten, schien er ihnen etwas zu erläutern. Nach ein paar Sekunden nickte die eine Frau und griff in ihren Korb hinein. Sie holte einen Apfel heraus, den sie dem jungen Mann gab. Er sagte wohl noch etwas, wahrscheinlich bedankte er sich, woraufhin die beiden Frauen lächelten. Dann drehte der Mann sich um. Alexa stieß einen Schreckensschrei aus. Es war Mark! Alexa taumelte kurz, musste sich am Fensterbrett festhalten. Aus dem Augenwinkel sah sie aber noch, wie er die Straße hinunterging, die zwischen dem Grünstreifen der Wieseck und ihrem Haus verlief. Sie versuchte sich zusammenzureißen. Sie musste Mark so lange wie möglich beobachten. Nach ein paar Metern führte eine alte Treppe von der Straße zur Wieseck hinunter. Mark stieg sie hinab, woraufhin ihn Alexa nicht mehr sehen konnte. Sie schlussfolgerte, dass er unter der Brücke Unterschlupf suchen würde. Er belauerte sie! Alexa wurde schwindelig und sie lies sich an Ort und Stelle auf den Boden plumpsten.

»Und du bist dir ganz sicher?«, fragte Tüte. Er versuchte dabei offensichtlich gelassen und souverän zu wirken. Was ihm allerdings nicht gelang. »Wenn ich es dir doch sage! Er hockt da bestimmt noch unter der Brücke und mampft seinen Apfel.« »Soll ich nachsehen?« »Bist du verrückt, keine Ahnung wie der drauf ist!« »Dann müssen wir die Polizei rufen.« Alexa schüttelte den Kopf. »Nein, dass will ich auch nicht. Wo sind Pat und Steffen?« »Die kannst du abhaken. Die sind schon auf dem Weg Richtung Stuttgart, um sich das Internat da unten genauer anzusehen.« »Was? Warum weiß ich davon nichts?« Alexas Augen funkelten zornig. »Ich wollte es dir noch erzählen. Aber in den letzten Tagen, also seit dir deine Mutter das mit Max erzählt hat, da hattest du dir … da warst du … ach! Wir wollten dich einfach nicht aufregen.« »Na, danke! So neben der Spur bin ich doch wirklich nicht.« Alexa war nun sauer. »Jetzt reg dich nicht auf«, versuchte Tüte sie zu beschwichtigen und wechselte das Thema: »Was machen wir nun mit Mark?« »Ich weiß es doch auch nicht!« Alexa wollte sich nicht wieder beruhigen und setzte gerade an, um Tüte weiterhin zur Rede zu stellen, da bemerkte sie dieses typische Funkeln in seinen Augen. Er führte irgendetwas im Schilde. »Was ist los?« Tüte schaute sie triumphierend an: »Du sag mal? Kennt mich Mark eigentlich? Also ich meine: Ich kenne ihn nur von Fotos. Aber getroffen habe wir uns noch nie, oder?!« »Das kann schon sein. Warum ist das…« In Alexa kam ein Befürchtung auf: »Du willst doch nicht etwa alleine da runter gehen?« »Doch! Aber ich verkleide mich als Penner; der dort unter der Brücke sein Päuschen machen will. Vielleicht bekomm ich ja was raus.« Alexa wollte protestieren. Doch schnell wurde ihr klar, dass sie auch keine andere, keine bessere Idee hatte.

Da er, wie so oft, sowieso gerade ziemlich unrasiert umherlief, hatte sich Tüte binnen weniger Minuten in einen astreinen Stadtstreicher verwandelt. Die Klamotten hatte er aus seinem Wäschesack gefischt, so dass sie auch wirklich authentisch rochen. Mit seiner alten Mütze und seinem verschlissenen Parka bekleidet, machte er sich auf den Weg. An der Wohnungstür blieb er jedoch noch mal kurz stehen. Alexa fragte sich schon, ob er sich die Sache noch mal anders überlegt hatte? Doch statt sich zu erklären, marschierte er nochmals zielsicher auf sein Zimmer zu. Alexa ging hinterher. Dort sah sie, wie Tüte eine Flasche Cognac aus seinem Schrank holte. Er lächelte Alexa an: »Muss ja auch authentisch wirken!« Dann schraubte er die Flasche auf, nahm einen tiefen Schluck und schüttelte sich filmreif. Alexa musste schmunzeln. Nun schüttete sich Tüte ein wenig vom Cognac in seine Hand und benetzte damit seinen Hals, wie einst Uwe Seeler in einer alten Fernsehwerbung für Rasierwasser. Dann schnappte er sich eine herumliegende Plastiktüte, aus der er erst einmal einen alten Einkaufsbon herauskramte und packte die Flasche dort hinein. Er straffte sich und verkündete, fast schon ein bisschen stolz wirkend: »Jetzt bin ich bereit!« Alexa musste schmunzeln. Etwas verdutzt dreinblickend, fragte er sie: »Was ist? Gefalle ich dir nicht?« »Doch, doch!«, antwortete Alexa. »Aber irgendwie dachte ich mir gerade, dass dein Spitzname so wie du jetzt aussiehst, noch besser zu dir passt.« Mit einem gespielt strafenden Blick, hob er die Plastiktüte mit der Cognac-Flasche und maßregelte sie dann: »Damit hat er schon mal nichts zu tun.« »Und womit denn?«, setzte Alexa mutig nach. Mürrisch dreiblickend, antwortete er ihr: »Okay, okay! Irgendwann muss ich es doch mal erzählen. Warum um Himmels willen nicht jetzt? Es muss so in der 7. oder 8. Klasse gewesen sein. Im Deutsch-Unterricht tauchte in einem Text das Wort *Plattitüde* auf. *Peter, die Zecke!*, also einer meiner Mitschüler, fragte daraufhin unseren Lehrer, was das Wort bedeuten würde. Der erklärte dann, dass eine Plattitüde eine inhaltsleere Redensart sei und ob er sich jetzt was darunter vorstellen könne. Peter nickte und meinte: *Klar doch! So was höre ich Tag für Tag von Jens.* Dann zeigte er laut lachend auf mich.« Alexa lachte, riss sich aber sofort wieder zusammen und fragte nach: »Und irgendwie wurde dann aus Plattitüde der Spitzname Tüte?« »Ja, genau: Plattitüde war einfach ein viel zu ungebräuchliches Wort für unser Alter. Darum wundert es mich auch nicht, dass es eine solche Entwicklung durchgemacht hat.« Alexa strich Tüte über den Arm und sagte: »Danke. Nun geht es mir schon wieder etwas besser. Es hätte keinen besseren Augenblick geben können, mir dieses Geheimnis anzuvertrauen.« Tüte nickte und machte sich auf den Weg.

Der heitere Moment war so schnell vorüber, wie er gekommen war. Alexa ging hastig ans Fenster in ihrem Zimmer. Sie kippte es, da sie ausgemacht hatten, dass Tüte laut schreien würde, falls er in Gefahr geraten würde. Nach wenigen Augenblicken sah sie einen täuschend echt wirkenden Stadtstreicher an der Wieseck entlang schlürfen und dann ungelenk die Treppe zum kleine Fluss hinabsteigen. Ein kleiner flüchtiger Blick hoch zu ihrem Fenster, zeigte Alexa, dass Tüte sich damit noch mal etwas Mut machen musste. Alexas Herz schlug ihr bis zum Hals.

Eine gute Viertelstunde später ging die Wohnungstür auf und Alexa, die aufgeregt wartend in ihrer Zimmertür stand, sah zwei verwahrlost aussehende Männer eintreten. Da sie nicht wußte, wie sie mit dieser Situation umgehen sollte, blieb sie mit vor ihrer Brust verschränkten Armen, im Türrahmen ihres Zimmers stehen. Aus der Nähe betrachtet, machte Mark einen wirklich jämmerlichen Eindruck. So hatte sie ihren Ex-Freund noch nie gesehen. Er wirkte um Jahre gealtert und sah einfach fertig aus. Tüte ergriff das Wort: »Alles okay, er…« Doch bevor er seinen Satz beenden konnte, schluchzte Mark herzerweichend: »Alexa!« Dann brach er in Tränen aus. Alexa wollte ihn reflexartig umarmen, zügelte sich aber und schaute stattdessen zu dem schräg hinter Mark stehendem Tüte. Diese nickte kurz und einen Augenblick später lagen sich Alexa und Mark weinend in den Armen. Tüte ließ sich erschöpft in den Sessel fallen, der dort im Flur stand, roch an seinem Ärmel und verzog dann die Nase rümpfend das Gesicht.

»Keine Ahnung, wer das war und wo sie mich hinbringen wollten.« Mark machte eine Pause und schlürfte an seinem Kaffee. Sie saßen zu dritt in der Küche. Alexa bemerkte, dass sie diesem Heissgetränk für seinen intensiven Geruch sehr dankbar war. Die beiden Männer stanken fürchterlich! Doch da musste sie jetzt einfach mal durch. Mark hatte zuvor berichtet, dass am Tag nachdem er Alexa zum Flughafen gebracht hatte, jemand den vor seinem Haus stehende Wagen ihrer Eltern zu Schrott gefahren hatte. Der Typ war mit seiner alten Karre einfach in das parkende Auto gefahren. Angeblich war eine Katze auf die Straße gelaufen und er wollte nur ausweichen. Bei der späteren Abwicklung der Sache, hatte sich Mark mit einer Mitarbeiterin der gegnerischen Versicherung angefreundet. Sehr intensiv angefreundet. Frisch verliebt, hatte er in den kommenden Wochen kaum noch was von der Welt um sich herum mitbekommen. Ein paar wunderbare Wochen folgten. Er war inzwischen mehr oder weniger bei Nadine eingezogen, woraufhin er auch seine WG nur noch ab und an mal *besuchte*. Vor zwei Wochen wollten sie dann gemeinsam in den Urlaub nach Teneriffa fliegen. Als er am besagten Tag mit seinem Koffer in Nadines Wohnung ankam, war diese leergeräumt und statt Nadine, warteten zwei Männer in Polizeiuniformen auf ihn. Sie schnappten den überraschten Mark und verfrachteten ihn in den Laderaum eines Transporters. Nachdem sich Mark eine Zeit lang, wild schreiend und mit den Fäusten an die Wände des Transporter hämmernd, verausgabt hatte, sank er erschöpft in einer der Ecken des Transporters zusammen. Er war sich nicht sicher, aber vermutete, dass er eine Weile weggetreten war. Als er völlig verängstigt wieder aufwachte, hatte er sein Zeitgefühl verloren. Doch packte ihn der Mut der Verzweiflung. Er fing an, im Halbdunkel die Türen des Transporters zu untersuchen. Er entdeckte, dass die Innenverkleidung an der einen Hecktür in einer Ecke leicht lose war. Er schaffte es, die Verkleidung abzureißen und konnte somit an den Verschlussmechanismus der Tür herankommen. Daran zog und zerrte er, bis die Verriegelung der Tür aufging. Als der Transporter das nächste Mal hielt, öffnete Mark die Tür, sprang aus dem Wagen und flüchtete in eine Seitenstraße. Wie er dann später herausfand, war er in einem Stadtteil Lübecks gelandet. Da seine Entführer Polizeiuniformen trugen, traute er sich nicht zur Polizei zu gehen. Es konnten ja durchaus auch korrupte Beamte sein. Somit streifte er ein paar Stunden verängstigt durch die Straßen. Als es dunkel geworden war, versteckte er sich auf einem kleinen Schlepper im Lübecker Hafen. Nach einer Weile, schlief er erschöpft ein. Als er wieder wach wurde, merkte er sofort, dass sich das Schiff in Fahrt gesetzt hatte. Mark versteckte sich zwischen einigen Seilen und Kisten und harrte dort aus. Tausend Gedanken schossen ihm durch den Kopf, doch er konnte sich einfach keinen Reim auf die Ereignisse der letzten Stunden machen. Nach einiger Zeit schlief er wieder ein. Diesmal wurde er von der Stille wach, die sich inzwischen eingestellt hatte. Das Schiff lag wieder in einem Hafen am Kai. Er schlich sich vom Schiff; der nächste Morgen brach gerade an. Es lies sich schnell feststellen, dass er in Wismar gelandet war. Da ihm die Entführer alles abgenommen hatten, schnorrte er sich ein bisschen Kleingeld. Als er genug zusammen hatte, versuchte er von einer Telefonzelle aus, Nadine auf ihrem Handy anzurufen. Als er sie am Apparat hatte, sagte er ihr, dass er entführt worden wäre. Daraufhin wollte sie wissen, wo er sei? Als er es ihr gerade erzählen wollte, wurde ihm bewusst, dass es ziemlich hallte, wenn Nadine sprach; es hörte sich nach einer leeren Wohnung an. Aus einem Impuls heraus legte Mark sofort auf. Warum auch immer: Er rannte los. Er rannte, bis er nicht mehr rennen konnte. Völlig verzweifelt kam er ins Straucheln und fiel in einen Busch am Wegesrand. Dort blieb er liegen. Er versuchte sich zu sortieren. Wem konnte er noch trauen? Nach Hamburg wagte er sich nicht zurück. Gerne wäre er jetzt zu seinen Eltern gefahren, aber beide waren in den vergangenen Jahren verstorben und andere Verwandte hatte er keine. Nur einen Onkel in den USA, aber der war nun wirklich keine Option. Kurz entschlossen machte er sich auf den Weg nach Berlin. Mark wollte dort seinen alten Freund Nico aufsuchen, der an der Humboldt-Universität Jura studierte. Also trampte er los. Am Abend hatte er es nach Berlin geschafft. Doch Nico wohnte nicht mehr in der WG, in der ihn Mark einmal besucht hatte. Inzwischen war in die Wohnung dort, eine Familie eingezogen. Die Frau, die er dort antraf, gab ihm zwar etwas zu essen und trinken, konnte ihm leider nicht mit einer neuen Adresse oder Telefonnummer dienen. Mark trieb sich daraufhin ein paar Tage in Berlin herum, schnorrte sich ein bisschen was für Essen und Trinken zusammen und schlief im Park oder in Hauseingängen. Er versuchte hin und wieder Nico an der juristischen Fakultät zu entdecken; lungerte dort mehrere Tage rum. Vor drei Tagen wurde ihm dann klar, dass er seine ganze Hoffnung wohl zu sehr auf seinen Freund Nico konzentriert hatte und fasste den Entschluss nach Gießen zu trampen. Gestern Abend war er hier angekommen und wollte eigentlich gleich bei Alexa vorbeischauen. Doch er hatte inzwischen eine ausgeprägte Paranoia entwickelt und sich dazu entschlossen, zunächst die Lage zu sondieren. So war er unter der Brücke gelandet.

»Du solltest nun erst mal duschen und dann legst du dich ein bisschen hin, oder?!« Tüte schaute Mark an, wartete darauf, dass er sich zu seinem Vorschlag äußerte. Dieser nahm einen kräftigen Schluck Kaffee, stellte die Tasse dann entschlossen auf den Tisch und schaute Tüte leicht nickend an: »Ja, das ist eine gute Idee. Kannst du mir dann vielleicht ein paar von deinen Klamotten leihen?« Tüte lehnte sich zurück und zupfte an seinem nach Cognac stinkenden Hoodie: »Du kannst sogar ein paar frisch gewaschene Sachen gekommen.« Jetzt lächelten sie alle sogar etwas. Auch wenn es Alexa eigentlich nicht danach zu mute war.

»Was meinst du? Ist was dran an seiner Geschichte?« »Das solltest du besser beantworten können, du warst schließlich mal mit ihm zusammen.« Alexa fuhr sich langsam übers Gesicht, bevor sie sagte: »Inzwischen glaub ich: Es ist alles denkbar.« »Das stimmt«, bestätigte Tüte und fuhr dann fort: »Wenn wir mal davon ausgehen, dass der Typ, der gerade auf deinem Bett liegt und schnarcht, dass dieser Typ die Wahrheit sagt, dann will ihm wohl jemand so richtig und vom Feinsten fertig machen. Und diese Leute gehen dabei ziemlich weit. Vielleicht sollten wir wirklich die Polizei einweihen? Ich meine, wir leben hier doch nicht auf Sizilien oder so. Und sollten die Typen, die ihn gekidnappt haben, wirklich echte Polizisten gewesen sein, was ich eigentlich nicht wirklich glaube, dann heißt das ja noch lange nicht, dass da jetzt jeder Bulle drin verwickelt ist.« »Also gehen wir zur Polizei?« »Ich weiß es doch auch nicht.« Tüte grübelte. »Ach, lass uns noch abwarten. Ich schätze mal, dass Pat und Steffen morgen oder übermorgen zurückkommen. Mal sehen, ob sie nicht irgendeine Spur haben.« »Und was ist mit EP? Ob der einen Tipp hat?«, überlegte Alexa laut. Woraufhin Tüte antwortete: »Wir haben schon länger keinen Kontakt mehr zu ihm. Ehrlich gesagt, mache ich mir etwas sorgen. Vielleicht wird er irgendwo gefangen gehalten und kommt nicht mehr ins iuuq.« »Was ist ein iuuq?« Von Alexa und Tüte unbemerkt, war Mark hinter ihnen in die Küche eingetreten. »Oh! Mark!« Alexa sprang auf und ging auf ihrem Gast zu. »Du solltest doch ein bisschen schlafen. Was machst du denn schon wieder hier?« »Ich konnte nicht schlafen. Aber was ist dieses iuuq?« Tüte schaute Mark ganz tief in die Augen und fragte Mark dann: »Du weißt wirklich nicht, was das iuuq ist?« »Nein! Ist das so ein Social Network?« Tüte stand auf und im rausgehen sagte er zu Alexa und Mark: »Wartet mal kurz, ich will mal was ausprobieren. Bin sofort wieder da.«

Alexa und Mark standen in der Küche und schauten Tüte nach. »Willst du was trinken?«, fragte Alexa; auch um keine seltsame Stille aufkommen zu lassen. »Äh … was? Oh … ja, gerne. Eine Cola oder so was vielleicht?!« »Wir haben nur so eine Mate-Limo. Ist das auch okay?« »Ja. Gerne.« Alexa ging zum Kühlschrank und holte eine Flasche heraus. Während sie gerade ein Glas aus dem Schrank holte, kam Tüte wieder zur Tür herein. In der Hand hielt er eine der Armbanduhren, die ihnen von EP als Koppler für das iuuq überlassen worden waren. »Dass ich da noch nicht früher drauf gekommen bin! Mark, bitte setz dich mal hier auf diesen Stuhl.« Er zeigte auf einen der Küchenstühle und Mark, der ihn verdutzt anschaute, folgt seiner Anweisung widerstandslos. »Was hast du vor?«, fragte Alexa ihren Mitbewohner. »Pat hat die Koppler etwas manipuliert. Damit können wir uns jetzt nicht nur mit dem iuuq verbinden, sondern wir können…«, während er dies sagte, hielt er Mark die Uhr neben dessen Kopf und drückte zweimal auf eine Taste an der

Uhr, »auch sehen, ob einer manipuliert ist.« Alexa nickte entrückt, während Mark Tüte lediglich fragend anschaute. »Wie manipuliert? Was wird das hier, wenn's fertig ist?« Alexa machte einen Schritt zu Mark hinüber, um ihm beruhigend die Hand auf die Schulter zu legen. Dabei fragte sie: »Und? Ist er?« Tüte schüttelte daraufhin mit dem Kopf. »Nein. Ich bekomme nur unsere beiden Signale. Er ist clean.«

Kapitel 29

Der kleine Bruder

»Okay, sie ist jetzt auch da und ich habe auf laut gestellt.« »Hallo Alexa!« »Hallo Pat, hi Steff! Alles klar bei euch?! Wie ist es im Ländle?« »Jo … wir sind okay. Und hier ist es recht … ähm … ziemlich ländlich.« Alexa hatte es sich gerade in ihrem Lieblingssessel bequem gemacht und schaute Tüte an, der seinerseits stirnrunzelnd an seinem Schreibtisch lehnte. Dieser schien die beiden genauso wenig zu beneiden, wie sie selbst. »Aha … ländlich?!«, fragte er sparsam. Woraufhin Pat leicht irritiert entgegnete: »Ja, also … ach, ist doch auch nicht so wichtig. Ist mir nur als Erstes eingefallen.« Woraufhin Tüte sagte: »Okay, okay! Vergiss es. Was gibt's zu berichten?« Nun ergriff Steffen das Wort: »Einiges. Wir haben das Internat gefunden, in dem Max seine Aufnahme-Prüfung abgelegt hat und waren auch mal dort. Imposantes Anwesen! Nicht *so* schlecht … vor allem für so auf dem Dorf! Wir haben es bei der Gelegenheit auch geschafft, auf den Hinterhof zu kommen. Es war gerade Pause und viele der Kinder dort.« Pat übernahm nun wieder: »Komische Kinder. Nicht wie wir früher.« Da klinkte sich Steffen wieder ein: »Stimmt genau. Die waren viel zu brav. Nirgends wurde gerannt oder irgendwelcher Schabernack getrieben. Lauter kleine Erwachsene. Übel!« Die Schilderung dieser Beobachtung veranlassten Alexa zur Frage: »Ich schätze mal, der Ausdruck *lethargisch* könnte das Verhalten der Kinder recht gut beschreiben, oder?« Am anderen

Ende der Leitung war es nun kurz ruhig, bis Pat antwortete: »So kann man es auch sagen … ja: lethargisch. Das passt. Warum fragst du?« »Weil meine Mutter, meinen kleinen Bruder auch als lethargisch wahrnimmt, seit er aus Dänemark zurückgekehrt ist.« »Okay«, hörte Alexa Steffen daraufhin sagten, und dann: »Tüte?« »Japp?« »Sag mal, habt ihr Max spaßeshalber mal mit unserem umgebauten Koppler getestet?« »Nein, das haben wir noch nicht. Aber das ist eine gute Idee. Wenn es sich einrichten lässt, sollten wir das am besten gleich heute noch machen.« »Ich bin mir sehr sicher, dass der Test positiv sein wird.« »Warum bist du dir da so sicher?«, wollte Alexa von Steffen wissen. »Ganz einfach. Als wir auf dem Pausenhof am Internat waren, da sind wir mit eingeschaltetem Test-Modus des Kopplers durch die Menge gegangen. Und da waren dutzende aktiver Signale. Die waren wahrscheinlich alle manipuliert.« Alexa und Tüte schauten einander erschrocken an und Tüte entfuhr dabei ein besorgtes »Ach herrje!« »Das kannst du laut sagen«, stimmte ihm Steffen zu. »Wir haben uns dann lieber schnell wieder aus dem Staub gemacht. Jetzt sind wir hier in unserem Gasthof und werden nach dem Mittagessen versuchen, ein bisschen was über das Internat herauszufinden.« »Gut, macht das. Aber seid vorsichtig. Denkt dran, was ich euch eben über Mark berichtet habe. Wenn da überall die gleichen Leute dahinter stecken, müssen wir mit allem rechnen«, warnte Tüte die beiden Freunde im Außendienst. Diese versprachen artig seinen Rat zu befolgen und dann wurde die kleine Telefonkonferenz mit ein paar knappen Verabschiedungsfloskeln beendet. Alexa rieb sich mit nachdenklicher Miene den Nacken. »Und nun?« »Jetzt sehen wir

zu, dass wir deinen Bruder zu einem Besuch bei uns überreden.«
»Gut. Ich schreib ihm eine SMS und locke ihn her. Er müsste
jetzt bald Schule aus haben.«

»Hi Max. Alles cool?«, fragte Tüte als er Alexas Bruder die
Wohnungstür aufhielt. »Oh! Mann, Tüte! Wenn du jetzt noch was
von *groovy* oder *knorke* ablabberst, rufe ich direkt Guido Knopp
an. Der wird dann direkt mal eine neue *History*-Folge über
aussterbende Slang-Ausdrücke mit dir drehen.« »Is' ja gut. Is' ja
gut. Du bist aber heute mal wieder ziemlich gut drauf, was?«,
versuchte Tüte zu beschwichtigen. »Deine Schwester kommt
gleich. Holt noch was zum Kaffee beim Bäcker. Pack deine
Sachen einfach da in die Ecke. Ich gehe schon mal in die Küche.
Auch einen Kaffee oder lieber einen Tee?« »Habt ihr auch Cola?«
»Keine Cola … aber Saft.« »Nee! Dann lieber doch einen Kaffee.«
Die beiden gingen in die Küche, wo Mark am Küchentisch saß
und in einer Tageszeitung blätterte. »Mark kennst du ja.« »Jo. Hi
Mark. Alles klar?« »Es geht schon, danke der Nachfrage.« Max
zog schnippisch eine Augenbraue hoch und äffte Mark nach:
»*Danke der Nachfrage.* Wo bin ich hier nur gelandet? Der eine
macht einen auf megacool, und der andere spricht, als wenn er
mit der Queen quasseln würde.« Mark und Tüte schauten sich
erstaunt an. »Okay, Jungs. Lasst gut sein. Kann ich bis Alexa da
ist, einfach nur einen Teil der Zeitung haben? Hab schon ewig
keine richtige Zeitung mehr in der Hand gehabt. So richtig aus
Papier und mit so richtig alten Infos von vorgestern.« Mark
schaute Max noch etwas verdutzter an und fragte dann:
»Sportteil?« »Nee, lieber das Feuilleton.«

»Von wegen *lethargisch!* Der hat uns ja in gewohnter Manier verbal auflaufen lassen. Kein Unterschied zu früher«, sagte Tüte, an die gerade wieder zur Küchentür hereinkommende Alexa gerichtet. Sie hatte ihren Bruder gerade hinausbegleitet. »Ja, ist das nicht schön?«, entgegnete Alexa sichtlich erfreut. »Freu dich nicht zu früh, meine Liebe. Ich hab zwischenzeitig den Check gemacht und der war eindeutig positiv.« Alexa runzelte nun mit der Stirn: »Aber warum war er dann eben so … so normal?« »Ich kann mir nur vorstellen, dass es an unserem iuuq-Schutzschild liegen könnte.« Alexa setzte sich zu Mark an den Tisch und nippte an ihrer Kaffeetasse. Sie dachte nach. Dann schaute sie zu Tüte auf und schlussfolgerte: »Du meinst: Er ist normal, wenn er nicht mit dem iuuq verbunden ist, und abwesend, wenn er es ist?« Tüte nickte zustimmend. Also kombinierte Alexa weiter: »Bedeutet das dann, dass Max, wenn er so teilnahmslos ist, mit dem iuuq gekoppelt ist? Also eigentlich ständig? Meine Mutter meinte ja doch, dass er in letzter Zeit fast immer so lethargisch ist.« Wieder nickte Tüte und kombinierte seinerseits: »Vielleicht bedeutet das, dass wir irgendwie anders manipuliert wurden als Max. Wir brauchen ja diese Koppler, um uns mit dem iuuq zu verbinden.« Alexa nickte ganz sachte. In die nun folgende Gesprächspause hinein, meldete sich Mark zu Wort: »Oder die Kinder haben eine andere Funktion.« Alexa drehte sich überrascht zu Mark um und Tüte, der nicht minder überrascht wirkte, hakte nach: »Welche Funktion könnte das sein?« »Vielleicht sind sie die zukünftige Elite. Wenn ich das richtig verstanden habe, sind doch in den Internaten lauter Hochbegabte untergebracht. Mit der richtigen Förderung würden die sowieso zur weltweiten Elite der Zukunft gehören. Und wenn diese Kinder nun alle per se mit dem iuuq gekoppelt sind … und zwar immer und überall … dann werden sie später ein unermessliches Instrument zur Machtausübung zur Verfügung haben. Wir sollten dabei nämlich nicht vergessen, dass das iuuq offensichtlich ganz bewusst geheim gehalten wird! Ein stetiges präsentes Netzwerk und zwar eines, dass alles was wir aus Science-Fiction-Filmen kennen, locker in den Schatten stellt. Hier geht es eindeutig um nichts geringeres, als die Weltherrschaft.« Alexa saß leicht in sich zusammengesunken neben Mark, und auch Tüte musste sich erst einmal hinsetzen. Alexa schaute zu Tüte hinüber und sagte dann mit ruhiger Stimme: »Wenn Mark auch nur ansatzweise recht hat, dann wird das langsam ein bisschen zu groß für uns. Wir packen das nicht mehr alleine, wir müssen…« Das Klingeln von Tütes Handy unterbrach sie. Nach einem kurzen Blick auf das Display flüsterte er: »Es ist Steffen.« Dann ging er ran.

Das Telefonat dauerte nicht lange und Tüte hörte dabei hauptsächlich zu. Kurz vor Schluss sagte er nur knapp: »Okay. Danke. Das ist … ähm … kommt am besten umgehend zurück. Wir müssen Kriegsrat halten. Es ist an der Zeit ein paar Entschlüsse zu fassen.« Nachdem er das Gespräch beendete hatte, murmelte er: »Das ist ja interessant.« Alexas Neugierde war mehr als geweckt und sie fragte: »Was ist interessant? Was sagen die beiden?« »Kurz zusammengefasst, sind die beiden nach Schulschluss einer Gruppe von Schülern gefolgt. Genauer gesagt drei Jungs und zwei Mädels, so etwa im Alter von Max. Was inzwischen nicht mehr weiter überraschen sollte: Die fünf sind schnurstracks in die kleine Dorfkirche des Ortes getrottet. Während Pat draußen Schmiere gestanden hat, ist Steffen ihnen nachgegangen. In der Kirche konnte Steffen Teile eines Gesprächs belauschen und dabei ist wohl auch der Begriff *EP* gefallen. Sie hätten wohl sehr ehrfürchtig von ihm gesprochen. Steffen hat von seinem Versteck aus leider nicht alles verstehen können; nur soviel, dass sie EP noch einen Besuch abstatten wollten. Daraufhin gingen sie raus, umrundeten die kleine Kirche zum dahinter gelegenen Friedhof und blieben einige Minuten vor einem Steinbrocken stehen. Als die Kids wieder weg waren, schauten Pat und Steffen nach, was es damit auf sich hatte. Jemand hat dort *RIP Edgar-Paul* eingeritzt. Ich denke, damit könnte Edgar-Paul Gablin gemeint sein. Das wäre dann der Typ, der die ganzen Internate betreibt. Laut Wikipedia lebt der aber noch.« Alexa wollte nun wissen: »Edgar. Paul. EP. Da kennen wir doch einen. Aber der lebt ja noch. Dann haben die Kids irgendwas durcheinander gebracht. Oder es ist ein Zufall und unser EP ist ein anderer.« Tüte nickte, doch wieder war es Mark, der etwas Überraschendes sagte: »Oder er ist tatsächlich gestorben und lebt im iuuq weiter.«

Kapitel 30

Feuer

»Feuer! Alexa! Wach auf! Es brennt!« Adrenalin überflutete Alexa. Mit weit aufgerissenen Augen starrte sie in das zu einer Fratze verzerrte Gesicht des schreienden Tüte; der obendrein gerade anfing, sie aus dem Bett zu zerren. Erst als sie auf ihren Beinen vor dem Bett stand, ließ er sie los; schrie aber weiter: »Komm schnell! Es brennt! Wir müssen hier raus!«

Geistesgegenwärtig schlüpfte Alexa in ihre Hausschuhe und rannte dann, ansonsten nur noch mit einer Unterhose und einem langem T-Shirt bekleidet, hinter dem aus der Wohnung stürmenden Tüte her.

Nachdem sie zusammen mit den Bewohnern der anderen Wohnungen durch das verqualmte Treppenhaus ins Freie gestürmt waren, standen alle in gebührendem Abstand vor dem Haus auf der Straße. Sie beobachten, wie das Feuer schon kräftig aus den Dachgeschoss-Fenstern schlug. Darunter, in der Wohnung im dritten Stock, leuchtete es auch bereits hinter den Fensterscheiben.

Mit offenem Mund blickte Alexa gebannt hinauf. Sie beobachtet, wie es auch schon in einem Zimmer aus der Wohnung im zweiten Stock qualmte. Reflexartig glitt ihr Blick auf ihre Wohnung im ersten Stock; in der sie noch vor wenigen Minuten selig schlummernd in ihrem Bett gelegen hatte. In der Ferne hörte sie Sirenen. Irgendjemand legte ihr eine Jacke über die Schultern. Sie drehte sich um und erkannte einen Mann aus dem Nachbarhaus. Sie murmelte ein leises *Danke* und empfing dafür ein kurzes Nicken.

Alexa hatte keine Uhr an, doch da kaum Schaulustige zugegen waren, vermutete sie, dass es mitten in der Nacht sei. Auf jeden Fall weit nach 1 Uhr. Ansonsten wären schon längst einige Kneipengänger aus den Lokalen um die Ecke vor Ort gewesen. Aus dem Augenwinkel heraus, checkte Alexa kurz ab, ob sie ihre Mitbewohner auch alle hier draußen vorfand. Neben ihr standen Steffi und Tüte, und Lars hockte mit fassungsloser Miene hinter ihnen an der Wand des gegenüberliegenden Hauses. Ralf war sowieso gerade wieder einmal in den USA, dachte Alexa bei sich, warum ja auch Mark in dessen Zimmer … Mark?! Wo war Mark? Alexa spürte, wie sie unruhig wurde und drehte sich zu Tüte: »Hast du Mark gesehen?«

Hektisch fingen die beiden an, sich umzusehen. Den Hals streckend, fing Tüte an, nach Mark zu rufen. Da rief plötzlich ein junger Mann, von dem Alexa nur wußte, dass er in einer der WGs über ihnen wohnte: »Da oben! Am Fenster! Da!« Alle Blicke folgten seinem Zeigefinger, der auf ein offenes Fenster im dritten Stock zeigte. Alexa erkannte sogleich, dass es Mark war, der dort stand. Völlig fassungslos fragte sie sich, was er dort oben im dritten Stock zu suchen hatte? Doch dann fing Mark hektisch an zu winken und rief dabei: »Tüte! Tüte!« Der Gerufene sprang vor, rannte hinüber unter das Fenster und schrie dabei: »Mach, dass du da raus kommst! Los!« Alexa wollte intuitiv hinterherlaufen, aber irgendjemand hielt sie fest. Mark rief dem herannahenden Tüte zu: »Fang!« Dabei hielt er ein zusammengeknülltes

Stoffknäuel aus dem Fenster. »Dann schmeiß halt! Aber dann raus da!« Tüte streckte seine Arme in die Luft. Nun warf Mark das Knäuel und Tüte fing es sicher auf. Alexa schrie panisch: »Raus da! Raus!« Mark schaute sich jedoch lediglich seelenruhig um; bis sich seine und Alexas Blicke trafen. Er fokussierte sie, zeichnete ein Herz in die Luft, zeigte dann mit seiner linken Hand auf sie und klopfte sich mit der rechten auf seine Brust. Alexa schossen die Tränen in die Augen. Und auch Mark wischte sich über seine. Er stand da und schien die Schreie der vor dem Haus stehenden Menschen nicht wahrzunehmen. Dann ging er langsam, ohne dabei den Blickkontakt mit Alexa zu lösen, rückwärts ins Zimmer zurück; bis man ihn im Rauch nicht mehr sah. Die Menge verstummte und man hörte nur noch das Feuer im Gebälk krachen; und die näher kommenden Sirenen. Tüte kam nun wieder zu Alexa. Als er bei ihr war, gab er ihr das Stoffknäuel, welches Mark aus dem Fenster geworfen hatte. Es war ein T-Shirt. Alexa öffnete es geistesabwesend. Darin sah sie eine der Uhren mit eingebautem Koppler, eine kleine Pillendose und ein weiteres, ihr unbekanntes Gerät.

Kapitel 31

Schwimmen oder Golfen?

»Ach ja, Clair. Eine Frage noch: Was macht eigentlich unser treuer, alter Freund EP?« Cobbler legte sich genüsslich in seinem Bürostuhl zurück und machte dabei einen freudig interessierten Eindruck. Gerade im Begriff aufzustehen, setze sich seine Sekretärin nun wieder und berichtete: »Bei dem alten Mann ist es derzeit ziemlich ruhig. Er sitzt immer noch gerne auf seiner virtuellen Parkbank in seinem geliebten dänischen Schlosspark und beobachtet Mensch und Tier.« Cobbler hob die linke Augenbraue und hakte nach: »Und seine Aktivitäten von neulich?« »Da gibt es keine Anzeichen mehr. Er hat den Kontakt zu dieser Gießener Studenten-Gruppe scheinbar wieder abgebrochen.« »Echt? Nach dem ganzen Aufstand, den er da ausgelöst hatte? Einfach Ruhe? Das kommt mir seltsam vor. Wir müssen wirklich zusehen, dass er immer eine Aufgabe hat, sonst bekommt er es schlussendlich doch noch heraus.«

Cobbler stand auf und ging zum hinter ihm gelegenen Fenster. Dort blieb er mit dem Rücken zu Clair stehen und blickte in die Ferne. Clair saß weiterhin abwartend vor Cobblers Schreibtisch. Kurze Zeit später setzte ihr Chef wieder an: »Apropos Gießen. Was macht eigentlich Braun? Wenn EPs Interesse an den Studenten nicht mehr besteht, dann sollten auch die drastischen Maßnahmen nicht mehr nötig sein. Zumindest vorerst nicht.« »Auch von dem haben wir schon länger nichts mehr gehört«, antwortete Clair. Cobbler wendete sich ihr wieder zu, setzte sich mit einem Teil seines Hintern lässig auf die Fensterbank und sinnierte: »Wenn man diesem Typen ja hätte trauen könnte. Hin und wieder frage ich mich schon: Warum haben wir ihn nicht einfach vollends manipuliert? Das volle Programm. Jetzt haben wir immer den Nachteil, dass wir ihn uns erst schnappen müssen, bevor wir ihn mit dem mobilen Koppler ins iuuq schicken können.« »Aber er ist doch schon seit so langer Zeit unser Testkandidat für alle Sachen rund um die *manipulationslosen* Zugänge. Ohne ihn wären wir in diesem Forschungsbereich von nicht mal halb so weit.« »Ja, ja, ich weiß. Wenn wir auf diesem Gebiet nicht weiterkommen, werden wir das iuuq nie vermarkten können. Aber meine Frage war: *Was macht er?*« Clair schlug die auf ihrem Schoß liegende, flache schwarze Mappe auf und blätterte in ihren Unterlagen. »Ah ja. Hier haben wir es doch. Mark Braun hat sich bei einem Teil der besagten Gießener in die WG eingeschleust. Ach ja, halt dich fest: Wie wir kürzlich rausgefunden haben, war er früher mal mit der Frau aus der Gruppe liiert!« Für einen kurzen Augenblick wirkte Cobbler wie vor den Kopf geschlagen. Dann strich er sich nachdenklich übers Kinn. Clair ließ ihn grübeln. Nach einer Weile hob er seinen Kopf und gab seiner Sekretärin die Anweisung: »Sieh bitte zu, dass er da weg kommt. Der ist in letzter Zeit schon ein bisschen schräg drauf, oder? Wir dürfen es nicht zulassen, dass er irgendetwas Dummes macht und damit unnötig Aufmerksamkeit erzeugt.« »Soll ich auch mal seine Nutzungsprotokolle genauer analysieren lassen? Wenn ich mir das Standard-Protokoll hier so anschaue, dann scheint er mir in den letzten Monaten seltsam aktiv gewesen zu sein.« »Ja, mach das bitte.« Cobbler ging wieder zu seinem Schreibtisch-Stuhl. Noch während er sich hinsetzte, sagte er: »Gut. Das soll es dann aber für heute gewesen sein. Was meinst du? Soll ich nun Schwimmen oder Golfen gehen?« Statt zu antworten, stand Clair auf, ging zur Tür, öffnete diese und für einen ganz kurzen Augenblick konnte man sie im Bikini sehen. Dann sagte sie: »Golfen«, und schon war sie draußen und die Tür hinter ihr geschlossen. Cobbler grinste.

Kapitel 32

Hotelzimmer

Alexas Seele schmerzte. Sie fühlte sich, als ob sie das Lächeln für immer verlernt hätte. Als wenn es nicht schon schrecklich genug war, was Mark ihnen und auch sich selbst angetan hatte; dieser Ort nahm ihr auch ihre allerletzten Energiereserven. Wie mussten sich ihre Lieben gefühlt haben, als sie sie so da hatten liegen sehen? Ohne zu wissen, was mit ihr war ... und noch werden würde. Sie kannte diesen Raum bis ins kleinste Detail. Sie hatte hier schließlich auch eine Zeit lang verbringen müssen; die Woche nach ihrem Koma. Ironie des Schicksals. Nun war es Mark, der leblos dort drüben im Bett lag. Und sie war die Liebende, die nicht wusste, was aus ihm werden würde. Da Mark keine Familie mehr hatte und die Angestellten sie noch gut von ihrer Zeit hier kannten, hatte das Krankenhaus sie auch ohne rechtliche Grundlage stillschweigend als eine Art nächste Angehörige akzeptiert. So saß Alexa nun schon seit Stunden an Marks Bett und versuchte die Diagnose zu verdauen, die ihr der Doktor am Morgen mitgeteilt hatte. Sie hatte nur wenig von dem verstanden, was er ihr in seiner berufsbedingt professionellen Art, unerfreuliches zu berichten hatte. Alexa sah ihm dieses Auftreten als Selbstschutzmaßnahme gerne nach, auch schon als sie selbst noch seine Patientin war. Aber soviel hatte sie verstanden: Mark war zu einer im Grunde intakten Hülle, mit einem toten Geist geworden.

Die Experten der Feuerwehr gingen davon aus, dass Mark das Feuer selbst gelegt hatte. Obendrein hatte sich eine Polizeibeamtin ihr gegenüber inoffiziell dahingehend geäußert, dass sie bei ihren Ermittlungen von einem Suizidversuch ausgingen. Die Flammen hatten ihn jedoch noch nicht erreicht, als sie ihn fanden. Und auch die Dosis, der von ihm durch den Qualm aufgenommenen Giftstoffe, war nicht tödlich. Sie hatten ihn aber so schwer geschädigt, dass sich Alexa insgeheim wünschte, die Feuerwehr wäre doch etwas später eingetroffen. Nur ein paar Minuten. Denn eins war allen absolut klar: Ohne diese Maschinen im Raum, würde Marks Körper nicht weiterleben können. Und er selbst auch nicht mit ihnen.

Völlig in sich gekehrt, hatte Alexa das Klopfen und das anschließende Öffnen der Tür nicht gehört. Darum erschrak sie etwas, als plötzlich Tüte und Pat neben ihr standen. Sie war fast ein bisschen dankbar für diesen kleinen Adrenalin-Stoß, denn so fiel es ihr leichter, den beiden wenigstens ein kleines Lächeln zu schenken.

»Alexa«, setzte Tüte an. »Wir möchten kurz mit dir reden. Draußen, wenn es geht.« Alexa nickte, streichelte noch mal kurz Marks leblose Hand. Dann stand sie auf, um ihren Freunden zu folgen.

Stillschweigend gingen sie aus dem Krankenhaus hinaus und steuerten auf den Parkplatz zu. Alexa machte es nichts aus, dass auf dem Weg hinaus, keiner was sagte. So brauchte sie nicht gegen die Leere in ihrem Kopf anzukämpfen. Am Auto angekommen, sah sie, dass Steffen am Steuer der Ente saß. Kaum waren sie eingestiegen, startete er den Wagen und fuhr sogleich los.

Noch auf dem Krankenhaus-Gelände ergriff Tüte als erster das Wort: »Okay, hier können wir reden. Wir haben den Störsender dabei. Er funktioniert nun auch im Auto.« Alexa, die mit Pat auf dem Rücksitz saß, nickte kurz, was Tüte dazu bewog weiterzureden: »Wir müssen endlich in die Offensive gehen! Wir werden EP suchen und ihn zur Rede stellen.« »Ähm. Aber…«, setzte Alexa kurz an, doch Tüte redete davon unbeirrt weiter: »Ja, ich weiß, EP ist wahrscheinlich tot. Darum müssen wir ins iuuq, um ihn dort zu suchen.« Alexa wurde aufmerksamer, fragte nach: »Aber wer soll das machen? Er ist uns dort doch haushoch überlegen. Vielleicht steckt er sogar hinter meiner Gefangenschaft im iuuq.« »Da sind wir uns inzwischen ziemlich sicher«, antwortete diesmal Steffen und Tüte fügte hinzu: »Machen wir es kurz: Wir sind der Meinung, dass wir beide zusammen rein gehen sollten. Du und ich.« Alexa wurde schlagartig ein ganzes Stück blasser als sie es sowieso schon war und mit aufgerissenen Augen kreischte sie: »Was? Seid ihr…« Pat packte sie am Arm, um sie damit zu unterbrechen: »Wir haben einen Plan! *Ha-ben ein-en* Plan!« »Was habt ihr?«, schnauzte Alexa Pat geradezu an. »Beruhig dich doch. Steffen und ich haben es auch schon kurz ausprobiert. Keine Ahnung, ob du es weißt, aber er kann hypnotisieren. Also hat er mich hypnotisiert, bevor ich rein bin. So konnte er mich von außen jederzeit wieder zurückholen. Es funktioniert narrensicher!« »Er kann … *was?*« Alexa war weiterhin beunruhigt. Sie spürte, wie eine tiefsitzende

Angst sich in ihre Magengrube fraß. »Ich kann hypnotisieren. Als Kind war ich geradezu von der Idee besessen, Zauberer zu werden. Im Zuge dessen habe ich dann mit 13 einen Hypnose-Kurs besucht. Danach habe ich diese Fähigkeit bis zum Abitur kontinuierlich verbessert. Ich bin wohl ganz gut darin. Und später werden die Zahnbehandlungsphobiker untern meinen Patienten, es sicher auch zu schätzen wissen, wenn ihnen ihr Zahnarzt als Alternative zur Spritze, eine Hypnose anbieten kann.« »Davon, dass du das beherrschst, hast du nie was erwähnt«, wunderte sich Alexa. »Ich hab erfahren müssen, dass die Leute immer eher etwas befremdet reagierten, wenn ich es ihnen erzählte. Als wenn ich mit einem Fingerschnippen, irgendwelche Macht über sie ergreifen könnte. Darum habe ich es mir schon recht früh abgewöhnt, darüber zu reden.« Nun ergriff Tüte wieder das Wort: »Du musst also keine Angst haben, damit sind wir ganz sicher.« Trotz der Beteuerungen ihrer Freunde, war Alexa immer noch skeptisch. Sie setze gerade zur Frage an: »Und wann wollt ihr…?« Als sie merkte, dass Steffen auf den Parkplatz eines Hotels einbog. »Jetzt«, unterbrach sie Tüte.

Die drei Männer hatten Alexa in eines der gehobeneren Zimmer des Hotels geführt. Dort war schon alles für den geplanten Abstecher ins iuuq vorbereitet. Alexas Herz schlug ihr bis zum Hals. Sie fühlte sich nicht wie wenn sie die nächsten Stunden in einer komfortablen Hotel-Suite verbringen sollte, sondern eher wie ein Lamm auf dem Weg zur Schlachtbank. Immer wieder versuchten ihre Freunde sie zu beruhigen, versicherten ihr, dass alles in Ordnung wäre, dass ihnen nichts passieren könne. Doch ihr kamen die Beteuerungen hohl vor. Allzu deutlich darauf angelegt, sie zu beruhigen. Alexa wusste, dass es gefährlich war und dass auch ihre Freunde dies ebenfalls wussten. Darum fasste sie sich ein Herz und versuchte mit fester Stimme ihre Meinung kundzutun: »Okay. Jetzt hört mir mal zu! Versucht mich nicht ständig wie ein kleines Mädchen zu behandeln. Wir wissen alle, dass das riskant ist, was wir hier vorhaben. Ständig manipulieren uns irgendwelche Leute. Und ich werde das Gefühl nicht los, dass sie uns immer mindestens einen Schritt voraus sind. Allein darum ist die Sache hier riskant. Aber ich weiß auch, dass uns nichts anderes übrig bleibt, als die Sache offensiv anzugehen. Das sind wir Mark schuldig; aber auch uns selbst. Und auch meinem Bruder.« »Und den anderen Kindern«, ergänzte Steffen Alexas Worte. »Stimmt! Auch denen können wir hoffentlich helfen. Darum lasst es uns angehen.« Alexa hatte versucht, ihre letzten Worte besonders nachdrücklich herüberzubringen; auch um sich selbst noch mal Mut zu machen. Die drei Männer nickten; dann wurden sie schlagartig geschäftig. Steffen holte Bananen und Milch aus einer Tasche, Pat bereitete die beiden Betten vor und Tüte ging auf Toilette. Steffen kam auf Alexa zu und begann ihr zu erläutern, dass sie nun unbedingt noch mal etwas nahrhaftes essen und trinken solle. Er würde sie zwar so hypnotisieren, dass er ihr auch zwischendurch suggerieren könne, dass sie hier in der realen Welt etwas zu essen und zu trinken habe, doch wolle er eigentlich nur im Notfall eingreifen müssen. Er erklärte ihr weiter, dass sie sich ein Zeitlimit von fünf Stunden im iuuq gesetzt hätten und dass sie diese Zeitspanne mit dieser Nahrungsaufnahme locker überstehen sollten. Inzwischen hatte Pat die Betten vorbereitet und Tüte war von der Toilette zurückgekehrt; wohin er Alexa dann auch noch mal schickte. Als Alexa zurückkehrte, hatte er seine Portion Bananen und sein Glas Milch bereits verspeist. Alexa tat es ihm nun gleich. Danach gab Pat den beiden Probanden jeweils noch eine Pulsuhr. »Damit können wir ganz gut beobachten, ob vielleicht gerade etwas Aufregendes, und somit vielleicht Gefährliches, bei euch passiert.« Alexa nickte und legte die Uhr an. Danach machte sich Steffen daran, die beiden zu hypnotisieren. Als auch das erledigt war, machten es sich die beiden auf den Betten bequem und verbanden sich mit dem iuuq.

Kapitel 33

Im Park

Um Alexa herum war alles schwarz und vollkommen leer. Doch kannte sie diesen Zustand und reagierte fast schon intuitiv, indem sie sich auf eine große Wiese in der Mitte eines Parks versetzte. In ihrer unmittelbarer Nähe, platzierte sie eine Parkbank und am nicht all zu fernen Horizont, hatte sie Büsche und Bäume unter einen strahlend blauen Himmel *gepflanzt*. Nun fehlte nur noch Tüte. Sie konzentrierte sich auf ihn und kurze Zeit später, saß Tüte, etwas verdutzt drein blickend, auf der Parkbank.

»Wow! Hui! Wo? Ach, Alexa. Zum Glück bist du es. Du bist es doch?« »Ich nehme es doch mal stark an.« Alexa musste schmunzeln, als sie ihren Freund dort so verloren sitzen sah. Sie entschied sich spontan ihm etwas Kleidung zu gönnen. Daraufhin musste Alexa herzhaft lachen. Es belustigte sie sehr, den ansonsten immer eher in gedeckten Farben gekleideten Tüte, in einem Oberteil zu sehen, welches selbst für ein Hawaii-Hemd besonders farbenfroh war.

»Sehr witzig! Aber egal. Bis auf mein Hemd, hast du mit der Gestaltung der Szenerie ja durchaus Geschmack bewiesen.« »Willst du etwa etwas anderes? Ich hätte da noch…« »Bloß nicht! Lass es gut sein. Wir sollten unsere Zeit und Energie lieber auf die Suche nach EP aufwenden.« »Okay.« Alexa setzte sich ins Gras. »Was tust du?«, fragte Tüte. »Warten.« »Aber…« »Ja?«, unterbrach sie ihn. »Hat der Herr etwa eine Idee, wie wir EP finden können?« »Na ja, ich dachte … du?« Tüte sprach nicht weiter. »Ich? Ja, ich denke, dass er schon längst weiß, dass wir hier sind. Und wenn er kommen kann, dann wird er kommen. Wenn nicht, dann warten wir, bis die Zeit um ist und uns Steffen zurückholt. Mehr können wir meiner Ansicht nach nicht tun.« Tüte seufzte. Auch er hatte seinen Avatar wohl schon ziemlich gut im Griff: »Na, dann … warten wir eben.«

Einfaches Warten ist im iuuq nicht weniger langweilig, als überall anders auch. Darum entschieden sich Alexa und Tüte eine Runde Frisbee zu spielen. In den ersten Minuten spielten sie es, wie man es von zwei ganz normalen Menschen nicht anders erwarten kann. Dann kam Alexa plötzlich auf die Idee, dass sie es beim Fangen der Scheibe mal mit einem Salto versuchen könnte. Wie cool dieser ausgesehen haben musste, merkte Alexa vor allem an Tütes kleinem Jubel-Schrei. Alexas nächsten Wurf parierte Tüte mit einem schulmäßigen Flickflack. In der Folge schwebten sie mehr als dass sie den Boden des Parks berührten. Gerade hatte Alexa die Scheibe nach einer siebenfachen Schraube aufgefangen und noch im Fallen zurückgeworfen, da zersplitterte die Frisbee-Scheibe mit einem lauten Knall im Flug. Verschreckt drehte sie sich um und suchte noch nach der Quelle des Knalls, als hinter ihr, wie aus dem Nichts, ein Mann auftauchte. Mit einer schnörkellosen Geste, ließ er Alexa erstarren. Ohne zu irgendeiner Regung fähig, musste sie mit ansehen, wie der Mann auf Tüte zuschritt, der seinerseits auch erstarrt war. Mit einer weiteren Handbewegung des Fremden, war Tüte verschwunden.

Einen kurzen Augenblick lang, blieb der Mann mit dem Rücken zu Alexa stehen. Diese versuchte alles, um irgendetwas tun zu können, sich irgendwie regen zu können. Doch sie war starr und steif, wie ein Felsbrocken. Der Mann, der einen feinen Anzug trug, drehte sich nun um. Auf seine, im ersten Moment noch wie versteinert wirkende Miene, zauberte sich mit einem Mal ein süßes Verkäuferlächeln. Zielstrebig schlenderte er auf sie zu und sagte: »Frau Rose. Schön, dass sie mich mal kennenlernen dürfen. Darum erlauben sie, dass ich mich vorstelle: Mein Name ist Cobbler, Frank Cobbler. Hach! Als gebürtiger Engländer, liebe ich es, mich wie ein Geheimagent seiner Majestät vorzustellen. Man fühlt sich gleich viel mächtiger. Aber wie sie ja an meiner kleinen Demonstration schon erkennen konnten, hätte ich es eigentlich nicht nötig, mich mächtiger fühlen zu müssen, als ich es sowieso schon bin. Um mal in dem Bild zu bleiben: Hier im iuuq bin ich nämlich nicht 007, sondern *001*. Und mehr müssen sie eigentlich nicht wissen.« Cobbler fixierte Alexa und lächelte dabei sehr selbstsicher. Nach einer kurzen Pause fuhr er fort: »Doch will ich mal nicht so sein. Ich kann ihnen schon noch erzählen, dass sie sich keine Sorgen um ihren Freund mit dem fragwürdigen Modegeschmack machen müssen. Ich hab ihn einfach nur entkoppelt. Aufgewacht ist er. Mehr ist ihm nicht passiert. Nun ja, leider ist es ihrem hypnotisierenden Freund nicht so gut ergangen. Eine tolle Idee übrigens! Der Plan hätte wirklich aufgehen können. Doch haben sie das kleine Problemchen ihres Freundes Pat nicht mit einkalkuliert: Leider vergisst er sich manchmal selbst. Vor allem dann, wenn jemand wegen dieser fiesen kleinen Teilchen in seinem Kopf das Kommando über ihn übernimmt. Aber ich bin mir sicher, dass wenn ihr Freund Steffen wieder aufwacht, die Beule an seinem Kopf zwar noch ordentlich weh tun wird, aber ansonsten keine bleibenden Schäden zurückbleiben werden. Sie sehen: Alles ist in bester Ordnung! Also für die anderen. Für sie jetzt nicht unbedingt.« Nun lächelte Cobbler plötzlich nicht mehr. Alexa fühlte sich von dem Blick seiner eisigen Augen durchbohrt. »Aber da wir ja kultivierte Menschen sind, werden wir sicher bald zu einer Übereinkunft kommen. Eine Übereinkunft, die für sie, und damit auch für ihre Freunde, wieder alles in Ordnung bringen wird.« Cobbler, der bei seiner Ansprache ruhig vor Alexa gestanden war, lief nun einmal um sie herum. Wieder mit seinem furchterregenden Lächeln vor ihr stehen bleibend, und scheinbar jeden Satz von sich auskostend, setzte er erneut an: »Einen schönen Körper haben sie sich da ... *gezaubert*. Und ihre kleine Vorführung vorhin, hat mir auch recht gut gefallen. Sie kommen schon wirklich gut zurecht; in *unserer* kleinen Welt. Wer *wir* sind? Das tut jetzt erst mal nichts zur Sache. Nur soviel: *Wir* sind das iuuq. Und nur wir! Es gibt auch keine Verschwörungen oder sonst irgendwelche Gruppen, die etwas mit dem iuuq zu tun haben. Es gibt nur uns. Und wenn ihnen irgendwer irgendetwas anderes suggeriert haben sollte, dann seien sie gewiss: Auch das, waren wir. Denn wir haben dazu die Mittel. Und unendlich viele Möglichkeiten weitere zu generieren; selbstverständlich auch finanzielle. Einzig die Sache mit den Kindern, macht es manchmal etwas kompliziert. Die sind jedoch ziemlich wichtig für uns. Und dann müssen wir uns, so lästig es auch ist, wieder und wieder mit euch da draußen beschäftigen. Vor allem wenn sich einige … oder Einzelne … in den Kopf gesetzt haben, Spielchen zu spielen. Wie etwa unser gemeinsamer Freund EP…«

»Du nennst mich Freund? Das hört man doch gerne!« Diese Worte kamen aus dem Gras neben Cobbler, wo eine graue Maus hockte und grinste. Das so souverän wirkenden Lächeln Cobblers, war für einen ganz kurzen Moment aus seinem Gesichts gewichen. Er hatte sich allerdings augenblicklich wieder im Griff, ging in die Knie und sagte zur Maus: »Edgar! Eine Maus, wie süss. Hast du keine Angst einer herumstreunenden Katze zum Opfer zu fallen?« »Soll sie doch kommen«, antwortet EP und verwandelte sich dabei in eine schwarze Katze. »Du mit deinen Spielchen. Bist du dafür nicht zu alt?«, fragte Cobbler. Die Katze verwandelte sich neuerlich; diesmal in einen älteren Herren. Dieser sagte mit ruhiger und freundlicher Stimme: »Da halte ich es mit … ich glaube es war Hannah Arendt: *Das Ich altert nicht.* Aber lieber Freund … ich darf dich doch auch als einen solchen bezeichnen?!« »Aber natürlich, liebster Edgar, warum auch nicht? Nach alledem, was wir uns hier so aufgebaut haben«, antwortete Cobbler honigsüss; während er großmütig die Arme ausbreitete. »Wir? Lieber Frank. Ich möchte dich daran erinnern, dass ich das iuuq ersonnen und aufgebaut habe. Du bist nur ein Lakai.«

Die Freundlichkeit, mit der EP die letzten Worte ausgesprochen hatte, unterstrichen seine Geringschätzung deutlich. Cobbler musste daraufhin etwas schnaufen. Als er sich wieder gefasst hatte, konterte er: »Ach, ach. Was für ein Bild hast du von mir? Natürlich ist das iuuq im Grunde dein Werk. Aber was wäre es ohne meine … nennen wir es mal: stetigen Optimierungen?!«

Alexa merkte deutlich, dass es den beiden Männern inzwischen nicht mehr so leicht fiel, ihre Fassade der Gelassenheit aufrecht zu erhalten. Doch bevor der Tonfall rauer werden konnte, wechselte EP das Thema: »Apropos *optimal*. Ich finde den Zustand, in dem sich unsere bezaubernde Alexa hier präsentieren muss, nicht gerade optimal.« Und plötzlich fühlte Alexa, dass sie sich wieder bewegen konnte. Geistesgegenwärtig wendete sie sich an EP und schrie heraus: »Sie sind tot!«

Cobblers Kopf fuhr herum und seine Augen blickten aus einer Fratze des Zorns zu Alexa hinüber. Sie versuchte sich innerlich auf seine schmerzhafte Strafmaßnahme einzustellen. Doch statt irgendetwas brennendes, bohrendes oder sonst wie qualvolles zu verspüren, hörte sie lediglich EP sagen: »Ja, meine Liebe, das ist mir durchaus bekannt.« Cobbler konnte, oder wollte, seine Empörung nun nicht mehr verbergen. Er brüllte hörbar aufgebracht: »Du weißt das? Seit…?« EP unterbrach ihn sogleich und erwiderte mit leicht spöttischem Unterton: »Seit geraumer Zeit. Hast du wirklich geglaubt, dass ich das *Spielchen* mit den jungen Leuten hier, aus purer Langeweile angezettelt habe?« EP lachte herzhaft. Daraufhin straffte Cobbler den Rücken und von einer Sekunde auf die andere, erstarrten die beiden Männer. Sie standen wie Salzsäulen vor Alexa.

Nach wenigen Augenblicken hatte sich Alexa wieder gefasst und versuchte sich jetzt darauf zu konzentrieren, das iuuq zu verlassen. Doch es gelang ihr nicht. Sie musste recht schnell feststellen, dass sie auch keinerlei Möglichkeit zu haben schien, irgendetwas zu manipulieren. Sie stand in einem scheinbar ganz normalem Park und hatte zwei erstarrte Männer vor sich stehen. Ihr erster Impuls war es, einfach wegzurennen. Doch dann wurde ihr die Sinnlosigkeit dieses Vorhabens bewusst. Alexa fragte sich, was sie hier gerade erlebte? Diese beiden Männer waren dem Vernehmen nach zwei ganz große Nummern im Bezug auf das iuuq; vielleicht sogar deren Erfinder? Die Gründer? Und im Gegensatz zu ihren verbalen Beteuerungen, waren sie ganz gewiss keine Freunde; beziehungsweise keine Freunde mehr? War sie gerade Zeugin einer Art Showdowns? Dieser Gedanke kam ihr selbst kitschig vor. Aber Cobbler schien wirklich sehr überrascht darüber, dass EP von seinem eigenen Tod wusste. Doch EP hatte etwas vor und sie, wie auch ihre Freunde, spielten in seinen Plänen eine Rolle. Er hatte sie da in etwas hineingezogen, dass Alexa wahrlich nicht als Spielchen bezeichnen konnte; wie es die beiden Männer eben noch getan hatten. Vor allem, wenn sie daran dachte, dass Mark nun mehr tot als lebendig im Krankenhaus lag. Aber auch Pat, sowie sie selbst, hatten ernsthafte gesundheitliche Probleme bekommen. Alexa wurde wütend. Doch sie versuchte ihren Zorn unter Kontrolle zu halten. Sie konnte nicht anders, als zu glauben, dass sie gerade Zeugin einer Art Endkampf um die Herrschaft über das iuuq wurde. Sie stampfte vor Wut mit dem Fuß auf und zerzauste sich ihr Haar. Doch mahnte sie sich sogleich auch zur Besonnenheit. Sie stellte sich selbst die Frage: Welcher Sieger würde für sie selbst, welche Konsequenzen bringen? EP hatte sie überhaupt erst in diese Situation gebracht. Er hatte mit ihr und ihren Freunden ein perfides Spiel getrieben. Musste sie also auf Cobbler hoffen? Diesen Unsympath? Ihre Wut wallte wieder auf.

Um sie zu kanalisieren, ballte sie ihre Faust so fest sie nur konnte. Sie beobachtete, wie ihre Finger dabei zunächst weiß wurden und dann … sie konnte ihren Augen kaum trauen … zu glühen anfingen. Sie öffnete ihre Hand und sah einen gleißenden Feuerball. Sie konnte sich diesen Umstand nur so erklären, dass derjenige, der ihr die Fähigkeit zu Manipulation des iuuq vorübergehend genommen hatte, dies nun nicht mehr tat. Oder nicht mehr tun konnte? Für Alexa war dies ein weiteres Indiz für ihre These, von der sie sich selbst noch überzeugen musste: Die beiden Männer befanden sich in einem erbitterten Kampf. Ein Kampf, der ihre Kräfte immer mehr beanspruchte und wahrscheinlich auch schwächer werden ließ. Alexa fasste den Entschluss, in den Kampf einzugreifen. Sie holte aus und schleuderte den Feuerball mit aller Kraft. Die Statue Cobblers wurde vom Aufprall des Feuerballs erschüttert. Alexa schleuderte einen zweiten und einen dritten Feuerball hinterher. Cobblers Starre löste sich und er ging stumm in die Knie. Nach dem vierten Treffer eines Feuerballs, fiel er vornüber zu Boden. EPs Statue erwachte, fokussierte sogleich den am Boden liegenden Cobbler, der sich daraufhin in Luft auflöste. Und während EP erschöpft zu Boden sank, hörte Alexa ihn kaum vernehmbar flüstern: »Danke.«

Alexa erwachte und blickte in die Gesichter von Tüte, Pat und Steffen. Mit weit aufgerissenen Augen packte sie Tüte am Kragen, und schrie: »Wir müssen…« Dann fiel sie in Ohnmacht.

Kapitel 34

Zorn

Ein klatschendes Geräusch, gefolgt von einem leicht brennenden Schmerz auf ihrer Wange, ließ Alexa erwachen. Sie schreckte auf und fand sich im Bett des angemieteten Hotelzimmers wieder. Augenblicklich spiegelte sich Erleichterung auf dem Gesicht des direkt neben ihr sitzenden Tütes wider. »Sie ist wach«, rief er in den Raum, und sofort kamen Pat und Steffen zum Bett geeilt. Steffen hielt sich dabei ein nasses Handtuch an den Kopf und Pat wollte sogleich wissen: »Was ist passiert?« Fügte aber, ohne ihre Antwort abzuwarten, hinzu: »Offenbar habe ich Steffen eine übergezogen. Also mussten wir ihn erst einmal wach bekommen, als Tüte rausgekickt wurde.« Alexa setzte sich im Bett auf und fragte ihrerseits: »Kann ich was zu trinken habe?« Tüte reichte ihr wortlos eine griffbereit stehende Flasche Mineralwasser. Alexa trank hastig und forderte dann: »Und macht ihr bitte dieses schreckliche Gedudel aus?« Pat dreht sich um und stellte mit einem versierten Knopfdruck den Fernseher ab. Alexa griff sich eine auf dem Nachttisch liegende Banane und verspeiste sie. Anschließend berichtet sie von ihrem jüngsten Erlebnis im iuuq.

»Was meinst du? Ist dieser Cobbler jetzt ... wie soll man es nennen? Tot?«, fragte Steffen, als Alexa ihren Bericht beendet hatte. »Keine Ahnung. Um das herauszufinden, müssen wir wohl noch mal zurück.« »Nicht nötig!«, sagte daraufhin Pat; der mit der seinen Freunden schon wohlbekannten ausdruckslosen Miene, steif wie ein Puppe dastand. Alexa verdrehte die Augen. Als Pat die volle Aufmerksamkeit der anderen hatte, sprach er weiter: »Ich bin es: EP. Bitte sagt Pat, dass ich mich … mal wieder … für mein eigentlich unentschuldbares Eindringen entschuldigen muss. Aber ich habe mit euch zu reden.« »Solange er mir nicht wieder eine überzieht«, flachste Steffen; verstummte jedoch in Windeseile, als Alexas strafender Blick ihn traf. »Das sollte jetzt nicht mehr vorkommen. Den Grund dafür lieferte einzig und allein Cobbler … und diese Personalie hat sich nun wohl endgültig erledigt.« »Was soll das heißen? Hast du ihn umgebracht?«, unterbrach ihn Alexa. »Nicht direkt«, antwortete EP. Woraufhin sie zornig nachbohrte: »Nicht direkt? Was heißt hier *nicht direkt?* Ist er nun tot oder nicht? Schlägt sein Herz noch?« »Das kann ich so genau nicht sagen. Aber sein Gehirn wird höchstwahrscheinlich unbrauchbar sein.« Als Alexa gerade wieder zu einer Erwiderung ansetzte, erhob sich Pats Hand. »Stopp! Ich erkläre es ja sofort! Okay?!« Alexa schloss ihren schon leicht geöffneten Mund und nickte. »Fein. Am besten fange ich von vorne an. Wie du soeben selbst erleben durftest, ist … war Cobbler ziemlich bewandert, was das iuuq anbetrifft. Und das auch aus gutem Grund. Als ich damals die Idee für ein Computer-Netzwerk hatte, welches vom Prinzip her das menschliche Gehirn als Prozessor nutzen sollte, arbeitete ich als junger Professor am MIT. Ich bin also nicht der einsame Hacker, für den ihr mich zunächst halten solltet. Sorry, dafür. Aber ich dachte, dass mir das eher eure Sympathien einbringt. Aber zurück: Cobbler war einer meiner Studenten. Ich fand ihn brillant und bissig, so dass ich seine Karriere beförderte; ihn nach seinem Abschluss gar zu meinem Assistenten machte. Als die Entwicklung des iuuq anfing zunehmend mehr Geld zu verschlingen, war die Hochschule irgendwann nicht mehr bereit, meine Arbeiten daran zu finanzieren. Zumal ich auch nur sehr spärlich bereit war, sie über die Details zu informieren. Ich versuchte zunächst über die Generierung von Drittmitteln, an die notwendigen Gelder zu gelangen. Da ich aber auch nicht bereit war, mir von den infrage kommenden Geldgebern zu sehr in die Karten schauen zu lassen, blieb meine Suche nach diesen Geldmittel recht fruchtlos. Also wendete ich mich an meinen Vater; schweren Herzens und trotz unserer immer währenden Meinungsverschiedenheiten. Nach langem hin und her, konnte ich ihn überreden, die Finanzierung zu übernehmen. Die Gablins hatten irgendwann vor meiner Zeit mal viel Geld mit Bodenschätzen gemacht und für meinen Vater war es ein Griff in die sprichwörtliche Portokasse, der unser Projekt am Leben hielt. Als dann ein paar Jahre später, erst meine Mutter bei einem Unfall und nur gut zwei Monate später auch mein Vater an einem gebrochen Herzen starb, erbte ich das ganze Gablin'sche Vermögen. Jedoch auch die im Testament verfügte Verpflichtung, die Gablin Stiftung für Hochbegabte weiter zu betreiben. Cobbler hatte dann die Idee, dass wir ein paar der Kinder in den Internaten heimlich in unsere Versuche einbeziehen könnten. Ich war sofort Feuer und Flamme für diesen Vorschlag. Ich hasste diese Internate. Meinem Vater waren sie, und die Kinder darin, immer ganz besonders wichtig gewesen. Doch ich fühlte mich zeitlebens hinter ihnen zurückgesetzt. Und dann bürdete er sie mir auch noch postum auf! Ja, ja, ich weiß was ihr sagen wollt. Inzwischen habe ich erkannt, dass das, was wir da initiierten, ethisch in keinem Fall vertretbar ist ... und auch niemals war. Aber damals konnte ich einfach nicht widerstehen. Ich bekam meine Genugtuung, indem ich die große Leidenschaft meines Vaters für *mein* Lebenswerk benutzte.« EP räusperte sich. »Unsere Ideen für das iuuq wurden stetig mehr, und immer umfangreicher. Somit brauchten wir auch immer mehr Rechenleistung; also mehr menschliche Gehirne. Die gar nicht mal unsere erste Option waren. Wir hatten es auch mit Schweinen probiert; lange schon vor dem Tod meiner Eltern. Aber das hatte überhaupt nicht funktioniert. Mit Affen hatten wir kleine Erfolge erzielen können. Da aber ein paar Dutzend Schimpansen notwendig gewesen wären, um einen normal begabten Menschen zu ersetzen, setzten wir alles auf diese Karte; zumal uns ja ab einem bestimmten Zeitpunkt, diese vielen Kinder zur Verfügung standen. Über die Jahre hinweg, haben wir dann die anfänglich zwei dutzend Internate, mit ein paar hundert Schülern, zu einem weltweiten Netz von heute über 150, mit einigen tausend Zöglingen ausgebaut. Ich will euch mal eine ungefähre Vorstellung von der dadurch entstandenen Leistungsfähigkeit des iuuq geben: Zum Zeitpunkt als Obama damals als erster Afroamerikaner zum US-Präsidenten gewählt wurde, hatten alle an das Internet angeschlossenen Computer der Welt, zusammen eine ungefähre Rechenleistung von *einem* menschlichen Gehirn. Wir zogen pro Person in etwa 20% der Leistung ihres Gehirns ab. Die Rechenleistung, die uns damit zur Verfügung stand, war so immens, dass unser kleines Team seiner

Kreativität völlig freien Lauf lassen konnte. Und so ist das iuuq entstanden, welches ihr kennenlernen durftet.« »Durftet?«, platzte es da aus Alexa heraus. »Alexa!«, maßregelte sie Tüte sofort, der seinerseits EPs Ausführungen mit scheinbar unreflektiertem Überschwang gefolgt war. Woraufhin Alexa nur noch ungehemmter schimpfte: »Was denn? Ich hatte nicht darum gebeten! Keiner von uns hat das.« Als Tüte gerade zurück motzen wollte, fiel ihm EP ins Wort: »Sie hat ja recht. Ich habe euch gegen euren Willen da reingezogen. Doch wurde ich misstrauisch, nachdem mir irgendwann bewusst wurde, dass ich nach einer längeren Krankheit, bei dem Projekt irgendwie aufs Abstellgleis geraten war. Ich konnte mir aber nicht recht erklären, wie das eigentlich geschehen ist.« EP unterbrach seinen Bericht. Doch bevor jemand anders etwas sagen konnte, sprach er mit einer ungewohnten Nachdenklichkeit in der Stimme weiter: »Eigentlich bin ich schon recht lange ein ziemlich paranoider Typ. Meine Jugendliebe Audrey lief damals ohne Vorwarnung weg und nahm sich dann das Leben. So sehe ich das zumindest. Auch wenn alle Welt von einem tragischen Unfall spricht. Ihr müsst wissen, dass ich ihr nur wenig vorher einen Heiratsantrag gemacht hatte. Ihre Schwester hat mir später einmal gestanden, dass mein Vater Audreys Vater aus einer großen finanziellen Misere herausgeholfen hatte. Diese Zuwendung hat sich mein Vater wohl mit dem Versprechen erkauft, dass diese unstandesgemäße Liaison beendet würde. Von da an fiel es mir unendlich schwer, Menschen zu vertrauen. Fast schon zwanghaft, machte ich von allem, was mir in irgendeiner Weise relevant erschien, Kopien und Sicherheits-Backups. Ich versuchte auch sonst überall

Sicherheitsmechanismen einzubauen. Unter anderem begann ich mir im iuuq digitale Brotkrumen auszulegen. Cobbler und ich hatten zu der Zeit damit begonnen, darüber nachzudenken, ob man auch nach seinem physikalischen Ableben, im iuuq weiterexistieren konnte. Jedoch waren das immer nur Gedankenexperimente.« Nun war es Tüte, der EP unterbrach: »Und als du dich dann auf einem Abstellgleis wiedergefunden hast, wurdest du misstrauisch und hast den Verdacht geschöpft, dass du nur noch im iuuq existierst?« »Nein, nein! Nicht direkt. Aber gut … ja, schlussendlich dann schon.« Tüte hakte nach: »Und dann hast du Kontakt zu uns aufgenommen?« »Auch nicht direkt. Ich habe mich überhaupt erst mal in die Lage versetzen müssen, unentdeckt Kontakt zu *irgendjemand* aufnehmen zu können. Ich musste mich heimlich selbst klonen, mein wahres Ich maskieren und das geklonte Ich von mir entkoppeln. Und das alles auf eine Art und Weise, dass Cobbler und seine Bots keinen Verdacht schöpfen konnten.« »Seine *was?*«, fragte Steffen nach. Doch war es Tüte, und nicht EP, der ihm antwortete: »Bots?! Das sind Programme, die in einem Computer-Netzwerk recht selbstständig Aufgaben erledigen, ohne auf eine Interaktion mit Menschen angewiesen zu sein.« »Genau«, stimmte ihm EP zu. »Und zum Glück sind diese Bots nicht gerade die intelligentesten *Wesen.* Obwohl die iuuq-Bots im Bezug auf ihre künstliche Intelligenz, zum Beispiel den Bots der Internet-Suchmaschinen, meilenweit überlegen sind. Nur fehlt es ihnen jedoch deutlich an Phantasie. Was schlussendlich auch mit dazu beigetragen hat, dass ich Cobbler ins Nirwana schicken konnte. Als ich die Zeit als gekommen ansah, ließ ich meinen alten Weggefährten nach und nach auf meinen Kontakt zu euch aufmerksam werden, lockte ihn heute an und ließ ihn mit meinem Klon kämpfen. Als er, wie von mir geplant, meinen Klon nach einem harten Fight eliminiert hatte, senkte er siegesgewiss seinen Schutzschild. Diesen Augenblick wollte ich nutzen, um meine Falle zuschnappen zu lassen. Doch war auch ich dann ziemlich überrascht, als Cobbler just in diesem Moment von Alexa attackiert wurde. Ich hatte mich aber meinerseits schon enttarnt. Und statt sich jedoch gegen Alexa zu wehren, knallte er mir eins vor den Bug. Warum auch immer? Aber irgendwie war er wohl der Meinung, dass ihm Alexa nicht wirklich gefährlich werden könnte. Ein fataler Irrtum. Drei kurz hintereinander bei ihm einschlagende Feuerstöße, zwangen ihn doch in die Knie. Woraufhin ich ihn dann endgültig ausknockte. Das war das glückliche Ende von einem harten Stück Arbeit. Alles in allem ein wirklich beachtliche Leistung! Jedoch ohne euch, wäre das niemals aufgegangen.« »Aber?«, fragte Alexa, ihre Abscheu kurz beiseite schiebend: »Warum gerade wir?« »Da kam so viel zusammen. Schlussendlich muss man sagen, dass es eine Mischung aus vielem war; vor allem vielen Zufällen. Als Mark…« Bei der Erwähnung dieses Namens, fuhr Alexa jäh ein Ziehen durch den Magen. Sie zog hörbar etwas Luft ein und ihr Gesicht verzerrte sich dabei. EP musste dies wahrgenommen haben, denn er sagte mit einfühlsamer Stimme: »Das mit Mark tut mir ausgesprochen leid. Wirklich! Ich weiß wie es ist, seine Jugendliebe zu verlieren. Aber das hatte ich nun wirklich nicht vorhersehen können. Armer Kerl. Warum auch immer, aber ich erinnere mich noch gut: Als Mark Braun nach Hamburg kam, machte er sich auf die Suche nach einem Nebenjob. Cobbler hatte gute Verbindungen zu einem Professor an Marks Uni, welcher ihm immer wieder mal Studenten als Testpersonen vermittelte. Mark arbeitet sich bei Cobbler schnell zu einer Art Gehilfe hoch. Er assistierte bald schon bei diversen Versuchsreihen in ganz Europa. Dabei war er selbst eines von Cobblers Versuchskaninchen; vor allem für diesen Koppler, für den eine permanente Manipulation des Gehirns nicht mehr nötig war. Das lief dann über Medikamente, die kurzfristig die entsprechenden Nano-Partikel ins Gehirn schleusen. Je nach Dosierung sind diese Partikel dann aber größtenteils nach ein paar Tagen wieder raus aus dem Organismus; maximal nach ein paar Wochen. Diese Verwendung als Testperson, hatte für Mark wohl recht unangenehme Folgen. Da er von dem Ganzen möglichst wenig wissen sollte, wurde er von Cobblers Leuten mehrfach einer Prozedur unterzogen, die sich wohl am ehesten als künstliche Amnesie beschreiben lässt. Das ist es auch, was sie mit euch nach eurem Eingriff vorgenommen haben; also nach eurer Manipulation. Zumindest bei Pat und Tüte. Ich schätze, dass sie das bei Mark so ein- bis zweimal im Jahr gemacht haben. Und das ein paar Jahre lang. Aber leider ist dieser Eingriff nicht ohne. Es dürfte Mark nach und nach an den Rande des Wahnsinns getrieben haben. Was ein Stück weit auch sein … seine Tat erklären dürfte.« Nun intervenierte Tüte: »Kann es sein, dass sie ihn dafür sogar entführt haben?« »Bestimmt. Ich gehe mal davon aus, dass in seinem Kopf so einiges los war. Die Nebenwirkungen dürften zum Teil immens gewesen sein. Klare Phasen, in denen er sich über alles sehr bewusst war, dürften sich mit maximalem Chaos abgewechselt haben. Unangenehme Sache.

Wir haben da so einiges noch nicht im Griff. So wie auch diese Nebenwirkung bei vielen Manipulierten, die verstärkt mit dem iuuq in Verbindung waren, dass sie zum Teil recht intensive religiöse Gefühle entwickelten. Keine Ahnung, welche Gehirnfunktionen wir da spirituell stimuliert haben? Aber ich schweife schon wieder ab. Es ging ja darum, wie ich auf euch gestoßen bin: Wie an vielen Unis dieser Welt, hatten wir in Gießen einen Mann unter unserem Einfluss, der hier an der Hochschule forschte. Ein weiterer Vorteil, wenn man auf diese spezielle Weise Exzellenz-Förderung betreibt: Man hat später überall seine Leute sitzen. Das Spezialgebiet dieses Mannes war die manipulationsfreie Kopplung. Darum musste Mark auch hin und wieder mal zu Testzwecken nach Gießen reisen. Wenn du dich jetzt fragst, Alexa, warum er sich bei diesen Besuchen dann nie bei dir gemeldet hatte? Ich gehe mal stark davon aus, dass er dabei niemals so richtig er selbst war. Wenn ihr versteht, was ich meine.« Alexa reagierte nicht auf diese Erklärung, darum fuhr EP fort: »Als er mal wieder hier war, ging dabei ein ganz spezieller USB-Connecter verloren.« Sogleich hakte Tüte abermals ein: »Das Teil, das wir gefunden haben? Ich hab es doch immer gesagt!« »Genau. Der war etwas ganz besonderes. Er enthielt einen Mechanismus, der die Nano-Partikel durch ein leichtes Reiben an seiner Oberfläche an die Haut abgeben konnte. Das Teil gehörte zu einer Versuchsreihe von Cobbler, die helfen sollte, eine kommerzielle Nutzung abzuschätzen. Und dass Pat so geschickt war, das Teil in Betrieb zu nehmen, war zwar eine tolle Leistung, aber dadurch wurden auch Cobblers Bots auf euch aufmerksam. Als man ihm davon berichtete, war Cobbler von

Pats Fähigkeiten scheinbar ziemlich beeindruckt. Er ließ ihn in einer Nacht-und-Nebel-Aktion manipulieren, und es dann so einrichten, dass Pat später in sein Team nach London kam. Doch durfte auch Pat nicht wissen, dass er am iuuq arbeite. Ja, eigentlich durfte er noch nicht einmal ahnen, dass es so etwas wie das iuuq überhaupt gibt. Cobbler und ich hatten mal verabredet, dass wir nur so wenige Menschen wie möglich einweihen würden. Aber trotzdem brauchten wir fähige Köpfe, die halfen das iuuq weiterzuentwickeln. Dazu haben wir ein paar Institute wie das in London eingerichtet. Wir haben es so arrangiert, dass die Mitarbeiter dort, ihr normales Bewusstsein sozusagen an der Garderobe abgaben, und am Ende ihres Arbeitstages ein manipuliertes zurückbekamen.« Da hakte Alexa ein: »Das passt zu dem, was mir Pat in London erzählt hat. Er meinte, dass ihm abends öfters mal die kleinen Details des Alltags fehlten.« EP ließ Pat nicken und fuhr dann fort. »Das war in der Zeit als ich zum ersten Mal Kontakt zu dir aufnahm; erst über den Jungen im Internat und dann via Pat in London. Inzwischen hatte ich es geschafft, eine Art Kommunikationskanal so zu maskieren, dass ich zum Beispiel über Pat Kontakt zu euch aufnehmen konnte, ohne größere Gefahr dabei aufzufliegen. Darum musste ich auch dafür sorgen, dass ihr wieder zusammen kommt. Das wäre vorher, etwa zu der Zeit als euch Pats nächtliches Verschwinden aufgefallen war, noch ziemlich gefährlich für mich gewesen.« »Aber woher weißt du davon?«, fragte Steffen. »Von Pats nächtlichem Verschwinden? Nun, auch ich hatte meine Bots in Stellung gebracht. Ich war damit ständig auf der Suche nach Verbündeten außerhalb es iuuq. Meine Strategie war dabei, auf die Suche nach einem frisch Manipulierten zu gehen, bei dem das übliche Rekrutierungsmuster nicht eingehalten wurde. Und das war bei Pat der Fall. So hatte ich die Möglichkeit eine Art Trojanisches Pferd bei ihm einzuschleusen. Mit dessen Hilfe, konnte ich dann auch euch kennenlernen. Da auch ihr mir geeignet erschient, mir bei meiner Mission behilflich zu sein, konnte sogleich auch meine vorbildhafte Intrige beginnen.« Die Freunde verwehrten EP jede Anerkennung, auch Tüte; so dass dieser nach einer kleinen Kunstpause weitererzählte: »Mit dem notwendigen Fachwissen durch eure Studiengänge und dem zugehörigen Forschergeist, sowie durch die Tatsache, dass zufällig auch Max gerade in die Begabtenförderung rein gekommen war, wart ihr für mich, wie ein Sechser im Lotto. Ich organisierte über meine Kontakte in Dänemark, dass du, Alexa, auch manipuliert wurdest. Das war nicht ganz ohne Risiko, da meine Tarnung dabei hätte auffliegen können. Ich musste dafür ganz schön rumtricksen; einen der Internatsschüler, sowie zwei von den dortigen Labormitarbeitern für meine Zwecke missbrauchen. Aber zum Glück hat keiner von Cobblers Leuten etwas bemerkt. Und später habe ich es für Cobbler so aussehen lassen, als wäre deine Manipulation eine verzweifelte Liebesaktion von Mark gewesen. Zu meinem Bedauern musste ich dir damals etwas Angst machen; damit du die Witterung aufnimmst und Pat aus England zurückholst. Für Tütes Manipulation musste ich überhaupt nichts tun, da gab es ein kleines Missverständnis zwischen Cobbler und Mark, das mir sehr entgegen kam. Und Steffen, eigentlich hätte ich auch dich gerne manipulieren lassen, es hat sich aber nicht ergeben. Und es irgendwie zu erzwingen, war mir das Risiko zu groß.« »Aber wie konntest du wissen, dass wir dir helfen würden?«, fragte Tüte nach. »Das wußte ich nicht. Ich habe es einfach mal probiert. Das einzige Faustpfand, das ich hatte, war Max und deine Sorge um ihn.« »Glück gehabt, würde ich sagen«, setzte die angesprochene Alexa bissig nach; um aber gleich darauf zu fragen: »Aber was ist jetzt mit Cobbler? Du meintest eben etwas davon, dass sein Gehirn nun unbrauchbar sein dürfte.« Wieder ließ EP Pat nicken und erläuterte dann: »Wie ich vorhin schon erwähnte, hatte ich einen Plan. Ich war schon seit vielen Monaten auf dieses Treffen vorbereitet. Zum einen hatte ich meinem Klon, und zum andern auch eine Methode entwickelt, welche die Implantate im Gehirn schlagartig überhitzen lassen kann. Die habe ich dann bei Cobbler eingesetzt. Wenn er nicht tot ist, dann wird er zumindest nie wieder einen klaren Gedanken fassen können.« »Widerlich!«, keifte Alexa und schloss dabei angeekelt die Augen. »Es musste einfach sein!«, verteidigte sich EP. »Warum?«, fauchte ihn Alexa an. »Kurz bevor ich ins Abseits geschoben wurde, hatte Cobbler hinter meinem Rücken Verhandlungen mit dem Pentagon aufgenommen. Ich war ihm damals auf die Schliche gekommen und hatte es kurzerhand untersagt. Doch wie ich vermute, hat er wohl bei meiner Krankheit etwas nachgeholfen. So konnte er zwei Fliegen mit einer Klappe schlagen. Zum einen konnte er testen, ob man nach seinem Tod im iuuq weiterexistieren kann, und zum anderen konnte er so sein Forschungen zur Waffeneignung der iuuq-Technologie ungehindert fortsetzen.« EP schwieg nun, und auch die drei Freunde taten es ihm gleich. Nach einigen Sekunden der Stille, fragte Steffen: »Und nun?« Er bekam keine Antwort.

Daraufhin wendete er sich an EP: »Okay. Dann würde ich vorschlagen, dass du dich erst mal vom Acker machst. Ich möchte das Ganze gerne Pat erzählen. Und dann sollten wir zusammen mal versuchen, das alles ein bisschen einzuordnen.« »Gut«, sagte EP daraufhin und fügte noch hinzu: »Wie wäre es, wenn ich morgen noch mal auftauche? Reicht euch das?« Alexa schaute ihn entgeistert an: »Du willst doch nicht schon wieder den armen Pat als deine Marionette missbrauchen?« Eine ratlose Stille lag nun im Raum. Nach einer Weile brummte EP, wohl eher zu sich selbst sprechend: »Wenn wir nur den Koppler und die Medikamente hätten.« »Bitte was?!«, fragte Tüte nach. »Na, das Kopplungszubehör von Mark. Wenn wir das hätten…« Tüte unterbrach EP: »Ich glaube, dass wir das haben.« »Was? Wirklich?« EPs Stimme wirkte freudig erregt; woraufhin ihm Tüte erklärte: »Er hat uns ein Gerät und eine Pillen-Dose aus dem Fenster zugeworfen als das Haus brannte. So wie ich das einschätze, dürfte das Gerät ein Koppler sein. Und in der Dose sind so kleine Plättchen drin.« EP fuhr daraufhin begeistert fort: »Okay, das lässt sich herausfinden. Besucht Mark morgen um 15 Uhr im Krankenhaus und bringt das Zeugs mit. Es ist ganz einfach. Legt ihm so ein Plättchen auf die Zunge und nach etwa einer Minute startet den Koppler.« Alexa war fassungslos: »Du willst doch nicht wirklich in Marks Körper…?« Ihre Stimme versagte. Beschwichtigend sagte EP: »Ich weiß, wie moralisch heikel das ist, aber ich zumindest, habe keine bessere Idee, wie wir mal alle fünf miteinander reden könnten.«

Kapitel 35

Die Hüter

Punkt 15 Uhr am folgenden Tag, standen die vier Freunde im Krankenhaus um Marks Bett herum. Alexa war alles andere als begeistert davon, dass sie hier Mark zum Versuchskaninchen machen wollten; hatte sich aber nach langem Zureden doch breitschlagen lassen und spielte zähneknirschend mit. Vor allem Tüte hatte lange auf sie eingeredet und sie mit besseren und schlechteren Argumenten bombardiert. Pat schien in erster Linie froh zu sein, dass er diesmal nicht die Marionette für EPs Kontaktaufnahme sein würde, und Steffen schien in Ermangelung einer wirklich fundierten eigenen Meinung, einfach das zu tun, was Tüte und Pat wollten.

Nach einem letzten Blick in die Runde, schaltete Tüte den Koppler an. Danach legte er ihn auf den Nachttisch. Zuvor hatten sie Mark eine der kleinen Plättchen aus der Medikamenten-Dose auf die Zunge gelegt. Nach wenigen Augenblicken öffnete Mark seine Augen. Ruhig nahm er die Atemmaske ab und setzte sich auf. Nach und nach befreite er sich von den Kabeln der Gerätschaften, mit denen er verbunden war. Doch noch bevor er so richtig damit fertig war, stürmte schon eine Krankenschwester ins Zimmer. Nach einem kurzen Moment der Desorientierung, eilte sie zu Mark und drückte sofort mehrfach den Rufknopf an dessen Bett. Anschließend schnappte sie sich seinen Arm und fühlte seinen Puls. Nur kurze Zeit später hastete eine Ärztin mit einem Krankenpfleger im Schlepptau ins Zimmer. Letzterer schickte Alexa, Pat, Steffen und Tüte, die mit offenen Mündern und großen Augen im Weg herum standen, freundlich aber bestimmt aus dem Zimmer.

»Krasse Sache!« Tüte war der erste, der seine Sprache wiedergefunden hatte. Und während Pat und Steffen da standen, wie zwei begossene Pudel, hatte sich Alexa auf einen der Stühle im Flur plumpsen lassen. Ihren Kopf hatte sie in ihren Händen vergraben. Als Steffen gerade Anstalten machte, ihr seine Hand auf die Schulter zu legen, warf sie ihren Kopf zurück und fing lauthals an zu lachen. Binnen weniger Augenblicke steigerte sich diese Lachen in ein hysterisches Gegacker. Die drei Jungs, wie auch die anderen Leute auf dem Flur, schauten sie entgeistert an. Eben so schnell, wie sich Alexa in dieses Lachen reingesteigert hatte, hörte sie auch wieder damit auf, und schimpfte los: »Das war doch von Anfang an sein Plan! Habt ihr gesehen, wie behände er sich bewegen konnte? Wenn er sich bisher eines fremden Körpers bemächtigt hatte, dann wirkte dieser doch immer stocksteif. Er wollte sich doch nur einen jungen und gesunden Körper besorgen! Ich sag es euch, wie es ist: Der hat uns verarscht! Nach *Strich und Faden!*«
Alexa war sauer; ihr Gesicht vom Zorn gerötet. Keiner der anderen sagte etwas. Sie standen nur da und starrten Alexa an; die daraufhin aufsprang und in Richtung Marks Krankenzimmer stürmen wollte. Doch Tüte stellte sich ihr geistesgegenwärtig in den Weg.
Fassungslos fauchte sie ihn an: »Was? Was soll das? Ich geh jetzt

da rein und…« »Nix da!« Tüte schnappte sie am Handgelenk und zerrte sie in Richtung Ausgang. Pat und Steffen blieben zurück. Im Treppenhaus angekommen, ließ Tüte Alexa los und sofort stürmte sie wie von der Tarantel gestochen die Treppen hinunter. Tüte folgte ihr.

Vor dem Krankenhaus holte er sie wieder ein und stellte sie erneut. »Jetzt lass uns bloss nicht den Kopf verlieren!«, raunzte er sie an. »Vielleicht ist es so, wie du gesagt hast. Vielleicht aber auch nicht!« Alexa drehte sich weg, wollte sich losreißen. Doch Tüte ließ nicht locker und redete weiter auf sie ein: »Gesetzt den Fall, du hättest recht! Was können wir dann tun?« Alexa, die Tüte immer noch im Profil zugewandt und mit vor der Brust verschränkten Armen dastand, zuckte mit den Schultern. Woraufhin Tüte mit betont verständnisvoller Stimme sagte: »Siehst du. Ich weiß es nämlich auch nicht. Alles was ich weiß, ist, dass wir in die Höhle des Löwen, in sein iuuq gehen müssten, um irgendetwas herauszufinden zu können. Und da hätten wir doch nicht den Hauch einer Chance gegen ihn. Darum würde ich, sobald die Herrschaften in Weiß uns wieder zu ihm lassen, erst einmal mit ihm reden. Hier in der realen Welt. Und das so unvoreingenommen wie möglich.«

Alexa drehte sich wieder zu Tüte hin. Er hatte sie inzwischen losgelassen. Sie schaute ihm tief in die Augen. Tüte versuchte ihr scheinbar ein zuversichtliches Gesicht zu präsentieren. Fast hätte Alexa über ihn lachen müssen, doch dazu war sie einfach noch zu wütend. Aber seiner Argumentation hatte sie nichts entgegenzusetzen, darum nickte sie. Dann hakte sich Tüte bei ihr unter und sie gingen wieder zurück.

Allein die Tatsache, dass sie so einträchtig zurückkehrten, ließ Pat und Steffen sichtlich erleichtert wirkenden. Und bevor Alexa oder Tüte irgendetwas erklären konnten, öffnete sich auch schon die Tür zu Marks Krankenzimmer. Die Ärztin und ihr Personal traten hinaus. Sie kam direkt zu den vier Freunden und sagte: »So wie es aussieht, geht es ihm erst einmal gut. Erstaunlich gut. Wenn ich ganz aufrichtig bin, muss ich zugeben, dass es ihm sensationell gut zu gehen scheint. Wir müssen aber natürlich noch weitere Untersuchungen machen. Doch er besteht darauf, zunächst mit ihnen zu reden. Vorher will er keine weiteren Untersuchungen zulassen. Sie haben fünf Minuten. Und danach möchte auch ich unbedingt noch mal mit ihnen reden. Aber jetzt können sie erst einmal zu ihm hinein.«

Alexa betrat als Letzte das Zimmer. Ihr Herz pochte wie wild. Da saß Mark aufrecht in seinem Bett und lächelte sie an. »Danke für das hier.« Mark beziehungsweise EP zeigte auf den Koppler, der neben ihm auf dem Tisch lag. »Mir scheint, als wenn ich diese Maskerade jetzt erst einmal ein Zeit lang aufrecht erhalten muss.« »Muss oder will?«, platzte es spöttisch aus Alexa heraus. EP schaute sie leicht verwirrt an. Dann hellte sich sein Blick aber schnell wieder auf und er sagte: »Okay, ich verstehe. Du denkst, es war mein Plan, diesen Körper zu bekommen?« Tüte schaute Alexa vorwurfsvoll an. Doch sie ließ sich weder von Tüte noch von EP beeindrucken und entgegnete gallig: »Was soll ich denn anderes denken? Alleine, wie du mit diesem Körper umgehen kannst! Die anderen…« EP unterbrach sie rüde: »Moment mal! Das ich mit den anderen Körpern so zurückhaltend agierte, geschah in erster Linie aus Respekt vor deren Eigentümern. Wie ich jetzt mit Marks Körper umgehe, gehört zur Rolle!«

»Blödsinn!«, schrie Alexa und mit einem Satz griff sie sich den Koppler. Sie warf ihn zu Boden und bevor einer der Anderen begriff, was sie vor hatte, war sie auch schon mit aller Gewalt auf den Koppler drauf gesprungen, trampelte heftig auf ihm herum. Als Pat sie von dem Gerät weggezerrt hatte, stürzte sich Tüte sofort auf die Trümmer des Kopplers. Doch als er diesen aufheben wollte, zerfiel er in seine Einzelteile. Sofort schauten alle zum Bett hinüber, wo Marks Körper weiterhin quicklebendig saß. EP hob seine Arme, drehte sie und schaute sie sich interessiert an. Gelassen sagte er dann: »Interessant! Damit hätte ich nicht gerechnet.« Und noch bevor jemand anderes etwas tun oder sagen konnte, ging die Tür auf und ein Krankenpfleger kam hereingestürzt. »Was ist denn hier los?« EP hob die Hand und sagte beschwichtigend: »Alles in Ordnung! Meine Freundin hat ihre Freude wohl ein bisschen überschwänglich zum Ausdruck gebracht. Würden sie uns bitte wieder allein lassen?« Der Mann schaute etwas skeptisch, nickte dann aber und schloss die Tür hinter sich.

EP blickte zu Tüte und wollte wissen: »Ist er zerstört?« Tüte nickte und EP sagte daraufhin: »Mist! Wo bekommen wir jetzt wieder so einen speziellen Koppler her?« Der Angesprochene antwortete schulterzuckend: »Ist es dringend? Musst du da wieder raus?« EP riss erschrocken die Augen auf und sagte hastig: »Aber selbstverständlich! Ich muss zurück ins iuuq. Es gibt jetzt so viel zu regeln! Ohne Cobbler und mich, da ist es doch völlig führungslos!« Tüte, der sein bestes Pokerface aufgesetzt hatte, ließ sich nicht beirren und fragte: »Wem gehören das iuuq und die Stiftung nun eigentlich? So rein rechtlich.« Leicht konsterniert antwortete EP: »Nach meinem Tod ging mein Anteil an Cobbler. Und da auch er keine Angehörigen hatte, hatten wir veranlasst, dass es nach unser beider Tod dem Massachusetts Institute of Technology zufällt.« Nun hakte Pat nach: »Und können die dort damit etwas anfangen?« EP zuckte mit den Schultern und sagte an Pat gewandt: »Man müsste es ihnen erst einmal zeigen. Aber die Sache mit den Internaten wird ihnen nicht gefallen.« »Mir auch nicht!«, bemerkte Alexa trocken. EP nickte: »Mir doch auch nicht!« Alexa, die ihre Fassung zurück gewonnen hatte, sprach nun kühl weiter: »Gut, dann sind wir uns ja mal ausnahmsweise einig. Aber sehe ich das richtig? Das MIT wird zum einen etwas erben, das es erst einmal nicht verstehen wird, und zum anderen eine Stiftung mit 150 Internaten für Hochbegabte, stimmt's?« EP nickte wieder. Doch ohne groß darauf zu achten, fuhr sie fort: »Und da man die Manipulationen wohl nicht mehr rückgängig machen kann, ohne bei den Kindern oder uns einen bleibenden Schaden hervorzurufen, ist es wohl das Beste, die Sache einfach auslaufen zu lassen.«

»Wie meinst du das?«, fragte sie Steffen. »Na, wenn sich das MIT um die Internate und die Stiftung kümmert, ohne das iuuq weiter zu betreiben, dann werden auch keine weiteren Kinder mehr manipuliert; oder sonst irgendwer. Das iuuq wird sich irgendwann von selbst abstellen und gut ist.«

»Und wenn sich irgendwer dem Ganzen wieder bemächtigt?«, fragte nun EP. »Guter Punkt«, antwortete Alexa. »Dann haben wir wohl ab sofort die Aufgabe, darüber zu wachen, dass das in

Rente geschickte iuuq, auch wirklich dort bleibt. Zudem müssen wir auch dafür sorgen, dass die Labors geschlossen oder zumindest umgewidmet werden.« Dabei schaute sie ihre Freunde auffordernd und mit einem triumphierenden Funkeln in den Augen an. Sie hatte seit ewigen Zeiten mal wieder das Gefühl, dass Heft des Handelns in ihren Händen zu haben. Pat und Tüte nickten. Steffen schmunzelte und sagte dann amüsiert: »Die Hüter des iuuq *are in the house!*« Alle schauten erleichtert; bis auf EP.

– Ende –